Der Pfad durch die Dunkelheit: Ein fesselnder Fantasy-Liebesroman

Alexander von Ravensburg

Published by Alexander von Ravensburg, 2024.

This is a work of fiction. Similarities to real people, places, or events are entirely coincidental.

DER PFAD DURCH DIE DUNKELHEIT: EIN FESSELNDER FANTASY-LIEBESROMAN

First edition. November 10, 2024.

ISBN: 979-8227274571

Written by Alexander von Ravensburg.

Table of Contents

Prolog

Eine tiefe Abenddämmerung senkt sich über die alten Mauern der Festung Eschenbach, und der Himmel ist von einem melancholischen, blutroten Licht durchzogen, das den Horizont mit schweren Schatten versieht. Die Luft ist kühl, beinahe eisig, wie ein letzter Gruß des Winters, der sich hartnäckig in den Bergen hält. Vor den Toren, im kargen Garten zwischen den dunklen Mauern, steht Baron Manfred Verloyn. Mit ernstem Blick starrt er auf die Frau, die ihm so viel bedeutet, die ihm so nahe und doch gerade jetzt unendlich fern scheint: Brigitte von Eschenbach.

Brigitte sieht ihn an, und ihre Augen, hell und klar wie ein stiller Bergsee, spiegeln etwas zwischen Hoffnung und Trauer. Manfreds Hand liegt schwer auf dem Schwert an seiner Hüfte, als würde das bloße Halten seiner Waffe ihm die Kraft geben, die richtigen Worte zu finden. Aber in solchen Momenten ist auch einem Krieger das Herz schwer.

„Manfred...", flüstert sie schließlich, und das bloße Aussprechen seines Namens scheint eine Brücke zu sein, die die Distanz zwischen ihnen für einen Moment überbrückt. „Ich frage mich, ob es das Schicksal ist, das uns immer wieder trennt. Als würde es einen unstillbaren Durst nach Leid und Verlust in unseren Seelen stillen wollen." Ein Hauch von Ironie umspielt ihre Lippen, aber die Trauer in ihren Augen ist echt.

Manfred schnaubt, als würde er versuchen, das Gefühl des Abschieds abzuwehren. „Schicksal? Schicksal ist nur das Wort, das

1

wir benutzen, wenn wir zu feige sind, unsere eigenen Entscheidungen zu treffen." Seine Hand umschließt eine kleine, unscheinbare Silberkette, die in seinem Lederhandschuh zu glänzen beginnt. „Brigitte, ich kehre zurück. Ich werde das hier nicht länger als nötig hinauszögern."

„Und wenn du nicht zurückkehrst?", fragt sie leise, und in ihrer Stimme schwingt eine Angst, die sie normalerweise nicht zeigen würde.

Manfred lächelt trocken, fast spöttisch, wie um ihre Sorge wegzuwischen. „Nicht zurückkehren? Nicht zurückkehren würde bedeuten, dass ich besiegt werde, und ich bezweifle stark, dass diese Welt einen Gegner hervorgebracht hat, der das kann."

Doch die Worte hängen schwer in der Luft, und es ist klar, dass weder er noch sie diese leeren Versprechen wirklich glauben. Sie lässt einen kurzen, müden Seufzer vernehmen und zieht ein schimmerndes Amulett unter dem Kragen ihres Kleides hervor. Das Metall glüht warm im schwachen Licht, und darauf eingraviert ist das Wappen ihrer Familie: ein stolzer, ungebrochener Phönix.

„Nimm das", sagt sie und streckt ihm das Amulett entgegen. „Ein Versprechen, Manfred. Ein Versprechen, dass ich hier auf dich warten werde. Und sollte ich je glauben, dass du vergessen hast, was du mir hier geschworen hast... dann wirst du es bereuen."

Manfred nimmt das Amulett, seine Finger umfassen das kalte Metall, und er spürt das Gewicht ihrer Worte mehr als das des Schmuckstücks. „Du wirst bereuen?" Er lacht leise, aber sein Lachen hat eine ernste, fast bedrückende Note. „Vielleicht wird es eher das Schicksal sein, das es bereut, wenn ich mein Wort breche. Aber ja, Brigitte – ich werde zurückkommen. Und ich werde das Versprechen, das wir uns hier geben, nicht vergessen."

Er zieht eine kleine Messerklinge aus dem Wappen an seiner Seite und schneidet sich leicht in die Handfläche. Ein winziger Tropfen Blut erscheint, den er wortlos auf das Amulett überträgt, bevor er es Brigitte zurückgibt. „Blut ist schwer zu vergessen, nicht wahr? Und falls die Geister der Ahnen das beobachten, dann haben wir jetzt die höchsten Richter, die unsere Treue überwachen."

Brigitte, ohne zu zögern, zieht eine ähnliche Klinge aus ihrem Ärmel, ritzt ihre eigene Hand und lässt das Blut auf die Silberkette tropfen. Ein zögerliches Lächeln, halb triumphierend, halb verletzlich, huscht über ihre Lippen. „Nun sind wir verbunden, für immer."

Ein seltsames Zittern durchläuft die Atmosphäre, als ob die Natur selbst auf diesen Blutschwur reagiert hätte. Eine Windböe heult durch die Bäume und lässt die alten Mauern der Festung erzittern. Manfred und Brigitte sehen sich an, und für einen Augenblick scheint die Welt verschwommen, wie in einem Traum, in dem nur die Schwere ihres Augenblicks zählt.

Doch Brigitte senkt ihren Blick, ihre Stirn leicht gerunzelt, als würde ein leiser Zweifel sie plötzlich heimsuchen. „Manchmal habe ich das Gefühl, dass etwas Dunkles uns umgibt, Manfred. Etwas... unausweichliches. Hast du das nicht auch gespürt?"

Er bleibt still, blickt hinüber zu den fernen Hügeln, die wie graue Schatten gegen den Abendhimmel stehen. „Was auch immer auf uns zukommt, Brigitte, ich werde es niederstrecken, so wie ich alles niederstrecke, was sich mir in den Weg stellt. Und dieses Mal werde ich nicht alleine sein."

Doch hinter seiner tapferen Fassade schleicht sich ein Hauch von Unsicherheit ein. Die Augen des Himmels, rot und blutig wie das gefallene Tageslicht, scheinen ihn zu verspotten.

„Komm zurück, Manfred", flüstert sie, so leise, dass nur er es hören kann. Sie greift seine Hand, hält sie fest, als wolle sie ihm jeden Zweifel mit dieser Geste nehmen. „Denn sonst... sonst wird meine Wut dich über die Grenze von Leben und Tod hinweg verfolgen." Ihre Lippen kräuseln sich zu einem ironischen Lächeln, aber die Härte ihrer Worte bleibt.

„Ja, das klingt nach dir", erwidert er und lässt seine Finger sanft über ihre Wange gleiten, ein Hauch von Trauer in seinem Blick. „Nun, ich möchte nur nicht der arme Narr sein, der es riskiert, dich zu enttäuschen." Er atmet tief durch, als wollte er diesen Moment in sich einsaugen und für immer bewahren. Schließlich löst er sich von ihr, einen letzten Blick auf sie werfend, wie ein Mann, der weiß, dass er etwas Kostbares zurücklässt – und vielleicht nie wiederfindet.

„Auf Wiedersehen, Brigitte."

„Auf bald, Manfred." Doch in ihren Augen glimmt ein Schmerz, der alles andere als Gewissheit ist.

Als er schließlich verschwindet, bleibt sie allein in der Dämmerung zurück, und ein unheilvolles Knistern liegt in der Luft, das nur sie zu spüren scheint – als hätten die Schatten beschlossen, dass dieser Abschied mehr ist als eine bloße Trennung.

In der mondlosen Nacht, umgeben von den finsteren Mauern des schwarzen Palastes Dunkelstadt, begibt sich König Wilfried in die geheimen Tiefen seiner Burg. Eine schwere Stille erfüllt die kalten Steingänge, nur das Echo seiner Stiefel hallt in der Dunkelheit. Umgeben von ewigen Schatten und dem endlosen Schweigen alter Gemäuer schreitet Wilfried voran, begleitet von dem vertrauten Geruch von Asche und der bitteren Kälte, die selbst den hartgesottensten seiner Soldaten erzittern lässt.

Er erreicht eine Tür, verziert mit seltsamen Symbolen und in tiefes Schwarz getaucht, als sei sie die Pforte zur Unterwelt selbst. Zwei Wachen in voller Rüstung, die schwarzen Helme mit tiefen Visieren heruntergeklappt, stehen regungslos davor. Ein bloßer Blick Wilfrieds reicht, und sie treten zurück, das Tor öffnet sich knarrend, und eine Woge kühlen Rauchs strömt aus dem Raum, der sich dahinter auftut.

Im Inneren des Zimmers ist das Licht gedämpft, fast erstickend, und der Raum scheint durchzogen von einer unheilvollen Präsenz. Über einem steinernen Altar, in dessen Oberfläche runenhafte Symbole glühen, schwebt ein blutroter Nebel, der eine seltsame, bedrohliche Aura verströmt.

„Eure Majestät", begrüßt ihn eine sanfte, aber beunruhigend kühle Stimme. Der Hofmagier, in dunkle Roben gehüllt, tritt aus den Schatten. Sein Gesicht ist von einer Kapuze verhüllt, doch die Augen blitzen mit einem kalten, unbarmherzigen Glanz unter dem dunklen Stoff hervor. „Die Vorbereitungen sind abgeschlossen. Der Moment ist gekommen."

Wilfried nickt und bewegt sich mit entschlossenen Schritten auf den Altar zu. Seine Augen, tief und dunkel wie die Nacht selbst, heften sich auf die pulsierenden Symbole im Stein, die wie lebendige Wesen unter seiner Berührung zu vibrieren scheinen. „Erzählt mir das, was ich noch nicht weiß, Magier. Ich habe lange genug gewartet."

Der Magier lächelt nur leicht, als ob ihm das Geheimnis allein gehört, und hebt langsam die Hände. „Eure Geduld, mein König, wird belohnt werden. Die Sterne stehen heute günstig, und die Fäden des Schicksals verweben sich in unserem Willen." Er breitet die Arme aus, und sein murmelnder Gesang wird zu einem dunklen, hypnotischen Choral, der sich wie ein Netz aus Schatten durch die Kammer zieht.

Der Raum verdunkelt sich weiter, die Fackeln an den Wänden erlöschen eine nach der anderen, bis nur noch das rote Leuchten auf dem Altar die Gestalten um ihn herum schwach beleuchtet. In der Stille steigt ein Echo aus den Tiefen der Burg, als ob die Steine selbst antworten würden.

Wilfried betrachtet die roten Schatten mit zunehmendem Interesse, seine Augen leuchten in einem fiebrigen Eifer. „Und?", fragt er ungeduldig. „Was sagt das Blut, was sagen die Sterne?"

Der Magier senkt seine Stimme zu einem Flüstern, und seine Worte scheinen sich wie eine dunkle Wolke in den Geist des Königs zu legen. „Es gibt eine Macht, verborgen in der alten Linie, mein König. Eine Kraft, die die dunklen Mächte selbst erzittern lässt – ein Geschenk, das nur in den Nachkommen der alten Magierlinien fließt."

„Nachkommen...", murmelt Wilfried, und sein Blick wird hart, berechnend. „Und diese Nachkommen... sie sind in Reichweite?"

„Mehr als das, Majestät. Sie sind bereits in eurem Land – einer davon, ein Mädchen mit mächtigem Blut, ist für euch von besonderem Interesse. Denn die alte Prophezeiung sagt, dass jene, die das Blut in sich tragen, als Katalysatoren dienen können. Wenn ihr die Macht dieses Blutes in euch aufnehmt..." Der Magier verstummt und wirft Wilfried einen vielsagenden Blick zu.

Wilfried lächelt kalt, ein Funken triumphierender Grausamkeit glimmt in seinen Augen. „Dann werde ich nicht nur ein König sein. Ich werde das unauslöschliche Dunkel werden, die Macht, die alles Leben beugt." Seine Stimme wird leise, fast andächtig, als würde er sich das Schicksal selbst versprechen. „Und dieses Mädchen... wird mein Werkzeug sein, mein Schlüssel zu dieser Macht."

Der Magier zögert einen Moment und mustert seinen König mit einem Ausdruck, der irgendwo zwischen Ehrfurcht und Besorgnis liegt. „Doch seid gewarnt, Majestät. Das Blut... es kann mehr enthalten, als bloße Kraft. Es ist lebendig, es könnte... sich wehren."

Wilfrieds Augen verengen sich. „Wollen Sie mir sagen, dass Sie daran zweifeln, dass ich eine einfache Magierin bezwingen kann?"

Ein leises Zittern geht durch den Raum, und für einen Moment scheint der Magier selbst in der Dunkelheit zu verschwimmen, als ob seine Gestalt nichts weiter als ein Schatten unter Schatten wäre. „Ich zweifle nicht, Herr. Doch das Schicksal derjenigen, die das Blut der alten Magier in sich tragen, ist an Geheimnisse gebunden, die sich selbst dem mächtigsten Zauberer entziehen. Solange es Leben gibt, gibt es Willen. Das Blut ist kein einfaches Werkzeug."

Wilfried lässt ein höhnisches Lachen ertönen. „Was könnte das Blut einer niederen Magierlinie schon gegen mich ausrichten? Ich werde die Ketten des Lebens selbst brechen, den Willen der Natur unterwerfen – und nichts wird mich aufhalten."

Er dreht sich abrupt um, seine Rüstung klirrt leise, und sein Blick wandert zu einem der dunklen Ritter, die am Rande des Ritualraums warten. „Bringt mir die Tochter der Eschenbachs. Das Mädchen ist jung und stark – ihr Blut wird den ersten Ritus vollenden."

Die Ritter nicken stumm und entfernen sich, lautlos wie Schatten, bereit, das finstere Vorhaben ihres Herrn in die Tat umzusetzen.

Doch kaum sind die Ritter fort, als der Raum wieder in eine gespenstische Stille versinkt. Die Symbole auf dem Altar flimmern noch leicht, als ob sie das Echo der gesprochenen Worte bewahren würden, und der Magier schaut Wilfried mit einem Blick an, der mehr weiß, als er zugeben möchte.

„Ihr kennt das vollständige Prophezeiungsfragment, Herr. Wisst, dass die Verwirklichung eurer Pläne auch den letzten Teil des Fluches birgt. Die alten Mächte...", er stockt, als ob die Worte ihm auf der Zunge erstarren würden. „...sind wie ein zweischneidiges Schwert."

Wilfried dreht sich zu ihm, und ein gefährliches Funkeln tritt in seine Augen. „Ein Schwert? Mir scheint, Sie haben Angst, dass das Schwert auch gegen Sie geschwungen werden könnte, mein lieber Magier. Keine Sorge – ich weiß, was ich tue. Und wer wäre ich, wenn ich nicht jede Klinge zu führen wüsste, die das Schicksal mir an die Hand gibt?"

Der Magier nickt langsam, doch etwas Unausgesprochenes bleibt zwischen ihnen in der Luft, wie ein stiller Verdacht, ein ungesehener Schatten.

Wilfried wendet sich erneut ab, seine Schritte hallen durch den Raum, als er den Altar verlässt und den dunklen Korridor zurück in die Gemächer des Palastes einschlägt. Die Nacht scheint ihn zu verschlingen, und hinter ihm bleibt nur das leise Glühen der Runen, das für einen Moment aufleuchtet, als ob es eine unausgesprochene Warnung ausstrahlen würde.

Doch König Wilfried, den sein Ehrgeiz bereits weit jenseits aller menschlichen Angst getrieben hat, sieht das Licht nicht mehr. Sein Weg ist gezeichnet, und das Echo seiner Schritte hallt wie das Versprechen einer kommenden Dunkelheit durch die Gänge – ein Versprechen, das nur auf seinen endgültigen, schicksalhaften Moment wartet.

Kapitel 1

Ein scharfer, eisiger Wind fegt über das hügelige Land, als Baron Manfred Verloyn, staubbedeckt und in eine abgenutzte Rüstung gehüllt, hoch zu Pferde die Grenze seiner Heimat erreicht. Vor ihm erhebt sich das Land seines Vaters, das ihm nun gehört, in vollen, satten Farben. Doch der Anblick, der sich ihm bietet, trägt wenig von der vertrauten Wärme vergangener Zeiten. Schatten haben sich über die Ländereien gelegt, als hätte die Dunkelheit selbst beschlossen, sich hier niederzulassen.

Die Nachricht, die ihn nach Jahren der Abwesenheit zurückgerufen hat, kam unerwartet, wie ein Sturm an einem klaren Sommertag. Ein unerklärliches Drängen im Herzen, ein Echo, das ihn in die vertrauten Mauern seiner Kindheit zurücktrieb. Als er nun durch das Tor seines Schlosses reitet, das von starken Wachen bewacht wird, begrüßen ihn nicht das Lachen und die Stimmen der Dienerschaft, sondern eine beklemmende Stille.

„Euer Gnaden", ertönt eine knarrende Stimme, als er vom Pferd steigt. Der Verwalter des Schlosses, ein älterer Mann mit einer sorgfältig geflickten, aber abgenutzten Uniform, tritt ihm entgegen. Er verneigt sich steif, wie es der Anstand gebietet, aber seine Augen sind erfüllt von einer seltsamen Mischung aus Ehrfurcht und Sorge. „Willkommen zu Hause. Ihr werdet sehen, es hat sich... einiges verändert."

Manfred lässt den Blick über das Schloss schweifen. Die einst prächtigen Mauern, von denen er als Junge voller Stolz herabsah, wirken verwittert und grau. „Ist das so, Arnulf?" Ein Hauch von Ironie schwingt in seiner Stimme mit. „Erzählen Sie mir, was sich in meinem eigenen Land so alles geändert hat, dass ich es kaum wiedererkenne."

Der Verwalter zögert, als wolle er seine Worte mit größter Sorgfalt wählen. „Nun ja, das Land... die Felder, sie tragen nicht mehr die Früchte wie einst. Manche sprechen von einem Fluch, Herr. Vom Einfluss der Dunkelheit, die aus dem Norden dringt."

„Der Norden", wiederholt Manfred nachdenklich, ein kaltes Lächeln auf den Lippen. „Der Norden, wo unser lieber König Wilfried in seiner Festung sitzt und seine dunklen Geheimnisse hütet. Ist das nicht einfach die üblichen Gerüchte, Arnulf? Die Geschichten, die die alten Weiber sich beim Spinnen erzählen?"

Arnulf bleibt still, seine Augen verraten jedoch, dass er die Dinge ernster nimmt, als seine Worte es sagen. „Es sind nicht nur Geschichten, Herr. Die Menschen in den Dörfern – sie sprechen von Schatten, die nachts umhergehen. Die Tiere verhalten sich seltsam, und die Kinder... die Kinder haben Albträume."

Manfred schnaubt und lässt die Worte auf sich wirken. „Albträume. Nun, vielleicht hat der Winter hier einige Gemüter verhärtet. Oder das Gesindel im Dorf hat zu viel vom vergorenen Apfelsaft genossen. Schatten und Albträume, so ein Unsinn."

Der Verwalter, ein Mann, der Manfred seit seiner Kindheit kennt und selten widerspricht, wirft ihm einen ernsten Blick zu. „Mag sein, Herr. Aber diese Geschichten hören nicht auf. Die Menschen haben Angst, und die Schatten scheinen wirklich näher zu kommen. Auch unser Getreide verdorrt, und der Brunnen am Rande des Landes ist versiegt."

„Versiegt?", wiederholt Manfred, diesmal ohne den Hauch von Spott. Sein Ton wird ernst. „Arnulf, das ist eine schlechte Nachricht. Was haben die Leute darüber gesagt?"

„Nun... die Alten im Dorf behaupten, dass die Erde selbst etwas zurückweist. Ein Zeichen, sagen sie, dass etwas Fremdes, Dunkles sich ausbreitet." Der alte Verwalter sieht ihn unsicher an, als er die eigenen Worte ausspricht, als hätte er Angst, die Schatten mit seinen Worten zu beschwören.

Manfred, der bis eben noch die kleinen Sorgen seiner Leute abgetan hätte, spürt nun einen kalten Schauer. „Es wird also erzählt, dass etwas Dunkles sich in unserem Land eingenistet hat? Was für eine erfreuliche Begrüßung."

„Erfreulich ist nicht das Wort, das ich gewählt hätte, Herr", murmelt Arnulf trocken und hebt dann wieder den Kopf. „Doch es gibt noch etwas, das euch interessieren wird, Herr. Die Jagdhütte im Wald... sie wurde von jemandem aufgesucht."

„Von wem?", fragt Manfred, sein Interesse geweckt. Die Jagdhütte war einst ein Treffpunkt für ihn und Brigitte gewesen, ein Ort abseits des Schlosses, versteckt in einem dichten Hain, den nur sie beide kannten. Die Gedanken an diese Tage lösen ein bittersüßes Gefühl in ihm aus.

Arnulf scheint die Bedeutung dieses Ortes zu verstehen und fährt vorsichtig fort: „Wir wissen es nicht, Herr. Aber der Ort sieht verlassen aus, als ob jemand dort Schutz gesucht hat und dann plötzlich verschwunden ist. Und... es gibt Spuren, die auf einen Kampf hindeuten könnten."

Manfreds Augen verengen sich, ein unangenehmes Prickeln durchläuft ihn. Ein Kampf, hier, in den friedlichen Wäldern seines Landes? „Zeigen Sie es mir, Arnulf. Ich möchte sehen, was genau dort passiert ist."

Sie gehen gemeinsam die steinernen Stufen zum alten Turm hinauf, und von hier aus kann Manfred den dichten Wald am Horizont sehen, der seine Ländereien umgibt. Der Gedanke, dass dort ein Kampf stattgefunden haben könnte, lässt ihn nicht los. Doch noch etwas anderes quält ihn – das Gefühl, dass die Schatten sich tatsächlich nähern, dass die Geschichten und Gerüchte vielleicht mehr sind als bloß Aberglaube.

„Arnulf, Sie wissen, dass ich wenig Geduld für solche Geschichten habe", sagt er schließlich, um den beunruhigenden Gedanken von sich zu schieben. „Doch ich werde mich selbst umsehen. Die Jagdhütte... dort werde ich vielleicht einige Antworten finden."

Arnulf nickt respektvoll, aber ein Hauch von Sorge bleibt in seinem Blick. „Es wäre weise, Herr, einige Männer mitzunehmen."

Manfred lächelt dünn, voller Selbstbewusstsein und vielleicht ein wenig Trotz. „Männer, um was zu bekämpfen, Arnulf? Schatten und Albträume? Nein, ich werde allein gehen. Wenn es einen Feind gibt, der mutig genug ist, in mein Land einzudringen, dann ist er ein guter Narr und verdient, von mir persönlich begrüßt zu werden."

Der Verwalter lässt den Kopf leicht hängen, als wisse er, dass Widerspruch zwecklos ist. Manfred nimmt seine Reise ernst, aber in seiner Brust pocht ein gewisser Trotz, der ihn antreibt. Die Jahre im Ausland haben ihn nur stärker und selbstbewusster gemacht, und die Aussicht auf eine mögliche Bedrohung in seinem eigenen Land weckt in ihm den Geist des Kriegers, der so viele Schlachten geschlagen hat.

Arnulf verabschiedet sich mit einem leicht verkniffenen Gesichtsausdruck, als ahne er, dass das dunkle Gerede vielleicht mehr ist als bloßer Aberglaube. „Dann wünsche ich Euch ein wachsames Auge und einen kühlen Kopf, Herr."

Manfred klopft dem alten Mann freundschaftlich auf die Schulter, doch als er sich abwendet und den dunklen Wald in der Ferne mustert, spürt er, dass irgendetwas Unheimliches auf ihn wartet.

———————— ⟨꙰⟩ ————————

Manfred reitet im ersten Licht des Morgens in den Hof des Herrenhauses von Eschenbach, der Residenz von Brigittes Vater, dem alten Magier und Edelmann Albrecht von Eschenbach. Es liegt eine bedrückende Stille über dem Anwesen, die Gärten wirken ungepflegt, die sonst lebhafte Dienerschaft bleibt unsichtbar. Manfred spürt eine unangenehme Vorahnung, als er den Stallburschen das Pferd überlässt und sich über die knarrenden Treppen in das große Haus begibt.

Im Empfangssaal herrscht düsteres Halbdunkel, und der alte Albrecht sitzt in einem hohen Sessel, eingehüllt in ein schlichtes, dunkles Gewand. Sein Gesicht ist so blass und kantig wie die Knochen eines Geiers, doch seine Augen leuchten mit einem kalten Feuer, das Manfred deutlich an die Gefahren erinnert, die in diesem Mann schlummern.

„So seid Ihr also zurückgekehrt, Verloyn," begrüßt ihn Albrecht ohne besondere Wärme, während er Manfred mit einem Blick mustert, als wolle er seine Gedanken lesen. „Was für eine angenehme Überraschung. Man hörte, Ihr habt Euch in der weiten Welt verloren."

„Nur vorübergehend, Albrecht," erwidert Manfred, bemüht, die versteckte Spitze zu ignorieren. „Aber es scheint, als hätte sich hier in meiner Abwesenheit auch einiges verloren – wie die Art, Gäste willkommen zu heißen."

Albrechts Mundwinkel verziehen sich zu einem angedeuteten Lächeln, das kaum seine Lippen erreicht. „Verzeiht, aber derzeit sind wir nicht in der besten Stimmung. Bestimmte... Vorkommnisse haben unsere Aufmerksamkeit gefordert."

„Vorkommnisse?" Manfreds Ton bleibt ruhig, doch seine Augen verengen sich. „Ich hörte von den Schatten, die sich über mein Land legen. Doch was hat diese trübe Stimmung auf Eurem Landgut verursacht? Es ist, als hätte die Dunkelheit selbst hier Wurzeln geschlagen."

„Manfred," Albrecht atmet schwer, und für einen kurzen Moment scheint ihm der gewohnte Stolz zu entgleiten. „Brigitte ist fort. Meine Tochter ist... verschwunden."

Es dauert einen Augenblick, bis die Worte in Manfreds Verstand dringen. Ein scharfer, lähmender Schmerz durchfährt ihn, seine Miene bleibt jedoch ungerührt. „Verschwunden? Wohin?"

„Die schwarzen Ritter." Albrechts Stimme bricht fast. „Sie kamen mitten in der Nacht. Niemand weiß genau, wie sie das Anwesen betreten konnten, aber sie haben sie mitgenommen. Es heißt, sie sind im Namen des Königs unterwegs. Wilfrieds Kreaturen..."

Manfreds Hände ballen sich zu Fäusten, ein schneidendes Lächeln umspielt seine Lippen. „Natürlich. Der gute König Wilfried weiß immer, wie man seine finsteren Hände ausstreckt. Wozu, fragt man sich, braucht ein König ein Mädchen wie Brigitte? Oder seid Ihr etwa auf eine politische Allianz mit ihm aus, Albrecht?"

Albrechts Augen funkeln, als Manfreds Worte ihn treffen. „Allianz? Ich würde meine Tochter keinem Verrückten opfern. Nein, ich weiß nicht, warum Wilfried sie begehrt. Doch ich fürchte... er sucht nicht nur nach einer Frau. In Brigittes Adern fließt das Blut der Magier. Ihr Erbe könnte die alten Kräfte erwecken – Kräfte, die Wilfried für sich beanspruchen will."

Manfred erstarrt, seine Gedanken rasen. „Also geht es nicht um sie, sondern um das, was sie ihm bringen könnte... Macht, die er missbrauchen wird." Der Hass in seiner Stimme ist kaum zu überhören. „Wilfried will Brigittes Magie? Warum habt Ihr mich dann nicht gewarnt, Albrecht?"

Albrecht schüttelt langsam den Kopf. „Die Prophezeiung, Manfred... sie war unklar. Ich wusste nicht, welche Bedrohung sich wirklich auf uns zuschleicht, bis es zu spät war. Glaubt mir, hättet Ihr Brigitte damals zur Frau genommen, wären sie vielleicht längst nach ihr gekommen – das wollte ich verhindern."

Ein bitteres Lächeln gleitet über Manfreds Gesicht. „Und nun habt Ihr genau das erreicht, Albrecht. Sie haben sie genommen, bevor sie mein Schutz wurde. Bravo."

Albrecht atmet tief durch, sein Blick wird für einen kurzen Moment weicher, doch die Härte kehrt schnell zurück. „Es war nicht in meiner Macht, dies zu verhindern. Doch... es gibt etwas, das sie hinterlassen hat, eine Nachricht für Euch. Ich glaube, sie hat gespürt, dass sie in Gefahr ist."

Er greift in die Falten seines Gewandes und holt einen kleinen, zusammengefalteten Brief hervor. Manfred nimmt ihn, seine Finger zittern leicht, während er die versiegelte Nachricht öffnet.

In Brigittes feiner Handschrift stehen nur wenige Worte:

„Manfred, die Schatten sind näher, als wir glaubten. Vertraue niemandem außer Deinem eigenen Herz und Deiner Klinge. Wenn die Zeit gekommen ist, wirst Du mich finden – aber nur, wenn Dein Mut größer ist als Deine Zweifel."

Unter den Worten befindet sich eine winzige Zeichnung: das Wappen der Eschenbachs, umrahmt von einem kleinen, schimmernden Kreis, der wie ein mystisches Siegel wirkt. Der Kreis ist durchbrochen, und aus der Mitte ragen zarte Linien, als wolle der kleine Phönix darin in den Himmel fliegen.

Manfred sieht auf das Symbol, und seine Brust zieht sich zusammen. Eine Botschaft, die mehr verbirgt, als sie verrät – typisch Brigitte. Sie wusste immer, wie man eine Spur legt, ohne je alles zu enthüllen.

„Das ist alles, was sie hinterlassen hat?" Manfred hebt seinen Blick und sieht Albrecht an, dessen Augen fast schmerzhaft leer wirken.

„Mehr gab es nicht. Doch ich kenne meine Tochter – wenn sie etwas zurücklässt, dann in der Gewissheit, dass es den Weg weist. So oder so, sie ist nicht leicht zu brechen."

„Das hoffe ich, für Wilfrieds Wohl." Manfred faltet den Brief sorgfältig zusammen, seine Augen glühen vor Zorn. „Ich werde sie finden. Und wenn ich dabei das Land des Königs selbst betreten muss."

Albrecht nickt langsam, und für einen Moment wirkt es, als wolle er noch etwas hinzufügen. „Es gibt Pfade, Manfred, die wir zu gehen bereit sein müssen. Wenn Ihr wirklich die Dunkelheit bekämpfen wollt, werdet Ihr mehr als Euer Schwert brauchen. Die alten Kräfte werden nur durch das Opfer des Herzens geweckt."

Manfreds Gesicht bleibt unerbittlich. „Das Herz, sagt Ihr? Ich habe genug geopfert, Albrecht. Alles, was bleibt, ist der Kampf."

Er dreht sich um und verlässt die düstere Halle, Brigittes Botschaft fest in der Hand, als wäre sie das letzte Band, das ihn an seine Geliebte bindet.

Der erste Schritt seines Weges ist klar.

───────── ⟲∾⟳ ─────────

D ie „Brennende Eiche" ist eine jener Tavernen, in denen das Lachen mit dem Klang schwerer Bierkrüge und dem leisen Rascheln von Goldmünzen verschmilzt. Doch heute Abend fehlt dem Lachen die übliche Leichtigkeit, und das Schankmädchen wirft immer wieder nervöse Blicke zu den schweren Holztüren, als erwarte es, dass etwas Unheilvolles hereinbricht.

Manfred betritt die Taverne, die einen herben Geruch nach Rauch und feuchtem Holz verströmt, und sein Blick wandert sofort zu einer massigen Gestalt am anderen Ende des Raumes. Der rote Bart leuchtet selbst im Halbdunkel des Raumes wie ein Feuerbrand, und das Lächeln, das daraufhin über Manfreds Gesicht huscht, verrät eine Mischung aus Freude und Ironie.

„Rainer ‚Brenne', ich hätte wissen müssen, dass der Anblick eines prall gefüllten Bierkrugs dich mehr lockt als der Duft einer heißen

Frau," ruft Manfred mit einem spöttischen Grinsen, während er sich seinen Weg durch die dicht besetzten Tische bahnt.

Rainer hebt nur eine Augenbraue und schüttelt leicht den Kopf.

„Und ich hätte wissen müssen, dass du irgendwann wieder auftauchen würdest, um mich aus meinem wohlverdienten Ruhestand zu reißen." Er deutet mit einem Kopfnicken auf den Krug vor sich. „Aber setz dich, alter Freund. Es sieht so aus, als hättest du eine Geschichte, die zu erzählen ist – und mein Bier wird sie zumindest erträglicher machen."

Manfred lässt sich auf die Bank gegenüber fallen und mustert Rainers Gesicht, in dem immer noch die Spuren früherer Kämpfe und Wunden zu erkennen sind. „Es ist tatsächlich eine Geschichte," murmelt Manfred, wobei die Bitterkeit in seiner Stimme unüberhörbar ist. „Brigitte wurde entführt. Die schwarzen Ritter des Königs haben sie mitgenommen."

Rainers Augen verengen sich, und sein sonst entspanntes Grinsen verschwindet augenblicklich. „Die schwarzen Ritter. Was bei allen verfluchten Geistern hat Wilfried mit einem Mädchen wie Brigitte zu schaffen?"

„Das ist es, was ich herausfinden will," antwortet Manfred, wobei seine Stimme leise und gefährlich wird. „Offenbar steckt mehr dahinter. Ihre Familie trägt das Blut alter Magier. Und es scheint, als hätte unser guter König ein neues Interesse an... sagen wir, mystischen Kräften."

Rainer schnaubt und wirft einen misstrauischen Blick über die Schulter. „Also diese Art von Wahnsinn. Sie sagen, Wilfried sucht nach einem Weg, sich selbst zu einer Art... unsterblichem Schatten zu machen."

„Eine Art?" Manfred hebt eine Augenbraue. „Nein, er ist genau die Art Mensch, die alles daran setzen wird, dunkle Macht in die eigenen Hände zu reißen, ohne zu verstehen, was er entfesselt. Und Brigitte ist nur das Mittel zu seinem Ziel."

„Gut. Dann steht mein Entschluss fest," sagt Rainer grinsend und nimmt einen tiefen Schluck aus seinem Krug. „Weißt du, ich wollte schon immer einmal einen König stürzen."

Manfred lacht kurz auf, doch in seinen Augen brennt ein entschlossener Glanz. „Du machst es dir zu leicht, alter Freund. Das hier wird kein schneller, ehrenvoller Kampf. Wilfried hat Schatten um sich, die tiefer und tödlicher sind, als wir es uns vorstellen können."

„Manfred, ich bin nicht hier, weil ich Ehre suche." Rainers Grinsen verschwindet und wird durch einen ernsthaften, fast finsteren Ausdruck ersetzt. „Was immer dieser verdammte König plant, es wird alle unsere Leben betreffen. Und ich habe genug von Menschen, die sich mit Dingen einlassen, die sie nicht verstehen. Wenn Wilfried einen Fehler gemacht hat, dann den, den Zorn des Landes selbst gegen sich zu rufen."

„Das hoffe ich", murmelt Manfred und nimmt einen tiefen Schluck aus seinem eigenen Krug. Die bittere Schwere des Bieres ist fast wie eine Erinnerung an die Härte ihrer Vergangenheit. „Denn das wird mehr erfordern als nur Mut. Das wird Verzweiflung verlangen. Und Wut."

In der Ecke der Taverne fällt plötzlich ein lautes Poltern, als einer der Männer einen Stuhl umwirft. Die Geräusche lassen die beiden kurz innehalten, aber es stellt sich nur als eine gewöhnliche Schlägerei heraus, die für die „Brennende Eiche" ebenso normal ist wie der Ruf des Nachtvogels im Wald. Doch Manfred hat das Gefühl, dass jeder Blick, jeder Schatten in dieser Nacht eine geheime Botschaft trägt.

„Da fällt mir ein", flüstert Rainer und beugt sich näher an Manfred heran. „Hast du von den Gerüchten über die Schatten gehört? Angeblich gibt es im ganzen Land Widerstand. Es heißt, Wilfrieds Macht ist nicht so unerschütterlich, wie er uns glauben machen will."

„Interessant." Manfreds Augen glühen auf, und ein leises Lächeln umspielt seine Lippen. „Und was sagt dieser Widerstand? Ein paar hungrige Bauern, die den König zu Fall bringen wollen?"

„Mehr als Bauern." Rainer lehnt sich zurück und zieht eine Ledertasche aus seinem Wams. „Hier, ich dachte, das könnte dich interessieren."

Manfred öffnet die Tasche und zieht eine grobe, handgemalte Karte heraus, die ihm einige bekannte, aber auch viele unbekannte Wege durch das Gebiet des Königreichs zeigt – darunter verborgene Pfade, Fluchtrouten und geheime Treffpunkte.

„Das ist... eine interessante Sammlung," bemerkt er trocken, doch in seinen Augen blitzt Anerkennung auf. „Wo hast du das her?"

Rainer lächelt geheimnisvoll. „Sagen wir, ein alter Freund aus meinen zwielichtigeren Tagen war noch zu Diensten. Diese Pfade führen dich nicht nur tief in Wilfrieds Herz, sondern vielleicht auch direkt in den dunklen Ritus, den er vorbereitet."

„Und du willst mir sagen, dass es dort draußen wirklich Menschen gibt, die den Mut haben, sich gegen Wilfried zu stellen?" Manfreds Blick wird schärfer.

„Glaub es oder nicht, aber manchmal sind die Schwachen stärker als wir glauben. Manchmal braucht es nur den einen Funken, der das Feuer entfacht." Rainer wirft ihm einen prüfenden Blick zu. „Ich nehme an, du bist bereit, dieser Funke zu sein?"

„Bereit", wiederholt Manfred leise, seine Stimme getränkt von der Entschlossenheit, die sich in ihm zusammenbraut. „Ich habe nichts anderes im Sinn, Rainer. Brigitte ist alles, was mir je etwas bedeutet hat. Und wenn Wilfried glaubt, dass er sie mir nehmen kann, dann wird er lernen, was es heißt, den Tod zu fürchten."

Rainer schnaubt und erhebt seinen Krug zum Trinkspruch. „Dann trinken wir auf die Hölle, die wir diesem König bereiten werden."

Manfred stößt an, und die Krüge treffen sich mit einem lauten Klirren, das fast durch den Raum zu schallen scheint. Die beiden trinken, die Bitterkeit des Biers vermischt sich mit der Bitterkeit ihrer Gedanken.

Doch hinter der Kameradschaft und der Entschlossenheit lauert eine stille Anspannung. Manfred weiß, dass sie sich auf einen gefährlichen Pfad begeben. Wilfrieds Macht reicht weit, und der Gedanke, dass Brigitte in den Händen dieses Wahnsinnigen ist, lässt ihn jedes Mal, wenn er daran denkt, die Faust ballen.

„Ich werde nicht zulassen, dass er sie verletzt", murmelt er schließlich, mehr zu sich selbst als zu Rainer.

„Das hoffe ich", erwidert Rainer und klopft ihm auf die Schulter, ein ernster Ausdruck in seinen sonst spöttischen Augen. „Denn das Einzige, was stärker ist als die Furcht vor Wilfried, ist die Furcht, das eigene Herz zu verlieren."

Manfred nickt nur, seine Kiefer sind fest aufeinandergepresst, und in seinem Blick liegt der unerschütterliche Wille, das Unmögliche möglich zu machen.

Die Tür der Taverne öffnet sich, und ein kühler Nachtwind weht herein, der den Geruch von Feuchtigkeit und Erde mit sich trägt – eine Erinnerung daran, dass sich alles in Bewegung setzt. Manfred erhebt sich und blickt noch einmal zu Rainer, der ihm mit einem Nicken zunickt.

„Ich erwarte nicht, dass du mir folgst", sagt Manfred leise, seine Stimme hart.

Rainer grinst. „Oh, ich denke, du wirst mich schwer loswerden, mein Freund. Und wenn wir schon in die Hölle reiten, dann wenigstens gemeinsam."

Mit einem letzten Blick, der die Verbindung einer Freundschaft über viele Jahre hinweg besiegelt, verlassen die beiden Männer die Taverne, und die Nacht umhüllt sie, als sei sie bereit, sie zu prüfen.

Die Kälte der Nacht hat sich wie ein dichter Schleier über das Schloss Verloyn gelegt. Ein einsamer Wind pfeift durch die steinernen Korridore und treibt die Flammen der Fackeln zum Tanzen, als wären sie Geister, die aus der Vergangenheit herüberwehen. Manfred schreitet durch die Gänge, seine Schritte hallen wider und verlieren sich in der tiefen Stille der Nacht.

In seinem Gemach, einem Raum voller Erinnerungen an vergangene Zeiten, zündet er eine Kerze an und sieht sich um. Staub hat sich auf den Möbeln abgesetzt, und das Leder des Sessels, in dem sein Vater früher gesessen hatte, ist rissig geworden. Die Schatten, die die Wände entlangkriechen, scheinen fast lebendig – als wollten sie ihn an längst vergangene Zeiten erinnern, an das, was verloren ist.

Er lässt sich auf die schwere Holztruhe am Fenster nieder und zieht eine kleine, alte Schatulle hervor, die er einst dort versteckt hatte. Vorsichtig öffnet er sie, und das erste, was ihn begrüßt, ist der vertraute Duft von Lavendel und frischen Blättern – Brigittes Duft.

Darin befinden sich Briefe, die Brigitte ihm vor seiner Abreise hinterlassen hatte. Kleine Notizen, die sie ihm heimlich zugesteckt hatte, als sie sich abends im Wald getroffen hatten, fernab der neugierigen Augen des Hofes. Jede Zeile dieser Briefe ist wie ein stilles Versprechen, das jetzt schmerzlich gebrochen scheint.

Er nimmt einen der Briefe heraus und beginnt zu lesen:

„Manfred, mein Herz wird immer zu dir zurückfinden, wohin du auch gehst. Deine Schritte werden meine Schritte sein, und selbst wenn wir getrennt sind, wird mein Geist dich begleiten. Versprich mir, dass wir uns wiedersehen. Dass du zu mir zurückkommst – und dann wird nichts uns mehr trennen."

Manfred schließt die Augen und atmet tief ein. Der Schmerz dieses Versprechens, das ihm wie ein Dolch im Herzen liegt, drängt ihn dazu, alles in Bewegung zu setzen, um sie zurückzuholen. Für einen Moment steht er da, die Stirn gegen das kühle Glas des

Fensters gelehnt, und seine Gedanken wandern zurück zu ihrer letzten Begegnung.

Es war eine Nacht voller leiser Geheimnisse gewesen, als sie sich das letzte Mal gesehen hatten. Der Mond hatte die Bäume in silbernes Licht gehüllt, und Brigitte war ihm lächelnd entgegengetreten, ihre Augen voller Leben, aber auch voller Sorge.

„Manfred," hatte sie leise gesagt und ihre Hand auf seine Brust gelegt, so als wollte sie den Schlag seines Herzens spüren, „wirst du dich je wieder daran erinnern, warum wir das alles tun? Warum wir kämpfen?"

„Für das Leben", hatte er geantwortet, fast schroff. „Für die Freiheit. Und für dich."

Sie hatte ihn lange angesehen, ihre Augen ein Rätsel, das nur er lösen konnte. „Versprich mir, dass du immer daran denkst, warum du zurückkehren musst. Nicht für Ruhm oder Macht, sondern..."

„...für dich," hatte er geantwortet, und ihre Hände hatten sich ineinander verschränkt wie zwei Teile eines Ganzen, das endlich wieder vereint war.

⁓ ⟨⟩ ⁓

Manfreds Finger umklammern den Brief fest, als ob er dadurch die Zeit zurückholen könnte. Ein Gefühl von Zorn und Verzweiflung kocht in ihm hoch – warum hat er ihr nicht besser schützen können? Warum hat er sich in falscher Sicherheit gewogen und geglaubt, dass der Feind ihm nicht das Kostbarste nehmen würde?

Er steht abrupt auf, wirft die Briefe zurück in die Schatulle und schließt sie mit einem heftigen Knall. Für einen Moment schließt er die Augen, atmet tief ein und spürt, wie sich die Ränder seines Zorns schärfen, sich zu einer einzigen, tödlichen Entschlossenheit formen.

Ein leises Klopfen an der Tür unterbricht seine Gedanken. Ohne eine Antwort abzuwarten, tritt Rainer ein, sein Gesicht im Schatten des Kerzenlichts, das sanft in den Raum flackert.

„Da sitzt du also und grübelst über alte Briefe, während draußen die Welt zusammenbricht," sagt er trocken und mit einem Hauch von Spott. „Sehr heldenhaft, muss ich schon sagen."

Manfred wirft ihm einen finsteren Blick zu, doch Rainers Mund verzieht sich nur zu einem schiefen Lächeln. „Bist du bereit, oder willst du noch etwas sentimental bleiben?"

„Du hast doch keine Ahnung, was es heißt, jemanden wirklich zu lieben, Rainer," murmelt Manfred, die Stimme gesenkt. „Vielleicht verstehst du dann auch nicht, warum ich diese Briefe lesen muss."

Rainer hebt die Hände, als würde er sich entschuldigen. „Oh, ich verstehe es schon – ich verstehe es besser, als du glaubst. Aber wenn dir Brigitte so viel bedeutet, solltest du jetzt weniger Zeit mit Erinnerungen verbringen und mehr mit Plänen."

Manfred atmet tief durch, sein Zorn legt sich etwas, und ein bitteres Lächeln huscht über sein Gesicht. „Ja, du hast recht. Es hilft niemandem, wenn ich hier sitze und alten Zeiten nachtrauere."

Rainer nickt und setzt sich neben ihn auf die Truhe. Für einen Moment herrscht Schweigen zwischen den beiden, und das einzige Geräusch ist das leise Flackern der Kerzen.

„Hör zu," beginnt Rainer schließlich leise. „Du bist nicht allein in diesem Kampf. Wir alle haben etwas, das wir verteidigen. Du kämpfst für Brigitte. Ich kämpfe, weil ich es Leid bin, dass dieser verrückte König alles und jeden zerstört. Aber wir brauchen einen Plan, der mehr ist als nur ein Zornesausbruch."

Manfred nickt und starrt auf die geschlossenen Fensterläden, hinter denen die Dunkelheit der Nacht lauert. „Du hast recht. Wilfried muss fallen – aber zuerst muss ich Brigitte finden."

Rainer legt ihm eine Hand auf die Schulter. „Dann sollten wir bald aufbrechen. Die Karten, die ich dir gezeigt habe, führen durch das Herz seines Landes. Es wird gefährlich, aber mit ein bisschen Glück kommen wir lebend durch."

„Glück?" Manfred lacht bitter. „Ich verlasse mich nicht auf Glück, sondern auf das Versprechen, das ich Brigitte gegeben habe. Ich werde sie zurückholen. Mit dir oder ohne dich, Rainer."

Rainer grinst breit, und für einen Moment blitzt der alte Kämpfer in ihm auf. „Oh, du wirst mich nicht los, selbst wenn du wolltest. Irgendjemand muss dich schließlich davor bewahren, dass dein romantischer Wahnsinn dich umbringt."

Die beiden Männer sehen sich an, und in diesem Blick liegt das Vertrauen, das nur aus Jahren gemeinsamer Kämpfe und Geheimnisse entsteht.

Schließlich erhebt sich Manfred und geht zur Tür. „Dann sammeln wir unsere Kräfte und brechen im Morgengrauen auf. Wilfried glaubt vielleicht, dass er in der Dunkelheit unantastbar ist, aber wir werden ihm zeigen, dass er sich irrt."

Die Schatten in der Kammer scheinen sich zu bewegen, als Manfred und Rainer das Zimmer verlassen, und ein eisiger Hauch von Entschlossenheit erfüllt die Luft.

Kapitel 2

D er Regen prasselt in dichten Tropfen gegen die schiefen Holzwände der kleinen Taverne „Zum kreischenden Raben". Die meisten Gäste haben sich längst in die Ecken zurückgezogen, die Köpfe gesenkt, jeder mit eigenen Sorgen und Geheimnissen beschäftigt. Doch tief im Inneren des schummrigen Raumes, verborgen hinter einer unscheinbaren Holztür, befindet sich ein kleiner, verborgener Raum – der Ort, an dem sich Manfred und Rainer heute Nacht treffen, um ihre Truppe zusammenzustellen.

Manfred lehnt mit verschränkten Armen an der Wand und blickt grimmig auf die beiden Männer vor sich. Auf der einen Seite sitzt Rainer „Brenne", dessen roter Bart im flackernden Kerzenlicht ein wenig wie eine Flamme aussieht, die gerade ausgeht. Neben ihm, in einem dunklen, abgetragenen Mantel gehüllt und mit einem Ausdruck unbestimmter Gleichgültigkeit, sitzt Gerhard „die Schatten", ein Mann, dessen Gesicht so unscheinbar ist, dass selbst der Wirt ihn kaum bemerkt hätte.

„Na schön," beginnt Manfred mit einer Stimme, die klar und hart durch den Raum hallt. „Ihr wisst, warum wir hier sind. Und wer nicht weiß, warum, hat kein Recht, in diesen Raum einzutreten."

Gerhard erhebt langsam den Kopf und blickt Manfred mit einem Anflug von Sarkasmus an. „Manfred, ich habe dich nie für so dramatisch gehalten. Ich dachte, du wärst eher der Typ, der einen Angriff beginnt, ohne erst große Reden zu schwingen."

Rainer lacht und klopft Gerhard auf die Schulter. „Sei nicht so streng, Schatten. Manfred hat einen guten Grund, heute Nacht wortgewandt zu sein. Immerhin geht es um das Herz seiner Angebeteten."

„Angebeteten, sagt er." Manfred schnaubt und wirft Rainer einen Blick zu, der irgendwo zwischen Dankbarkeit und Geduld liegt. „Danke, Rainer, dass du mir romantische Gefühle unterstellst, wenn es um das geht, was ich retten muss. Es ist viel mehr als das."

„Und wenn es weniger wäre, wären wir auch nicht hier", murmelt Gerhard und dreht die Kerze auf dem Tisch ein wenig, sodass sein Gesicht halb im Schatten bleibt. „Aber kommen wir zur Sache. Was genau ist der Plan, um Brigitte aus den Händen des verrückten Königs zu befreien?"

Manfred tritt einen Schritt näher und legt eine handgezeichnete Karte auf den Tisch. „Das hier sind die Routen, die tief ins Herz des Königreichs führen. Die meisten Wege sind bewacht oder durch Flüsse blockiert, aber es gibt einige alte Pfade, die nicht auf den Karten des Königs verzeichnet sind."

„Sehr vertrauenerweckend", murmelt Gerhard trocken. „Unbewachte Pfade, von denen der König nichts weiß. Klingt nach einer Einladung in eine Falle."

„Oh, hab Vertrauen, Schatten", sagt Rainer mit einem Grinsen und schüttet sich großzügig Wein in seinen Krug. „Wenn du nicht draufgehst, haben wir vielleicht sogar die Chance, heil durchzukommen."

Gerhard zuckt die Schultern. „Das habe ich gehört – und wer sollte besser auf solche Missionen vorbereitet sein als ein Mann, dessen Name ‚die Schatten' ist, richtig?"

Manfred unterdrückt ein Grinsen. Die gegenseitigen Sticheleien zwischen den dreien gehören zu den wenigen Dingen, die ihm in dieser düsteren Situation ein Gefühl von Normalität geben. Aber die Zeit drängt, und die Situation ist zu ernst für Spott allein.

„Gerhard", sagt Manfred mit kühler Entschlossenheit, „es gibt einen Zugang nahe der Grenze. Eine alte Schmugglerroute, die nur wenige kennen. Wir müssen genau da durch, und zwar möglichst ungesehen."

„Du sprichst von der ,Roten Schlucht', nicht wahr?", fragt Gerhard und zieht eine Augenbraue hoch. „Selbst die mutigsten Schmuggler wagen sich da kaum durch, weil man nirgendwo Schutz vor den Patrouillen hat. Ein Plan, der jeden vernünftigen Mann abschrecken würde."

„Zum Glück haben wir in diesem Raum keinen einzigen vernünftigen Mann", erwidert Rainer mit einem übertrieben ernsten Gesichtsausdruck, bevor er in Gelächter ausbricht. „Ehrlich, Leute, hört auf, uns Illusionen von Sicherheit zu machen. Das hier wird ein Himmelfahrtskommando, und ich persönlich sehe das als Herausforderung."

Manfred atmet tief ein, sein Blick wird ernst, und das Lachen auf Rainers Lippen verstummt. „Hört zu. Ich brauche euch beide in dieser Mission. Und ja, es wird gefährlich, wahrscheinlich sogar verrückt. Aber was ich euch versprechen kann, ist, dass wir Brigitte zurückholen werden, oder wir sterben dabei."

Ein kurzes Schweigen legt sich über die Gruppe, und die Bedeutung dieser Worte dringt tief in ihre Herzen ein. In diesem Moment wird ihnen allen die Schwere ihres Vorhabens bewusst, und doch ist keiner von ihnen bereit, auch nur einen Schritt zurückzuweichen.

Schließlich bricht Gerhard das Schweigen, seine Stimme leise und bestimmt. „Ich bin dabei. Ich habe zu viele Schatten gesehen, um jetzt zurückzuweichen."

„Das ist die Einstellung, die wir brauchen", murmelt Manfred und richtet sich auf, das Funkeln in seinen Augen verrät die Entschlossenheit, die in ihm brodelt. „Also gut. Wir brechen morgen bei Morgengrauen auf. Zieht euch warm an – und lasst jeden

Funken Menschlichkeit hier zurück. Wo wir hingehen, wird es kein Erbarmen geben."

Rainer grinst und hebt seinen Krug. „Dann auf die Nacht, meine Freunde. Möge sie uns stark und unsere Feinde schwach machen."

Sie stoßen ihre Krüge zusammen, und das leise Klingen des Glases klingt wie ein Versprechen in der Dunkelheit – ein Bündnis, das nur durch die Kälte der Nacht und die Gefahr, die vor ihnen liegt, noch stärker wird.

Manfreds Blick wandert zu jedem von ihnen, und in diesem Moment spürt er, dass sie nicht nur Kameraden sind, sondern Brüder. Mit dieser Entschlossenheit und dem Wissen, dass Brigitte auf ihn wartet, kann er die Dunkelheit durchdringen.

⎯⎯⎯⎯ ⟨⟨⟩ ⎯⎯⎯⎯

D ie ersten Sonnenstrahlen dringen kaum durch den nebligen Morgen, als sich Manfred, Rainer und Gerhard auf eine Lichtung nahe der Taverne begeben. Die Luft ist kühl und voller Erwartung. Der Boden ist noch feucht vom Regen der Nacht, und der Nebel legt sich wie eine Wand aus milchigem Rauch um sie herum.

Manfred zieht sein Schwert, sein Blick fest auf die beiden anderen gerichtet. „Bevor wir uns ins Reich der Dunkelheit begeben, möchte ich sicher sein, dass ihr beide noch wisst, wie man kämpft."

„Kämpfen?", wiederholt Gerhard trocken und hebt eine Augenbraue, während er sich den Mantel von den Schultern zieht. „Ich dachte, du würdest uns eine Lektion in Romantik erteilen."

„Oh, wenn es das wäre", murmelt Rainer und zieht mit einem schelmischen Grinsen eine Axt aus seinem Gürtel. „Aber wenn Manfred hier das Gefühl hat, dass wir eingerostet sind, dann sollten wir ihn besser nicht enttäuschen."

Manfred schnaubt und schwingt sein Schwert in einem präzisen Halbkreis. „Genug der Witze. Ich will sehen, wie gut ihr seid – und ob ihr auch unter Druck einen kühlen Kopf bewahren könnt."

Rainer und Gerhard tauschen einen kurzen Blick, ein stilles Abkommen, das in ihren grinsenden Gesichtern liegt. Es ist, als hätten die beiden sich stillschweigend darauf geeinigt, Manfred zu zeigen, dass sie noch lange nicht zum alten Eisen gehören.

„Also gut, Verloyn", sagt Rainer mit einem funkelnden Lächeln, als er das Gewicht seiner Axt in der Hand prüft. „Zeig uns, was du draufhast."

Manfred wartet nicht auf eine Antwort. Mit einem schnellen, fast lautlosen Schritt geht er auf Gerhard zu und führt einen Hieb, der so präzise ist, dass die Luft vibriert, als die Klinge durchs Leere schneidet. Gerhard weicht jedoch mit einer Geschwindigkeit zur Seite, die überrascht, fast als hätte er die Bewegung vorausgeahnt.

„Nicht schlecht, Manfred", sagt Gerhard und zieht sein eigenes, langes Messer. „Aber du vergisst, dass die Schatten immer schneller sind."

Mit einer flinken Bewegung sticht er in Richtung von Manfreds Flanke, der jedoch mit einem grimmigen Lächeln blockt und Gerhard zurückdrängt. „Ich vergesse gar nichts", erwidert Manfred und kontert mit einem Hieb von oben, den Gerhard knapp abwehrt. „Ich erinnere mich nur daran, wie überheblich du warst."

Währenddessen geht Rainer ungeduldig auf und ab, seine Axt schwingend. „Hört auf zu flirten, ihr zwei! Ich bin hier, um meinen Teil der Arbeit zu leisten." Ohne zu zögern, wirft er sich in den Kampf und greift Manfred von der Seite an, die Axt gezielt auf dessen Schwertarm.

Manfred kontert den Angriff mit einem seitlichen Schritt und pariert Rainers Axt mit einem lauten, metallischen Klirren. „Noch immer derselbe Hitzkopf, Rainer."

„Und noch immer der größte Spaß bei diesen kleinen Freundschaftskämpfen", erwidert Rainer, während er seine Axt zurückzieht und mit einem grimmigen Lächeln erneut ausholt. „Du kannst es dir nicht leisten, die Dinge so ernst zu nehmen, Manfred. Sonst vergisst du noch, wie es sich anfühlt, wirklich zu leben."

In diesem Moment ertönt das knackende Geräusch eines Zweiges, und alle drei Männer halten inne, die Muskeln angespannt, die Augen wachsam. Aus dem Nebel tritt eine Gestalt hervor – eine Frau, schlank und in eine graue Kapuze gehüllt, die über ihren Schultern wie ein silberner Schleier fällt. Sie bewegt sich mit einer katzenartigen Leichtigkeit, und in ihren Augen blitzt ein selbstbewusstes Funkeln, das Manfred sofort auffällt.

„Darf ich euch unterbrechen, meine Herren?" Ihre Stimme ist weich und samtig, doch jeder ihrer Worte hat eine durchdringende Schärfe.

Rainer sieht sie an, seine Augenbrauen hochgezogen. „Und wer seid ihr, dass ihr unsere... kleine Trainingseinheit stören dürft?"

Die Frau zieht die Kapuze ab, und darunter kommt ein fein geschnittenes, markantes Gesicht mit einer eleganten Strenge zum Vorschein. „Elisa von Sternberg", sagt sie ruhig, und ihre Stimme trägt den unmissverständlichen Ton einer Frau, die es gewohnt ist, dass man ihr zuhört. „Ich bin hier, um euch meine Hilfe anzubieten."

Manfred mustert sie mit misstrauischem Blick, seine Hand noch immer am Griff seines Schwertes. „Hilfe? Und warum sollten wir jemanden wie euch in unseren Plan einweihen?"

Ein kleines, spöttisches Lächeln huscht über ihre Lippen. „Vielleicht, weil ich mehr über Wilfrieds Bewegungen weiß als ihr. Und vielleicht, weil ich Informationen habe, die ihr braucht." Sie wirft einen kurzen Blick zu Gerhard, der sie durchdringend mustert, als versuche er, die Wahrheit in ihrem Gesicht zu lesen.

„Aha, und was wäre das?" Gerhard, skeptisch wie immer, tritt einen Schritt auf sie zu. „Ich nehme an, ihr seid zufällig über das halbe Land gereist, um drei herumlaufenden Idioten in einer verregneten Ecke Hilfe anzubieten?"

Elisa lacht leise und kreuzt die Arme vor der Brust. „Nenn es eine Laune. Oder vielleicht eine Gelegenheit. Was zählt, ist, dass ihr jemanden wie mich in eurer Gruppe braucht. Wilfried hat überall Augen und Ohren, und ich weiß genau, wo er seine Spione stationiert hat."

Rainer pfeift leise und lehnt seine Axt auf die Schulter. „Na, sie hat jedenfalls genug Selbstbewusstsein für ein halbes Dutzend Soldaten. Vielleicht sollten wir sie doch mal ausprobieren, Manfred."

Manfred hebt die Hand, um Rainers Kommentar zu unterbrechen, und richtet seinen Blick scharf auf Elisa. „Und was genau bringt euch dazu, uns zu vertrauen?"

Elisa erwidert seinen Blick ungerührt. „Lasst es mich anders ausdrücken, Verloyn: Ich traue euch ebenso wenig wie ihr mir. Aber der Feind meines Feindes ist mein Freund, zumindest so lange, bis ich ihn nicht mehr brauche."

Ein kurzes Lächeln umspielt Manfreds Lippen, und er nickt langsam. „Nun gut. Einverstanden. Aber wenn ihr uns verratet..."

„Dann hoffe ich, dass ich schnell genug laufe, um eurem Zorn zu entkommen", unterbricht sie ihn, ein kaum merkliches Blitzen in ihren Augen. „Macht euch keine Sorgen, Verloyn. Ich verrate euch nicht. Noch nicht."

Rainer lacht laut auf und schlägt Elisa auf die Schulter. „Nun, das ist ja fast rührend! Willkommen in unserer kleinen Höllenfahrt, Elisa. Ich hoffe, du hast keine Angst vor ein paar Narben."

„Ich hoffe, du hast keine Angst vor einer Frau, die vielleicht besser kämpft als du, Rainer", erwidert sie und wirft ihm ein neckisches Lächeln zu.

Während Gerhard sie alle beobachtet, legt sich eine plötzliche Stille über die Gruppe, und für einen kurzen Moment verstehen sich alle ohne Worte. Die Feindschaft, die Zweifel, die Unsicherheit – all das zählt jetzt nicht. In dieser Allianz herrscht nur eine Wahrheit: Der gemeinsame Feind, der irgendwo in der Dunkelheit lauert und auf ihren ersten Fehler wartet.

Manfred bricht das Schweigen, seine Stimme ruhig und bestimmt. „Gut. Wir haben eine neue Verbündete. Ab morgen beginnt unsere Reise in das dunkle Herz des Königreichs. Bereitet euch vor, denn von hier an wird es kein Zurück mehr geben."

———— ◉ ————

Die Nacht hat sich wie ein samtiger Schleier über das Land gelegt, doch Manfred kann keinen Schlaf finden. Er steht am Fenster seines Zimmers und blickt in die Dunkelheit hinaus. Der kühle Nachtwind trägt die vertrauten Gerüche der Wälder und Felder mit sich, und doch fühlt sich alles fremd an, fast wie eine Erinnerung, die aus einer anderen Zeit stammt.

Er schließt die Augen und seine Gedanken wandern zurück zu jenem Sommerabend, an dem er Brigitte zum ersten Mal sah. Es war auf einem Turnier im Schloss ihres Vaters, und er war als junger Krieger eingeladen worden, sein Können zu zeigen. Er erinnert sich an den Lärm der jubelnden Menge, an das Klirren der Schwerter und den Duft von frischem Gras. Doch all das verblasste, sobald er sie erblickte.

———— ◉ ————

Manfred betritt die große Halle des Schlosses von Eschenbach, das in goldenes Licht getaucht ist, das von Hunderten von Kerzen und Fackeln ausgeht. An den Wänden hängen schwere Wandteppiche, die die ruhmreiche Geschichte der Eschenbachs erzählen – und ihm ist von Anfang an klar, dass dies ein Ort ist, der von Macht und Stolz durchdrungen ist. Doch nichts davon beeindruckt ihn so wie die Gestalt, die ihm am Ende der Halle ins Auge fällt.

Brigitte steht dort, in einem Kleid von tiefem Blau, das ihre schmale Taille und die Anmut ihrer Bewegungen betont. Ihr blondes Haar fällt in leichten Locken über ihre Schultern und scheint das Licht der Fackeln zu fangen und zu reflektieren. Manfred muss zweimal hinsehen, als er bemerkt, dass sie ihn ebenfalls ansieht, mit einem Blick, der sowohl neugierig als auch herausfordernd ist.

Er zögert keinen Moment und geht direkt auf sie zu. Wenn das Turnier schon zu seinen Gunsten verlief, warum nicht auch den Mut aufbringen, die Aufmerksamkeit der beeindruckendsten Frau im Saal zu erregen? Als er schließlich vor ihr steht, bemerkt er, dass sie noch schöner ist, als er es sich vorgestellt hatte. Doch da ist mehr – etwas in ihren Augen, das ihn neugierig macht, fast wie ein verstecktes Geheimnis, das nur darauf wartet, von ihm entdeckt zu werden.

„Ich nehme an, Ihr seid die Tochter des Gastgebers?" Manfred verneigt sich leicht und versucht, dabei einen Hauch von Respekt und Zurückhaltung zu zeigen. Doch er kann den Anflug eines Lächelns nicht verbergen.

Brigitte legt den Kopf schief und mustert ihn, als wäge sie ab, ob er ihre Zeit wert sei. „Und Ihr seid der berühmte Krieger, der soeben das Turnier gewonnen hat?" Sie hebt eine Augenbraue und setzt ein spöttisches Lächeln auf. „Ich hätte mehr erwartet."

Überrascht von ihrer direkten Art, lacht Manfred leise. „Nun, ich hätte weniger erwartet von einer jungen Dame, die doch nur in einer Loge saß und zusah."

Brigitte grinst, und in ihrem Blick liegt etwas Verschmitztes, das ihn sofort in seinen Bann zieht. „Seht Ihr, das ist der Unterschied zwischen uns beiden. Ich kann beobachten, ohne ein Schwert zu schwingen – und dennoch sehe ich mehr als die meisten."

Manfred legt eine Hand auf sein Herz und beugt sich leicht vor. „Oh, das ist beeindruckend. Aber vielleicht würdet Ihr noch mehr sehen, wenn Ihr mit mir tanzen würdet? Einmal das Schlachtfeld verlassen und den Tanzboden betreten, nur für einen Augenblick."

Brigitte zögert, doch dann gibt sie ihm ihre Hand. „Nur einen Tanz, Krieger. Mal sehen, ob Ihr im Tanz genauso gut seid wie im Kampf."

Manfred führt sie in die Mitte des Saals, und als die Musik erneut beginnt, legt er eine Hand an ihre Taille und beginnt, sich im Takt zu bewegen. Der Abstand zwischen ihnen ist fast unschicklich gering, und doch scheint es niemanden zu stören, am wenigsten sie. Ihre Augen, so blau wie ein stiller See, suchen seinen Blick, und er spürt eine Unruhe in seiner Brust, die er sich selbst nicht erklären kann.

„Also, Brigitte von Eschenbach", sagt er leise, während sie sich mit ihm im Kreis bewegt, „habt Ihr immer so eine spitze Zunge, oder hebt Ihr Euch das für besondere Anlässe auf?"

Sie lächelt und hebt das Kinn ein wenig. „Nur für besondere Anlässe. Für Männer, die glauben, dass ein Sieg in einem Turnier ihnen die Welt zu Füßen legt."

„Die Welt nicht", gibt er zurück und zieht sie ein kleines Stück näher an sich heran. „Nur ein Lächeln."

Sie hält seinem Blick stand, und in ihren Augen glimmt ein geheimnisvolles Feuer. „Seid vorsichtig, Manfred von Verloyn. Ein Lächeln könnte der Anfang von etwas sein, das Ihr nicht mehr kontrollieren könnt."

Er lacht leise, doch ihre Worte hinterlassen einen Eindruck. Zum ersten Mal in seinem Leben fühlt er sich herausgefordert von jemandem, der in der Lage ist, seine Rüstung zu durchdringen. Und während die Musik weiter erklingt und sie sich im Schein der Kerzen drehen, vergisst er alles um sich herum – die Verpflichtungen, die Kämpfe, die Welt außerhalb dieses Saals. In diesem Moment gibt es nur sie und das leise Versprechen, das in der Luft hängt.

Die Musik verstummt, und er führt sie zurück zu den Rändern des Saals. Doch bevor sie ihn verlassen kann, nimmt er ihre Hand und beugt sich vor, um einen leichten Kuss auf ihre Finger zu hauchen.

„Danke für den Tanz, Brigitte", sagt er leise und hält ihren Blick. „Ich hoffe, es ist nicht der letzte."

Sie zieht ihre Hand zurück, doch ein kaum merkliches Lächeln spielt um ihre Lippen. „Vielleicht, Manfred. Wenn Ihr Glück habt."

Und dann wendet sie sich ab und verschwindet in der Menge, und er bleibt stehen, das leise Echo ihrer Schritte und ihres Lächelns noch in seinem Kopf. In diesem Moment wusste er, dass sie ihn auf eine Weise berührt hatte, die er sich selbst kaum eingestehen konnte.

Manfred öffnet die Augen, und die Erinnerungen verblassen allmählich in der Dunkelheit seines Zimmers. Der Schmerz des Verlusts und die brennende Entschlossenheit, sie zurückzubringen, mischen sich zu einem unbezwingbaren Willen.

„Ich komme zu dir zurück, Brigitte", flüstert er in die Nacht hinaus.

───── ❧ ─────

Der Mond steht hoch am Himmel, das silberne Licht fällt durch die Ritzen des alten, brüchigen Fensters im kleinen Wachturm von Schloss Verloyn. Der Raum ist karg eingerichtet, und das einzige Möbelstück außer einem klapprigen Tisch und zwei hölzernen Stühlen ist eine halbvolle Flasche Wein, die Gerhard lässig in der Hand hält. Manfred sitzt ihm gegenüber, die Beine ausgestreckt, den Blick in die Dunkelheit gerichtet, als er den letzten Rest seiner Erinnerung an die erste Begegnung mit Brigitte ausklingen lässt.

Gerhard hebt die Flasche und mustert sie, als läge darin eine geheimnisvolle Antwort auf die Fragen des Lebens. „Weißt du, Verloyn, ich hätte nie gedacht, dass ich mein Leben einmal an der Seite eines Mannes riskieren würde, der bei Mondschein melancholisch wird." Ein schelmisches Lächeln kräuselt seine Lippen. „Ich hatte dich für einen abgeklärteren Krieger gehalten."

Manfred schnauft und sieht ihn aus dem Augenwinkel an. „Und ich hätte nie gedacht, dass ich jemanden wie dich an meiner Seite brauche, Gerhard. Aber es scheint, als könnten die Schatten ohne den Schatten selbst nicht durchdrungen werden."

„Oh, sehr poetisch. Es fehlt nur noch ein Gedicht und ein Taschentuch", murmelt Gerhard und reicht ihm die Flasche.

Manfred nimmt sie und trinkt einen tiefen Schluck. „Hör zu, Gerhard, ich weiß, dass das hier für dich auch kein einfacher Einsatz ist. Aber ich kann dir versprechen, dass wir Brigitte zurückholen."

Gerhard mustert ihn durchdringend, und für einen Moment legt sich eine ernste Miene auf sein Gesicht. „Weißt du, Manfred, ich hab viel gesehen in meinem Leben. Verrat, Betrug, Dinge, die selbst den Schatten zu finster wären. Was macht dich so sicher, dass Brigitte noch... dieselbe ist, wenn wir sie finden?"

Manfreds Kiefermuskeln spannen sich, und er sieht ihn schweigend an. Der Gedanke, dass Wilfried ihr bereits Schaden zugefügt haben könnte, lässt ihn innerlich kochen, doch seine Entschlossenheit bleibt ungebrochen. „Was immer er getan hat, es wird ihn teuer zu stehen kommen."

Gerhard seufzt leise und lehnt sich in seinem Stuhl zurück. „Na schön, Verloyn. Dein Glaube ist ja fast rührend. Aber wir sollten uns auf das konzentrieren, was vor uns liegt. Ich habe einige Informationen zusammengetragen, die dir gefallen könnten."

„Dann erzähl", erwidert Manfred, wobei seine Stimme schärfer klingt, als er beabsichtigt hatte.

Gerhard schüttelt nur den Kopf und breitet eine grobe, handgezeichnete Karte auf dem Tisch aus. Die Linien sind mit schneller, präziser Hand gezogen, und sie zeigen das Gebiet um Wilfrieds Festung, die an den düsteren Wäldern und morastigen

Feldern des Reiches der Dunkelheit liegt. Einige kleine Symbole markieren verborgene Pfade und geheime Zugänge.

„Das hier sind die alten Schmugglerwege", erklärt Gerhard und tippt auf mehrere markierte Stellen. „Die meisten davon sind so gut wie unpassierbar – mit Wachen und Fallen übersät, und Wilfried hat wahrscheinlich die besten seiner Leute dort postiert. Aber hier", er zeigt auf eine unscheinbare Linie, die sich durch die Wälder schlängelt, „haben wir einen vergessenen Zugang."

Manfred beugt sich vor und mustert die Stelle, auf die Gerhard zeigt. „Ein alter Minenschacht?"

„Genau", murmelt Gerhard und nickt. „Einst genutzt, um Erze und seltene Metalle zu fördern. Der Schacht führt direkt unter die Festung, und wenn wir ihn nehmen, könnten wir vielleicht unbemerkt ins Herz des Schlosses vordringen."

„Ein verlassener Schacht. Klingt, als wäre er voller Überraschungen", sagt Manfred sarkastisch. „Ich nehme an, du hast ihn vor deiner nächtlichen Kartensitzung bereits besichtigt?"

„Natürlich. Ich war drin und raus, ohne dass der Schatten meiner eigenen Existenz einen Verdacht schöpfen konnte." Gerhards spöttisches Lächeln wird zu einem selbstgefälligen Grinsen. „Ich bin vielleicht der Schatten, aber sogar der Schatten hat manchmal Augen."

Manfred schüttelt den Kopf, doch ein schwaches Lächeln spielt um seine Lippen. „Du weißt, dass das eine Falle sein könnte, oder? Wilfried könnte diesen alten Zugang kennen und darauf warten, dass sich jemand wie wir dorthin verirrt."

Gerhard zuckt mit den Schultern. „Dann muss es eben eine Falle sein, die wir nutzen. Glaub mir, Wilfried hat viele Spione, aber selbst sie sind sich nicht alle einig. Es gibt eine Menge Leute, die nur darauf warten, dass der König stürzt."

Manfred runzelt die Stirn. „Willst du damit andeuten, dass es einen Verräter in Wilfrieds eigenen Reihen gibt?"

Gerhard nickt und beugt sich näher zu ihm, seine Stimme wird zu einem leisen Flüstern. „Nicht einen. Mehrere. Ich habe gehört, dass sogar einige aus der höchsten Gesellschaft an seinem Sturz interessiert sind. Und – natürlich ist das nur ein Gerücht – man munkelt, dass einer seiner engsten Berater uns möglicherweise helfen könnte."

Manfred starrt ihn an, und seine Augen verengen sich misstrauisch. „Du meinst, jemand innerhalb des Palastes könnte bereit sein, Wilfried zu verraten?"

Gerhard zuckt mit den Schultern. „Die Reichen und Mächtigen haben ihre eigenen Pläne. Wilfried hat sich Feinde gemacht, Manfred, viele Feinde. Und es gibt genug Leute, die nur auf die Gelegenheit warten, ihn zu stürzen. Wenn wir clever genug sind, können wir das zu unserem Vorteil nutzen."

Manfred stützt sich auf die Tischkante und überlegt einen Moment, während seine Gedanken durch die Möglichkeiten rasen. „Aber wie sollen wir wissen, wem wir trauen können? Jeder, der vorgibt, uns helfen zu wollen, könnte genauso gut Wilfrieds Agent sein."

Gerhard legt eine Hand auf die Karte und zeichnet eine unsichtbare Linie zwischen den Wäldern und dem Palast. „Das ist der Teil, der dich betrifft. Du musst lernen, zwischen Freund und Feind zu unterscheiden – und manchmal ist der Feind der bessere Freund."

Ein schwaches Lächeln huscht über Manfreds Gesicht, und ein Hauch von Ironie klingt in seiner Stimme. „Du hast recht. Die Dunkelheit ist voller falscher Verbündeter, und nicht jeder, der dir die Hand reicht, will dich retten."

Gerhard lehnt sich zurück und nimmt noch einen Schluck aus der Flasche. „Also, was denkst du? Bist du bereit, den Plan durchzuführen, auch wenn wir nicht wissen, was uns wirklich erwartet?"

38

Manfred atmet tief ein und sieht ihm fest in die Augen. „Ich bin bereit. Wilfried hat keine Ahnung, was ihm bevorsteht."

Gerhard nickt langsam und hebt die Flasche in einer leichten, fast spöttischen Geste. „Dann auf das Ungewisse. Auf die Dunkelheit, die uns verschlingen könnte – und auf den Schatten, der sie durchdringen wird."

Manfred erhebt ebenfalls die Hand, und für einen Moment scheint es, als wären sie Verbündete, die nicht nur durch ihre gemeinsame Mission, sondern durch ein tieferes Band verbunden sind. Ein gemeinsames Schicksal, das sie beide in diese gefährliche Nacht geführt hat.

Kapitel 3

D as Schloss Verloyn ist an diesem Morgen erfüllt von einer eigenartigen Unruhe, einem Knistern in der Luft, das den Männern auf den Höfen das letzte Lachen vertreibt und die Knechte dazu bringt, beim Aufsatteln der Pferde vorsichtiger als gewöhnlich zu sein. Das Gepäck wird festgezurrt, und die Waffen glänzen im ersten Licht des Tages, als Manfred die Stufen des Hauptturms hinuntersteigt und seine kleine Gruppe im Innenhof mustert. Jeder hier weiß, dass sie sich auf ein Himmelfahrtskommando begeben, aber keiner wagt es, sich auch nur den leisesten Zweifel anmerken zu lassen.

Rainer, bereits in voller Rüstung und mit einem spöttischen Grinsen auf den Lippen, lehnt lässig an einem Pfosten und lässt den Blick über die Vorbereitungen schweifen. „Manfred, ich weiß ja nicht, ob dir das bewusst ist, aber deine Männer sehen aus, als gingen sie zu ihrer eigenen Beerdigung."

Manfred wirft ihm einen flüchtigen, ernsten Blick zu. „Vielleicht, weil sie es tun. Nur, dass wir in diesem Fall entscheiden, ob es auch Wilfrieds Beerdigung wird."

Rainer lacht trocken und schüttelt den Kopf. „Du und dein düsterer Humor. Wenn wir uns in der Hölle wiedersehen, werde ich dir diesen Satz sicher noch vorwerfen."

Gerhard „der Schatten", der mit einem Seil und einem Bündel Dolche ausgestattet ist, gesellt sich schweigend zu ihnen. „Lasst den Sarkasmus, bevor einer von uns tatsächlich dabei draufgeht. Das

Schwert und die Axt werden uns nichts nützen, wenn wir nicht wissen, wer welche Rolle hat."

Manfred nickt und ruft die Gruppe um sich zusammen. Elisa, die mysteriöse Verbündete, die sich vor kurzem zu ihnen gesellt hat, tritt einen Schritt näher und beobachtet ihn aufmerksam. Auch ihre Rolle bleibt – zumindest in Manfreds Augen – eine gewisse Unbekannte. Ihre Fähigkeiten sind noch nicht vollständig offenbart, und doch hat sie sich bisher als nützliche Verbündete erwiesen.

„Hört zu", beginnt Manfred, seine Stimme fest und durchdringend. „Jeder von uns hat eine Rolle, und wenn wir scheitern, wird keiner von uns lebend zurückkehren. Gerhard, du wirst der erste sein, der das Schattengelände absichert. Du kennst die alten Pfade besser als jeder andere, und wenn jemand in den Schatten lauert, bist du es, der es wissen muss."

Gerhard neigt den Kopf, seine Augen fixieren einen unsichtbaren Punkt in der Ferne. „Verstanden. Ich werde mich um die Späher kümmern und dafür sorgen, dass wir nicht in einen Hinterhalt geraten."

„Rainer, du wirst die Nachhut übernehmen", fährt Manfred fort. „Ich weiß, dass du impulsiv bist, aber hier musst du einen kühlen Kopf bewahren. Deine Axt wird nicht nur zum Angriff, sondern auch zur Verteidigung gebraucht."

Rainer grinst und klopft auf die breite Klinge an seiner Seite. „Kein Grund zur Sorge, Manfred. Falls jemand beschließt, uns in den Rücken zu fallen, wird er Bekanntschaft mit meiner Axt machen – ob er will oder nicht."

Schließlich wendet sich Manfred an Elisa, die ihm mit einem ruhigen Lächeln entgegenblickt. „Elisa, ich weiß nicht, was du uns verschweigst, aber ich weiß, dass du Verbindungen im Reich hast. Vielleicht kannst du dich unter Wilfrieds Augen bewegen, ohne dass man dich bemerkt. Für diese Mission brauchen wir dich als Spionin, nicht als Kämpferin."

Elisa lächelt geheimnisvoll und nickt. „Ich bin sicher, meine Kontakte werden uns ein paar Türen öffnen, die normalerweise verschlossen bleiben. Vertrau mir, Verloyn."

Manfreds Blick wird schärfer, als er ihre Worte prüfend in sich aufnimmt, doch er nickt knapp. „Dann wissen wir, was wir tun müssen. Jeder hat seine Aufgabe."

Kaum hat er die letzten Worte ausgesprochen, als eine leise, aber bestimmte Stimme aus dem Schatten eines der Türmchen hinter ihnen erklingt. Der alte Priester des Schlosses, Vater Gregor, tritt mit gebeugtem Rücken und einem sanften, aber durchdringenden Blick auf die Gruppe zu. In seinen Händen hält er ein silbernes Amulett, das in der Morgensonne glitzert.

„Manfred", beginnt der Priester, „bevor ihr aufbrecht, möchte ich euch etwas mit auf den Weg geben. Ein Segen – für Stärke, Mut und vielleicht das Quäntchen Glück, das ihr brauchen werdet."

Manfred verzieht das Gesicht und öffnet den Mund zu einer schnippischen Antwort, doch ein warnender Blick Rainers bringt ihn zum Schweigen. Selbst Manfred kann der andächtigen Geste des alten Priesters kaum trotzen, und insgeheim weiß er, dass jeder Schutz willkommen ist, selbst wenn er von einem alten Mann kommt, dessen Hände mehr vom Zählen der Jahre als vom Führen eines Schwerts gezeichnet sind.

Vater Gregor tritt einen Schritt näher, hebt das Amulett und lässt es über den Köpfen der Gruppe schwingen, während er leise murmelnd ein Gebet spricht. Seine Stimme klingt wie ein leises Wispern, das von den Wänden des Innenhofs widerhallt, und für einen Moment scheint die Zeit stillzustehen.

„Mögen die Schatten euch verbergen, mögen die Sterne euren Weg leiten, und möge das Schwert der Gerechtigkeit den Fluch der Dunkelheit durchdringen", spricht der Priester mit ungewohnten, beinahe beängstigenden Entschlossenheit. Er schließt die Augen, und ein seltsamer Funken durchzieht seine Züge, als hätte er selbst eine Vision von dem Pfad, der vor ihnen liegt.

Als er die Augen wieder öffnet, lässt er das Amulett in Manfreds Hände gleiten und sieht ihm tief in die Augen. „Trage es bei dir, Manfred. Es wird dich daran erinnern, warum du diesen Weg gewählt hast."

Manfred nickt langsam, spürt das kühle Metall des Amuletts in seiner Hand und steckt es schließlich in die Innentasche seines Mantels. „Danke, Vater", murmelt er, wobei seine Stimme eine ungewohnte Ernsthaftigkeit annimmt.

Vater Gregor tritt zurück, und ein seltsames Lächeln liegt auf seinen Lippen. „Geh in die Dunkelheit, Manfred von Verloyn. Möge der Wille deines Herzens dein Führer sein – und mögest du das Licht wiederfinden."

Die Worte hallen in der Stille des Innenhofs wider, und jeder der Männer steht für einen Moment wie gebannt. Doch dann, als hätte sich ein unsichtbares Signal ereignet, zieht Rainer seine Waffe mit einem letzten, demonstrativen Schwung und nickt Manfred zu.

„Also gut, Helden. Die Dunkelheit wartet nicht ewig auf uns", sagt er mit einem leisen Lachen, das die Anspannung in der Luft auflockert.

„Lasst uns aufbrechen", erwidert Manfred und wirft einen letzten Blick auf das alte Schloss, bevor er seine Gruppe aus dem Hof führt.

In ihren Gesichtern liegt der Ausdruck von Menschen, die wissen, dass sie vielleicht nie wieder zurückkehren werden. Doch in jedem von ihnen brennt eine Entschlossenheit, die weder durch Worte noch durch Zweifel zu brechen ist.

Sie steigen auf ihre Pferde, und im ersten Licht des Morgens brechen sie auf – in eine Welt, die durchzogen ist von Schatten, Verrat und der Gewissheit, dass nur die Tapfersten das Ende dieses Pfades erreichen werden.

Die Sonne ist bereits untergegangen, als Manfred und seine Begleiter die Taverne an der Grenze erreichen. Die „Rauchende Eule" – ein schäbiges, windschiefes Gebäude, das gerade noch standzuhalten scheint – ist wie geschaffen für zwielichtige Treffen. Die Fenster sind staubig, das Holz des Eingangsportals ist von Kratzern übersät, und der Rauch der Kerzen scheint dick wie Nebel im Raum zu hängen.

Manfred tritt als Erster ein und lässt seinen Blick prüfend durch die Taverne schweifen. Der Geruch von abgestandenem Bier und verbranntem Fleisch schlägt ihm entgegen, und im hintersten Winkel, kaum sichtbar, erkennt er eine schattenhafte Gestalt, die mit gesenktem Kopf sitzt. Ein leises Nicken von Manfred, und seine Gruppe verteilt sich strategisch: Rainer bleibt nahe der Tür stehen, Gerhard „die Schatten" verschwindet förmlich in einer dunklen Ecke, und Elisa, deren Miene wie immer geheimnisvoll ist, setzt sich mit eleganter Ruhe an einen Tisch, von wo aus sie alles im Blick hat.

Manfred geht langsam zu der Gestalt am hinteren Tisch, ein großer, hagerer Mann mit einem verblichenen Umhang und einem nervösen Zucken in den Fingern. Ohne viel Aufhebens setzt sich Manfred ihm gegenüber, legt eine Münze auf den Tisch und blickt ihn ruhig an.

„Ich nehme an, du bist unser Mann", sagt Manfred in einem Ton, der weder Zweifel noch Diskussion zulässt.

Der Mann, der offenbar einen schweren Bartschatten und die Angewohnheit hat, jedem zweiten Satz mit einem leisen Räuspern zu begleiten, nickt hastig. „Ihr seid... Verloyn, nehme ich an." Sein Blick huscht unsicher über Manfreds Schulter, wo Rainer mit der entspannten Lässigkeit eines Raubtiers steht, das jederzeit zuschlagen könnte.

„Richtig. Du hast Informationen für uns, also raus damit", erwidert Manfred knapp und macht keinerlei Anstalten, den Mann von seinem grimmigen Blick zu erlösen.

„Ja, äh, also... ich hörte, dass... das Mädchen... also die Dame, die Ihr sucht..." Er zögert, und seine Finger beginnen nervös auf der Tischkante zu trommeln. „Sie wurde nach Dunkelstadt gebracht. In eines der unteren Verließe des Schlosses. Aber, äh... es gab Berichte... dass Wilfried sie zu einer alten Festung im Wald bringen lassen will. Ein alter Schrein, sagt man."

Manfreds Miene verfinstert sich, und seine Hand umklammert den Rand des Tisches. „Eine alte Festung? Was plant er mit ihr?"

Der Informant zuckt mit den Schultern, als ob ihm die Frage völlig gleichgültig wäre, doch ein gewisser Glanz in seinen Augen verrät, dass er weiß, wie ernst die Situation ist. „Das ist schwer zu sagen. Aber es gibt Gerüchte... dunkle Rituale, Prophezeiungen. Manche behaupten, er sucht nach einer alten Kraft. Die Magie, die seit Jahrhunderten verborgen liegt."

Bevor Manfred ihn weiter befragen kann, hört er ein leises, aber deutliches Geräusch – ein Klirren, das sich wie ein Schwall kaltes Wasser durch den Raum zieht. Er wirft einen raschen Blick über die Schulter und erkennt, dass eine kleine Gruppe Männer mit schwarzen Umhängen und ernsten Gesichtern gerade eingetreten ist. Sie scannen die Taverne, und ihr Ziel ist unmissverständlich: Sie suchen.

Rainer tritt leise an Manfreds Seite und beugt sich zu ihm. „Sieht aus, als hätte jemand Wind von unserem Treffen bekommen."

„Schwarze Ritter", murmelt Manfred und kneift die Augen zusammen. „Wir müssen hier raus – leise und ohne Aufmerksamkeit zu erregen."

Gerhard, der wie ein Schatten hinter den Männern aufgetaucht ist, nickt kaum merklich und wirft ihnen einen letzten Blick zu. „Leise und unauffällig? Das könnte... schwierig werden."

Die Männer in den schwarzen Umhängen sind mittlerweile in der Mitte der Taverne angelangt, und die allgemeine Lautstärke des Raumes hat sich merklich gesenkt. Die Gäste haben die Köpfe gesenkt, jeder scheint plötzlich in sein eigenes Bier vertieft zu sein, als die Ritter in der Mitte des Raums zum Stehen kommen und sich umsehen.

Elisa steht unauffällig auf und schiebt sich elegant und fast unbemerkt zur Hintertür, während sie Manfred ein kaum merkliches Zeichen gibt. Mit einem kurzen Nicken gibt er Rainer und Gerhard das Zeichen, ihr zu folgen. Doch im selben Moment, als Manfred aufstehen will, tritt einer der schwarzen Ritter direkt vor seinen Tisch und schaut ihm mit einem finsteren Blick in die Augen.

„Ihr seid Manfred von Verloyn", stellt der Ritter mit einer Stimme fest, die wie das Klingen von Metall klingt.

Manfred hebt eine Augenbraue und lässt sich keine Spur von Nervosität anmerken. „Und? Wenn dem so wäre?"

Der Ritter zieht sein Schwert, und das kalte, glänzende Metall reflektiert das fahle Licht der Taverne. „Dann würde ich euch bitten, mich zu begleiten. König Wilfried hat großes Interesse daran, euch zu sprechen."

Rainer, der mit einem leisen Knurren näher tritt, knackt mit den Fingerknöcheln und lächelt den Ritter unheilvoll an. „Ach, das klingt ja fast höflich. Fast."

Bevor der Ritter reagieren kann, tritt Gerhard plötzlich aus dem Schatten hinter ihm hervor und stößt ihm die Faust in die Seite. Ein lautes Krachen ertönt, und der Ritter taumelt nach vorn, geradewegs in Rainers Griff, der ihn mit einem schnellen Hieb seiner Axt außer Gefecht setzt. Der Raum erstarrt für einen kurzen Moment, und die restlichen Ritter ziehen ebenfalls ihre Schwerter.

„Jetzt ist die Zeit, leise zu verschwinden", murmelt Gerhard, während Manfred sein Schwert zieht und sich gegen einen der Männer wendet.

„Oh, leise sind wir", murmelt Manfred sarkastisch und pariert den Hieb eines der Ritter, bevor er ihn mit einem schnellen Stoß zurückdrängt. „So leise wie eine Kirche im Morgengrauen."

Die Taverne ist mittlerweile in ein Chaos aus fliegenden Stühlen, umgestoßenen Krügen und aufgescheuchten Gästen ausgebrochen. Rainer lacht laut, während er einen weiteren Ritter mit einem wuchtigen Hieb niederstreckt. „Das ist das lauteste Schweigen, das ich je gehört habe!"

Elisa, die sich mittlerweile zur Hintertür durchgeschlagen hat, ruft den anderen zu. „Kommt schon! Wir haben keine Zeit für heroische Spielchen!"

Manfred pariert noch einen Hieb und stößt den letzten Ritter beiseite, bevor er sich einen schnellen Weg zur Tür bahnt. Rainer und Gerhard folgen ihm dicht auf den Fersen, während sie sich in das schmale Gässchen hinter der Taverne drängen. Hinter ihnen ertönt das Scheppern von Metall und die gedämpften Rufe der Ritter, die versuchen, sich durch die aufgebrachte Menge in der Taverne zu kämpfen.

„Das war knapp", keucht Gerhard, als sie durch die Gassen rennen und in die Dunkelheit eintauchen, während das Licht der Taverne langsam hinter ihnen verblasst. „Und ich dachte, du wolltest unauffällig bleiben."

„Unauffällig ist eine Frage der Perspektive", erwidert Manfred trocken, wobei ein schwaches Grinsen über sein Gesicht huscht.

Elisa bleibt abrupt stehen, als sie einen großen, dunklen Schatten in einer Gasse vor ihnen sieht. Sie hebt die Hand und flüstert: „Wartet!"

Die Gruppe bleibt stehen, die Muskeln angespannt, bereit für einen weiteren Kampf. Doch der Schatten bleibt reglos, und nach einem Moment des Zögerns erkennt Manfred, dass es nur ein alter Karren ist, der von der Dunkelheit verzerrt wird.

„Wir müssen vorsichtiger sein", murmelt er und wirft Elisa einen Blick zu. „Du hast gute Augen."

Sie erwidert seinen Blick mit einem kleinen, wissenden Lächeln. „Und du bist viel zu mutig, Verloyn. Wenn wir das schaffen wollen, ohne dass Wilfried uns den Kopf abschlägt, solltest du lernen, auch mal im Schatten zu bleiben."

Manfred grinst und zieht sein Schwert zurück in die Scheide. „Nun, vielleicht kannst du mir das beibringen."

Rainer schnaubt und hebt die Axt auf seine Schulter. „Klingt, als würde uns eine interessante Reise bevorstehen. Aber fürs Erste: Ich hoffe, wir haben keinen weiteren ungebetenen Besuch."

Mit einem letzten, prüfenden Blick in die Dunkelheit macht sich die Gruppe auf den Weg, die schmalen, dunklen Gassen entlang.

———— ❦ ————

D er Mond scheint nur schwach durch das dichte Blätterdach des Waldes, als Manfred und seine Gefährten sich durch die dichten Bäume bewegen. Das Knacken von Ästen und das leise Rascheln der Blätter sind die einzigen Geräusche, die die Stille durchbrechen, während die Gruppe tiefer in den Wald eindringt. Das dichte Geäst scheint jeden Lichtstrahl zu verschlingen, und selbst die Schatten wirken hier dichter und bedrohlicher als in den offenen Feldern.

Gerhard „die Schatten" geht voraus, seine Schritte sind kaum hörbar, als er sich sicher und geschmeidig durch das Unterholz bewegt. Hinter ihm folgt Rainer, der mit grimmiger Entschlossenheit die Axt bereit in der Hand hält, gefolgt von Elisa und schließlich Manfred, der das Amulett des Priesters unter seiner Rüstung spürt. Ein unsichtbarer Schutz, denkt er, obwohl er im Moment wenig auf Amulette und eher auf scharfe Klingen vertraut.

Plötzlich hebt Gerhard die Hand und bleibt stehen. Sein Kopf neigt sich leicht zur Seite, und sein Blick fixiert sich auf einen Punkt im dichten Schatten vor ihnen. Er flüstert kaum hörbar: „Wir sind nicht allein. Bereitet euch vor."

Die Gruppe bleibt reglos, die Luft um sie herum wird fast greifbar vor Spannung, als sich in der Ferne ein leises Geräusch erhebt. Schritte, schwer und langsam, dringen durch die Dunkelheit. Manfred erkennt sofort, dass sie in einen Hinterhalt geraten sind – und dass ihre Feinde ihnen in der Dunkelheit überlegen sind. Er hebt die Hand, um ein Zeichen zu geben, doch in diesem Moment raschelt es in den Büschen neben ihnen, und eine große Gestalt bricht aus dem Dickicht.

Ein schwarzer Ritter, gehüllt in schwere Rüstung und mit einem Helm, der nur finstere Augenhöhlen zeigt, steht plötzlich vor ihnen. Sein Schwert ist gezückt, und ohne ein Wort stürzt er sich auf die Gruppe. Manfred pariert den ersten Angriff mit einem schnellen Hieb, während Rainer und Gerhard ihre Positionen einnehmen und ebenfalls zum Kampf bereit sind.

„Gut", murmelt Rainer, ein kaltes Lächeln auf den Lippen. „Dann wird es doch noch ein wenig spannend."

„Als ob du genug Spannung für eine Nacht haben könntest", murmelt Gerhard trocken, während er einen weiteren schwarzen Ritter abfängt, der sich ihm nähert. Das metallische Klirren von Schwertern erfüllt die Luft, während sich die Gruppe gegen die Angreifer verteidigt. Der Kampf wird intensiver, als mehr schwarze Ritter aus dem Dunkel auftauchen und ihre Klingen auf die Gruppe richten.

Elisa, die wie eine Katze durch die Schatten schleicht, zieht einen Dolch und wirft ihn mit perfekter Präzision auf einen der Ritter, der sich von hinten nähert. Der Dolch trifft sein Ziel, und der Ritter sackt lautlos zu Boden. Sie wirft Manfred einen kurzen Blick zu, der mehr als nur Zufriedenheit zeigt – eine Mischung aus Geschicklichkeit und Kalkül, die ihn einen Moment lang innehalten lässt, bevor er sich erneut auf den Feind konzentriert.

Ein weiterer Ritter drängt sich auf Manfred zu, sein Schwert zielt direkt auf sein Herz. Doch Manfred, geübt und blitzschnell, pariert den Hieb mit einem gewaltigen Schlag und stößt den Ritter zurück, dessen Schritte ins Wanken geraten. Manfred tritt nach, lässt seine Klinge blitzschnell auf den Hals des Gegners niederfahren, und der Ritter fällt wie ein toter Baum zu Boden.

Doch so gut sie auch kämpfen, die schwarzen Ritter scheinen schier endlos aus den Schatten zu strömen. Für jeden gefallenen Gegner tauchen zwei neue auf, und bald beginnt der Druck, den die Angreifer auf sie ausüben, die Gruppe zu schwächen.

„Wir müssen hier weg!", ruft Gerhard, während er einem weiteren Ritter die Kehle durchschneidet. „Das wird sonst unser Ende!"

„Leichter gesagt als getan!", erwidert Rainer, der mittlerweile von zwei Rittern gleichzeitig bedrängt wird. Schweiß rinnt ihm über die Stirn, doch sein Blick ist entschlossen, als er einem der Ritter seine Axt in den Helm schlägt.

Plötzlich, als hätte der Wald selbst genug von dem blutigen Spektakel, zieht ein dicker Nebel auf und schlingt sich wie eine Decke um die kämpfenden Gestalten. Das Sichtfeld wird immer geringer, und die Bewegungen der Ritter werden unsicherer. Elisa nutzt die Gelegenheit und wirft sich blitzschnell in den Nebel, um Abstand zu den Angreifern zu gewinnen.

„Hierher!", flüstert sie mit einer Stimme, die gerade laut genug ist, um von den anderen gehört zu werden. Manfred und Gerhard zögern nicht lange und folgen ihr, während Rainer ihnen mit einem schnellen Seitenhieb auf einen der Ritter den Weg freikämpft.

Im dichten Nebel verlieren die Ritter ihre Orientierung, und die Gruppe schafft es, sich ein Stück weit zu entfernen. Der Wald scheint sie förmlich zu umarmen, als würden die Schatten selbst ihnen Deckung bieten. Nach einigen Minuten erreichen sie eine kleine, geschützte Lichtung, wo sie sich für einen Moment sammeln können.

Manfred atmet schwer und wischt sich den Schweiß von der Stirn. „Das war knapp. Diese schwarzen Ritter... sie scheinen fast wie Geister. Wie viele Männer hat Wilfried noch, die uns den Weg versperren können?"

Elisa wirft ihm einen schnellen, ernsten Blick zu. „Wilfried hat mehr als genug, Verloyn. Aber diese Männer hier – sie sind keine gewöhnlichen Soldaten. Sie wirken... beeinflusst. Wie unter einem dunklen Bann."

Gerhard nickt, seine Augen verengt. „Sie kämpfen, als hätten sie keinen eigenen Willen mehr, als wären sie nur Werkzeuge. Ich habe viel gesehen, aber diese hier... das ist etwas anderes."

Rainer grinst und klopft sich den Schmutz von der Rüstung. „Dann haben wir es also nicht nur mit einer Armee zu tun, sondern mit einem Heer von verfluchten Marionetten. Sehr beruhigend."

Manfreds Blick bleibt auf den dunklen Schatten des Waldes gerichtet. „Vielleicht ist das ein Teil von Wilfrieds Plan. Diese Männer... sie sind nicht lebendig im üblichen Sinne. Wenn das die Art von Dunkelheit ist, die Wilfried entfesseln will, dann sind wir noch weit von seinem wahren Machtzentrum entfernt."

Ein Moment der Stille senkt sich über die Gruppe, als jeder von ihnen realisiert, wie tief die Dunkelheit reicht, die Wilfried entfesselt hat. Doch trotz der Gefahr wächst in Manfreds Brust eine Entschlossenheit, die nicht zu brechen ist.

„Wir werden weitergehen", sagt er schließlich, seine Stimme fest und unbeugsam. „Diese Ritter mögen dunkel sein, aber auch Dunkelheit kann besiegt werden. Und Brigitte wartet."

Die anderen nicken, und eine neue Energie erfüllt die Gruppe. Ohne ein weiteres Wort packen sie ihre Waffen fester und bereiten sich darauf vor, den Weg in den undurchdringlichen Wald fortzusetzen, der ihnen jetzt wie eine Prüfung vorkommt, die sie gemeinsam bestehen müssen.

N ach ihrem waghalsigen Rückzug durch den vernebelten Wald stößt die Gruppe auf einen kleinen, verlassenen Unterstand – eine verfallene Hütte aus groben Steinen, halb überwuchert und kaum noch sichtbar zwischen den hohen Bäumen. Der Nebel hat sich allmählich verzogen, und die Nacht ist still, doch die angespannte Ruhe wird schnell durch das dumpfe Scharren einer schweren Rüstung unterbrochen.

Einer der schwarzen Ritter, den Rainer während des Rückzugs überwältigt hat, kniet nun gefesselt vor ihnen. Die Ränder seiner schwarzen Rüstung sind verschrammt, und unter dem Visier blitzt ein kaltes, ausdrucksloses Paar Augen hervor. Doch diese Augen – sie sind leer, ohne den Funken von Leben, und es scheint, als würde die Kälte seiner Rüstung direkt aus seinem Inneren kommen.

Rainer stemmt die Hände in die Hüften und beugt sich mit einem gefährlich amüsierten Lächeln zu dem Gefangenen hinab. „Na, mein Freund, wie fühlt es sich an, der einzige Gast in unserer kleinen Plauderrunde zu sein?"

Der schwarze Ritter reagiert nicht, sein Blick bleibt starr und leer, als wäre er eine leere Hülle.

Manfred tritt nach vorn und verschränkt die Arme vor der Brust. „Ihr kämpft für König Wilfried, oder? Für welchen Preis verkauft man sich ihm? Leben, Ruhm, Macht?" Seine Stimme ist ruhig, doch in seinen Augen brennt eine kalte Entschlossenheit.

Der Ritter antwortet nicht, doch ein schwaches Zucken verzieht die Lippen unter dem Visier. Manfred tritt einen Schritt näher, das Amulett des alten Priesters baumelt sichtbar vor seiner Brust. Er lässt es schimmern, sodass das schwache Licht darauf fällt. Die Augen des

Ritters folgen der Bewegung, und für einen kurzen Moment scheint ein Hauch von Furcht in seinen Zügen aufzuflackern.

„Also doch", murmelt Manfred leise, fast triumphierend. „Vielleicht haben wir doch einen Rest deiner Seele erreicht?"

Elisa, die bisher stumm in der Ecke der Hütte stand, tritt langsam aus den Schatten. Ihre Augen funkeln scharf, und sie senkt sich auf Augenhöhe mit dem Ritter. „Ihr habt Brigitte entführt. Wohin hat Wilfried sie gebracht?" Ihre Stimme ist kalt, ihre Frage schneidet wie ein Messer durch die Stille.

Ein zynisches Lächeln verzieht die Lippen des Ritters, und eine verzerrte, krächzende Stimme bricht hervor. „Ihr... sucht... das Licht... im Abgrund? Lächerlich. Wilfried... wird euch alle verschlingen."

„Ach wirklich?" murmelt Gerhard mit seiner üblichen trockenen Art. „Hör mal, Freund, wir haben die Hölle bereits betreten, und ganz ehrlich – wir sind ein bisschen enttäuscht."

Der Ritter lacht, ein heiseres, kehliges Lachen, das sich anhört, als wäre es von den Schatten selbst durchdrungen. „Ihr Narren... die Dunkelheit ist überall... in jedem von euch. Wilfried wird sie erwecken, und ihr werdet alle... untergehen."

Rainer schnauft und tritt einen Schritt näher, seine Axt locker in der Hand. „Diese düsteren Monologe sind ja fast beeindruckend. Sag uns einfach, wo Brigitte ist, und wir ersparen dir das Leiden."

Doch der Ritter antwortet nicht. Stattdessen senkt er langsam den Kopf und murmelt leise Worte, die wie ein dunkler Fluch in der Luft hängen bleiben. Es klingt wie eine fremde, uralte Sprache, und eine finstere Energie beginnt die Luft zu erfüllen.

„Was macht er da?", fragt Gerhard und tritt einen Schritt zurück, die Hand an seinem Dolch.

Elisa's Augen weiten sich, als sie die leise, unheilvolle Melodie der Worte des Ritters erkennt. „Das ist... dunkle Magie. Er versucht, sich selbst zu..."

Noch bevor sie ihren Satz beenden kann, krümmt sich der Körper des Ritters in einem letzten, verzehrenden Schrei. Ein kalter, giftiger Hauch geht von ihm aus, und seine Augen leuchten kurz in einem unnatürlichen Rot auf, bevor sein Körper reglos zusammensinkt. Rauch steigt aus den Ritzen seiner Rüstung auf, und ein stechender Geruch nach verbrannter Erde und Metall erfüllt die Hütte.

Für einen Moment herrscht Stille, in der nur das schwache Knistern der Rüstung des toten Ritters zu hören ist. Manfred starrt auf die leere Hülle vor sich und kneift die Augen zusammen. „Er hat... sich selbst ausgelöscht. Wilfrieds Fluch hat jeden von ihnen im Griff, selbst im Tod."

Elisa atmet schwer, ihre Hand noch immer fest auf ihren Dolch gekrallt. „Das ist dunkle Magie. Ein uralter Zauber, der den Willen und die Seele bindet. Wilfried hat seine Soldaten so sehr unter Kontrolle, dass sie sich selbst vernichten, bevor sie Geheimnisse preisgeben."

Rainer schnaubt verächtlich. „Welch bezaubernder Anführer. Treibt seine Leute in den Tod und lässt sie als Marionetten zurück."

Gerhard, der sich vorsichtig über den leblosen Körper beugt, zieht die Stirn kraus und hebt einen kleinen, metallenen Anhänger auf, der zwischen den Fingern des Ritters eingeklemmt ist. Der Anhänger zeigt ein seltsames, unheimliches Symbol, das wie ein Auge aussieht, das von schwarzen Flammen umgeben ist.

„Was ist das?" Manfred nimmt das Amulett in die Hand, und ein kalter Schauer durchfährt ihn, als er das Symbol berührt.

Elisa mustert es aufmerksam und nickt langsam. „Das ist das Zeichen des Ewigwächters. Ein uraltes Symbol, das in dunklen Ritualen verwendet wird, um die Kontrolle über Leben und Tod zu gewinnen. Wilfried hat es auf seine Soldaten übertragen... als Zeichen des Gehorsams bis über den Tod hinaus."

Manfreds Blick wird härter. „Das bedeutet, dass jeder von Wilfrieds Rittern bereit ist, bis zum bitteren Ende zu kämpfen, ohne Möglichkeit zur Umkehr. Sie haben keinen freien Willen mehr."

„Und Brigitte...", murmelt Rainer nachdenklich. „Was, wenn er plant, ihr das gleiche Schicksal aufzuzwingen?"

Die Schwere dieser Möglichkeit hängt über ihnen wie ein kalter Nebel, doch Manfreds Augen glühen vor Entschlossenheit. „Nein. Das wird er nicht. Wir werden ihn daran hindern, koste es, was es wolle."

Elisa legt eine Hand auf seinen Arm, und ihr Blick ist voller Ernst. „Manfred, Wilfried ist gefährlicher, als du vielleicht glaubst. Dieser Zauber – das ist keine gewöhnliche Magie. Es ist, als hätte er die Dunkelheit selbst gerufen."

Manfred nickt knapp, ohne die Augen vom Symbol in seiner Hand zu lösen. „Das mag sein. Doch selbst die Dunkelheit wird fallen, wenn sie auf das Licht trifft."

Ein leises, fast anerkennendes Lächeln huscht über Elisas Lippen. „Dann sollten wir besser darauf vorbereitet sein, wie wir dieses Licht einsetzen. Denn ich habe das Gefühl, dass Wilfried uns mehr als nur seine Marionetten entgegenstellen wird."

Manfred lässt das Symbol los, das nun wie ein Mahnmal für das Grauen in Wilfrieds Reich am Boden liegt. „Wir werden sehen. Aber wenn er glaubt, dass seine Dunkelheit genug ist, um uns zu brechen... dann kennt er mich schlecht."

Die Gruppe tritt hinaus in die Nacht, die Hütte und den leblosen Körper hinter sich lassend, doch das Zeichen des Ewigwächters und die düsteren Andeutungen des Ritters bleiben in ihren Gedanken verankert.

Die Nacht ist still und schwer, als sich die Gruppe nach dem gescheiterten Verhör auf einer kleinen Lichtung niederlässt.

Die Schatten der Bäume umringen sie, und das sanfte Flackern des Lagerfeuers verleiht der Dunkelheit eine unheimliche Nähe. Es ist eine jener Nächte, in denen der Wald einem selbst in seinem Schweigen Geschichten zuflüstert – und nicht alle davon sind tröstlich.

Manfred sitzt nah am Feuer und starrt in die Flammen, die sich wie kleine Zungen der Erinnerung um das trockene Holz wickeln. Neben ihm, in entspannter Pose, lehnt Rainer an einem Baumstamm und schleift gedankenverloren die Klinge seiner Axt. Gerhard und Elisa sitzen auf der gegenüberliegenden Seite, jeder in seine Gedanken vertieft, bis die Stille schließlich zu einer erdrückenden Last wird.

„Also, Manfred", beginnt Rainer und blickt ihn mit einem aufblitzenden Lächeln an, das ihn gerade so vor der Melancholie bewahrt, die in der Luft liegt. „Ich glaube, ich spreche für uns alle, wenn ich sage, dass ein wenig Heldengeschichte über dich und Brigitte uns hier gut unterhalten könnte."

Manfred zieht eine Augenbraue hoch und lächelt, ohne den Blick von den Flammen abzuwenden. „Interessant, dass du dich für Romantik interessierst, Rainer. Ich hätte nicht gedacht, dass dein Herz dafür noch weich genug ist."

„Das, mein Freund, liegt nur daran, dass ich durch meine schiere Dosis an Eigensinn und Heldenmut keinerlei Platz für romantische Schwächen habe." Rainer lacht leise, doch seine Augen leuchten neugierig. „Nun komm schon, Verloyn. Irgendwo zwischen all diesen schwarzen Rittern, dunklen Flüchen und gebrochenen Herzen muss doch ein Funke Menschlichkeit sein."

Manfred seufzt und streicht mit den Fingern über das Amulett, das ihm der Priester überreicht hat. „Brigitte... war immer ein Rätsel. Stark, unabhängig, und doch – ein Lächeln von ihr konnte jeden Raum erhellen. Wir trafen uns auf einem Turnier im Schloss ihres

Vaters. Ich erinnere mich noch gut an den Moment, als sie mich mit einem einzigen Blick das Fürchten lehrte."

Elisa, die bisher schweigend zugehört hat, hebt den Kopf und blickt ihn neugierig an. „Das Fürchten? Von einem Blick? Verloyn, das kann ich kaum glauben."

Manfred zuckt die Schultern und lächelt in die Flammen. „Oh, sie hatte eine Art, dich anzusehen, als wüsste sie mehr über dich, als du selbst jemals wissen wirst. Eine Art, die dich in deinen Grundfesten erschüttert und dir zeigt, dass du nichts bist, wenn du nicht alles für sie riskierst."

Rainer lacht leise und schüttelt den Kopf. „Ein Mädchen, das den großen Manfred von Verloyn in die Knie zwingt. Jetzt bereue ich es fast, dass ich sie nie kennengelernt habe."

Gerhard, der bisher mit verschränkten Armen dagesessen und das Gespräch beobachtet hat, murmelt leise: „Vielleicht kennst du sie besser, als du denkst, Rainer. Solche Frauen sind selten. Sie sind wie ein Feuer, das dich wärmt – oder verbrennt."

Ein Moment des Schweigens legt sich über die Gruppe, und jeder scheint in Gedanken bei einer Erinnerung, einer Person oder einem Schatten aus der Vergangenheit zu sein.

Elisa bricht die Stille und spricht mit einem Ton, der sowohl neugierig als auch leicht melancholisch klingt. „Manfred, warum hat Wilfried sie ausgerechnet jetzt entführen lassen? Was will er von ihr, außer dem üblichen Ziel, Macht zu erlangen?"

Manfred blickt auf und seine Augen sind kalt und entschlossen. „Ich weiß es nicht genau, aber ich habe das Gefühl, dass Brigitte eine Art Schlüssel zu etwas ist, das Wilfried unbedingt will. Sie stammt aus einer mächtigen Blutlinie, und ihr Vater war ein begnadeter Magier. Wilfried glaubt wohl, dass in Brigittes Adern das alte Wissen und die Macht schlummern, die ihm fehlen."

„Klingt wie ein Märchen", murmelt Gerhard, doch seine Stimme trägt einen Hauch von Bitterkeit. „Ein König, der durch Magie unsterblich werden will – oder die Herrschaft über die Welt sucht. Ein alter Plan. Und doch ist er immer wieder erschreckend wirksam."

Elisa nickt zustimmend. „Dunkle Magie ist mächtig, ja. Aber was du beschreibst, Manfred, ist gefährlicher als bloße Machtgier. Es klingt, als hätte Wilfried sich mit alten, längst vergessenen Kräften eingelassen."

Rainer schnaubt und grinst Elisa herausfordernd an. „Ich wusste ja, dass du dich gut mit solchen Sachen auskennst, Elisa. Aber ich frage mich immer wieder – wie viel weißt du wirklich über Wilfrieds Pläne?"

Elisa zieht die Augenbrauen hoch und schenkt ihm ein geheimnisvolles Lächeln. „Manchmal genügt es, die richtigen Leute zu kennen, Rainer. Und andere Male... ist es hilfreich, selbst ein Teil des Spiels zu sein."

Manfred wirft ihr einen scharfen Blick zu, und eine unangenehme Spannung legt sich über das Gespräch. „Und wie tief genau bist du in dieses Spiel verstrickt, Elisa?"

Elisa hält seinen Blick fest, ihre Augen funkeln im Feuerschein, doch ihre Stimme bleibt ruhig und sachlich. „So tief, wie ich es sein muss, um zu überleben – und vielleicht, um euch am Leben zu halten. Ob das ausreicht, um Wilfried zu stürzen, wird die Zeit zeigen."

Manfred nickt langsam und sieht sie noch einen Moment lang prüfend an. Die feine Linie zwischen Freund und Feind, zwischen Verbündeter und Verräterin – sie bleibt unsichtbar, und doch ist sie spürbar in jeder Bewegung, jedem Blick, jedem Wort, das Elisa spricht.

Rainer lehnt sich zurück, sein Lachen verblasst, und er wirft einen Blick zum sternenklaren Himmel. „Nun, wer weiß. Vielleicht liegen die besten Antworten dort oben, in einem dieser Sterne, die uns kalt anleuchten und uns zusehen, wie wir in dieser ewigen Dunkelheit um ein wenig Licht kämpfen."

Gerhard lacht trocken. „Die Sterne? Die Sterne interessieren sich nicht für unser kleines Drama. Sie scheinen nur, um sich zu amüsieren, während wir hier unten alles riskieren."

Elisa lächelt schwach und flüstert, fast als spräche sie zu sich selbst. „Vielleicht haben die Sterne recht, Gerhard. Manchmal muss man einfach kämpfen – nicht um zu gewinnen, sondern weil man das Licht selbst ist."

Ihre Worte hinterlassen einen stillen Nachklang, der sich in den Herzen der Gruppe festsetzt. Manfred blickt in die Flammen und erinnert sich an Brigittes Lächeln, an ihr Versprechen, an die unausgesprochenen Worte zwischen ihnen, die wie Sterne sind, die in einer unendlichen Dunkelheit leuchten.

„Wir werden sie zurückholen", murmelt er und sieht in die Gesichter seiner Begleiter. „Mögen die Sterne uns ignorieren oder verachten – aber wir werden Brigitte finden und sie befreien."

Ein leises Lächeln huscht über die Gesichter der Gruppe, eine stumme Übereinkunft, ein Versprechen, das sie gemeinsam tragen. Die Flammen tanzen in der Dunkelheit, und für einen Moment scheint das Lagerfeuer wie ein kleiner, unzerstörbarer Kern aus Licht und Wärme, um den sich die Schatten legen und warten – bis zum nächsten Morgen, bis zum nächsten Schritt in die Dunkelheit.

Kapitel 4

Die Sonne ist bereits hinter den hohen Bergen des Grenzlandes verschwunden, als Manfred und seine Gruppe die Stadt Eichenhain erreichen. Die wenigen Häuser, die sich an die felsigen Hänge klammern, wirken im Zwielicht wie verkrümmte Gestalten, die sich vor der Dunkelheit verbergen. Nebel zieht durch die engen Gassen, und die wenigen Lichter, die in den Fenstern flackern, werfen lange, gespenstische Schatten auf das Kopfsteinpflaster. Es ist eine Stadt, die schon immer unter der Last der Dunkelheit gelebt hat, doch heute scheint sie bedrückender und finsterer als je zuvor.

„Ein einladender Ort", murmelt Gerhard trocken, während er seine Kapuze tiefer ins Gesicht zieht und misstrauisch die Schatten in den engen Gassen beobachtet.

„Ein Ort, an dem die Zeit stehen geblieben ist", erwidert Elisa leise, ihre Augen gleiten über die düsteren Fassaden und die schmalen, verwinkelten Straßen, die sich wie Labyrinthe durch die Stadt ziehen. „Und ein Ort, an dem das Licht seit Jahren nicht mehr regiert hat."

Rainer schnaubt und zieht die Augenbrauen hoch. „Klingt ja fast romantisch, Elisa. Was hast du eigentlich mit Wilfrieds Reich? Du scheinst dich hier ja richtig heimisch zu fühlen."

Sie wirft ihm einen kalten, durchdringenden Blick zu, ein schwaches Lächeln umspielt ihre Lippen. „Manchmal muss man die Dunkelheit kennen, um das Licht zu schätzen, Rainer. Und außerdem – besser ich fühle mich heimisch hier als verloren, nicht wahr?"

Manfred hebt die Hand, um das Gespräch zu unterbrechen. „Genug. Wir sind hier, um Antworten zu finden, nicht um unser Verhältnis zur Dunkelheit zu erörtern." Er wirft einen letzten prüfenden Blick auf die Gruppe und nickt dann zum Eingang einer engen, finsteren Gasse hin. „Unser Kontakt erwartet uns im Hinterzimmer der alten Taverne am Ende der Straße."

Die „Schwarze Rose", wie die Taverne heißt, ist eine düstere und heruntergekommene Schenke, in der das Licht der wenigen Kerzen kaum ausreicht, um die Gesichter der Gäste zu erhellen. Der Wirt, ein hagerer Mann mit tief liegenden Augen und einem misstrauischen Blick, mustert die Gruppe nur flüchtig und deutet mit einem Nicken auf die Tür, die zu einem Hinterzimmer führt.

Manfred tritt als Erster ein, und als die Tür hinter ihnen zufällt, gibt es keinen Laut außer dem leisen Tropfen von Wasser, das irgendwo in der Dunkelheit tropft. Die Stille ist bedrückend, doch dann löst sich ein Schatten aus der Ecke des Raumes und tritt ins Licht der einzigen, flackernden Kerze. Ein Mann mit einem kantigen Gesicht und einer Narbe, die sich quer über seine Wange zieht, blickt ihnen entgegen. Seine Augen sind scharf und wachsam, und seine Bewegungen zeugen von der Erfahrung eines Mannes, der sich in gefährlichen Kreisen bewegt.

„Verloyn", sagt er leise und nickt Manfred zu. „Ich dachte schon, ihr würdet es nie hierher schaffen."

Manfred erwidert den Gruß mit einem kurzen Nicken. „Glaub mir, Korrin, wir wären gerne schneller hier gewesen. Aber Wilfrieds Leute sind wachsam – und zahlreich."

Korrin schnaubt und lehnt sich gegen die Wand. „Das sind sie. Und sie werden täglich mehr. Wilfried bereitet sich auf etwas Großes vor, das spüre ich. Die ganze Stadt ist voll von seinen Spähern, und seine schwarzen Ritter patrouillieren mittlerweile bis in die entlegensten Winkel."

Elisa tritt einen Schritt näher und mustert Korrin aufmerksam. „Was genau weißt du über seine Pläne? Warum wird Brigitte hierher gebracht?"

Korrin zuckt mit den Schultern und seine Miene wird nachdenklich. „Sie sagen, Wilfried hätte sich ein mächtiges Artefakt verschafft, ein Relikt, das ihm Zugang zu einer uralten Magie gewährt. Es heißt, diese Magie könnte ihm die Kontrolle über das Leben selbst geben – und über den Tod."

Gerhard verzieht das Gesicht und murmelt leise: „Die dunkle Magie, die Wilfrieds Leute wie Marionetten kämpfen lässt. Vielleicht will er diese Macht erweitern."

Korrin nickt ernst. „Ich habe die Zeichen in der Stadt gesehen. Die Menschen hier, sie wirken... verändert. Es ist, als hätte ein Fluch sie ergriffen. Einige starren nur noch in die Leere, andere murmeln unverständliche Worte, und wieder andere haben in den letzten Nächten das Gefühl gehabt, von Stimmen gerufen zu werden."

Manfred sieht sich um, als könnte die Dunkelheit um sie herum jeden Moment ihre Geheimnisse preisgeben. „Also hat er begonnen, die dunkle Magie auf die Stadt zu übertragen."

„Nicht nur auf die Stadt", sagt Korrin düster. „Auch auf seine Soldaten. Das ganze Reich scheint in einer Art Bann zu stehen, einer dunklen Wolke, die alles Lebendige zu ersticken droht. Wer nicht flieht, wird früher oder später von ihr verschlungen."

Rainer lacht leise, doch sein Lächeln ist bitter. „Klingt nach einem wunderbaren Urlaubsziel. Wenn er die halbe Stadt in willenlose Zombies verwandelt, wird das sicher das Leben und die Begeisterung zurückbringen."

Manfred wirft ihm einen warnenden Blick, doch Korrin fährt fort, ohne sich um die Bemerkung zu kümmern. „Ich weiß nicht, was genau Wilfried plant. Aber ich weiß, dass er Brigitte nicht nur als

63

Gefangene sieht. Sie ist der Schlüssel zu etwas – etwas Dunklem und Uraltem, das er sich nicht allein zu erschließen traut."

„Wir müssen herausfinden, was es ist", murmelt Manfred und richtet seine Aufmerksamkeit wieder auf Korrin. „Wo könnte er Brigitte gefangen halten?"

Korrin schüttelt den Kopf. „Das weiß ich nicht. Aber ich habe gehört, dass er sie in ein geheimes Verlies gebracht hat, weit unter dem alten Tempel, der am anderen Ende der Stadt liegt. Nur wenige wissen davon, und noch weniger wagen es, sich diesem Ort zu nähern. Es heißt, dass die Wände des Tempels von längst vergessenen Flüchen durchdrungen sind."

Manfred spürt einen leisen Schauder, doch seine Entschlossenheit bleibt ungebrochen. „Dann werden wir uns diesen Flüchen stellen müssen. Danke, Korrin."

Korrin nickt und erhebt sich. „Viel Glück, Verloyn. Du wirst es brauchen. Und vergiss nicht – die Dunkelheit ist nicht das Einzige, vor dem du dich in Acht nehmen solltest."

Er lässt diese Worte in der Luft hängen, dreht sich um und verschwindet in den Schatten des Raumes, bevor jemand eine weitere Frage stellen kann. Ein seltsames, mulmiges Gefühl bleibt zurück, als die Gruppe in der düsteren Taverne steht und die Bedeutung von Korrins Worten sacken lässt.

Rainer blickt Manfred an, ein schiefes Grinsen auf den Lippen. „Ich muss sagen, deine Freunde sind wirklich... charmant. Verdammt, das hier wird ja immer besser."

Manfred verzieht keine Miene. „Wilfrieds Reich wird von Schatten durchzogen, Rainer. Wir sind nicht hier, um Freunde zu finden, sondern um Antworten zu suchen. Und Korrin hat uns die ersten Hinweise gegeben."

Elisa nickt langsam, ihr Blick ist ernst. „Wir müssen vorsichtig sein. Wilfrieds Leute sind überall, und jeder von ihnen könnte von dieser dunklen Magie beeinflusst sein. Wenn wir nicht aufpassen, könnten wir selbst zu Werkzeugen in seinen Händen werden."

„Das wird nicht geschehen", sagt Manfred entschlossen. „Solange wir wissen, wer wir sind und für wen wir kämpfen, wird uns die Dunkelheit nicht überwältigen."

Die anderen nicken, und ein Funke Entschlossenheit flackert in ihren Augen auf, als sie die Taverne verlassen und in die finstere Nacht hinaustreten.

Das warme Licht des Kamins taucht die hohe Bibliothek im Schloss Eschenbach in ein goldenes Leuchten, und der Duft nach alten Pergamenten und frisch gebranntem Holz erfüllt den Raum. Brigitte steht am Fenster, den Blick auf die nebligen Wälder gerichtet, die das Schloss umgeben. Die Dunkelheit, die dort draußen lauert, ist nicht nur die der Nacht, sondern etwas viel Älteres und Bedrohlicheres, das langsam näher kommt – und dessen Ziel klar ist. Sie spürt, dass die Zeit drängt.

Ihr Vater, Graf Albrecht von Eschenbach, sitzt in einem schweren Ledersessel nahe dem Kamin und mustert sie mit einem Blick, der sowohl liebevoll als auch voller Sorge ist. Er ist ein Mann, dessen Züge von den Jahren und der Last seiner Geheimnisse geprägt sind. Seine einst kräftige Gestalt wirkt heute gebeugt, die einst glänzenden Haare sind grau, doch in seinen Augen brennt ein unverändertes Feuer – das Feuer eines Mannes, der sein Leben lang das Wissen der alten Magie gehütet hat.

„Brigitte", beginnt er mit rauer Stimme und streckt die Hand nach ihr aus. „Komm zu mir. Es gibt noch etwas, das ich dir sagen muss, bevor du gehst."

Sie wendet sich vom Fenster ab und tritt langsam auf ihn zu, wobei sie jede Bewegung sorgfältig kontrolliert. Ihr Vater hat ihr niemals leichtfertig etwas mitgeteilt. Wenn er spricht, dann mit

Bedacht – und in dieser Nacht liegt etwas in seiner Stimme, das sie sofort aufhorchen lässt.

„Vater", sagt sie leise und setzt sich ihm gegenüber. Ihre Augen suchen seinen Blick, doch sein Gesicht ist verschlossen, als würde er mit einem inneren Kampf ringen. „Was bedrückt dich?"

Er atmet tief ein, und es scheint, als fielen ihm die Worte schwer. „Es gibt etwas, das ich dir nicht mehr länger verheimlichen kann, Brigitte. Die Linie der Eschenbachs... sie ist mehr als nur ein alter Adelsstamm. Unser Blut trägt eine uralte Kraft in sich, ein Erbe, das sowohl ein Segen als auch ein Fluch ist."

Brigitte blinzelt und runzelt die Stirn. Sie hat oft von den alten Geschichten gehört, von der Magie, die ihr Vater beherrscht und die ihre Vorfahren schützte – doch er hat immer gezögert, sie tiefer in diese Geheimnisse einzuweihen.

„Unser Blut ist besonders", fährt er fort, seine Stimme zittert leicht. „Es ist mit einer Kraft verbunden, die älter ist als die Königreiche selbst. Diese Kraft ist der Grund, warum Wilfried dich will. Er weiß, dass du der Schlüssel zu etwas bist, das ihm sonst für immer verborgen bliebe."

Brigitte starrt ihn an, während seine Worte in ihr nachhallen. „Und was ist diese Kraft, Vater? Was genau will er von mir?"

„Wilfried strebt nach Unsterblichkeit", antwortet ihr Vater leise und greift nach einer kleinen, mit Zeichen versehenen Schatulle auf dem Tisch. „Er glaubt, dass dein Blut – unser Blut – ihm Zugang zu einer Dimension gibt, die über das Irdische hinausgeht. Es gibt Legenden, die von einer Art Bindung zwischen unserer Linie und der alten Magie sprechen, einer Bindung, die Macht über Leben und Tod verleiht."

„Aber das sind doch nur Mythen, Vater", erwidert Brigitte und lacht leise, doch ihre Augen spiegeln die Unruhe wider, die sich in ihr ausbreitet. „Du kannst nicht wirklich glauben, dass Wilfried diese Geschichten ernst nimmt?"

Graf Albrecht legt die Schatulle auf den Tisch und sieht sie durchdringend an. „Es gibt Dinge, die sich den meisten Menschen nie offenbaren, Brigitte. Aber Wilfried weiß, dass unsere Macht real ist. Er ist bereit, alles zu tun, um sie zu kontrollieren. Und deshalb musst du vorsichtig sein."

Brigitte schluckt und fühlt, wie ein kalter Schauder ihren Rücken hinabläuft. „Du meinst, er würde mich..."

„Er wird versuchen, dich für seine Zwecke zu benutzen, ja", unterbricht ihr Vater mit ernster Miene. „Und wenn du dich ihm widersetzt, wird er dich brechen. Doch du musst wissen, dass ich dir etwas mitgegeben habe, etwas, das dich schützen kann."

Er öffnet die Schatulle und enthüllt ein kleines, silbernes Amulett, das auf einem samtenen Polster ruht. Es ist kunstvoll gearbeitet, mit feinen, eingravierten Symbolen, die wie verschlungene Ranken aussehen, und in der Mitte funkelt ein kleiner, blauer Edelstein.

„Dieses Amulett", sagt er leise und nimmt es behutsam in die Hand. „Es ist ein Schutz, den unsere Familie über Generationen bewahrt hat. Es wird dir die Kraft geben, dich gegen dunkle Magie zu wehren – wenn du verstehst, wie du es nutzt."

Brigitte nimmt das Amulett vorsichtig entgegen und fühlt, wie eine warme, beruhigende Energie von ihm ausgeht. Ihre Finger streichen über die Gravuren, und sie spürt eine seltsame Vertrautheit in diesem kleinen, unscheinbaren Schmuckstück.

„Wie... wie benutze ich es?", fragt sie leise und blickt ihren Vater fragend an.

„Das ist etwas, das du selbst entdecken musst", murmelt er und sein Blick wird weich, voller Stolz und Bedauern zugleich. „Die Macht des Amuletts ist mit deinem Willen und deinem Herzen verbunden. Solange du standhaft bist, wird es dich schützen. Doch es wird dich auch auf die Probe stellen."

„Eine Probe?" Brigitte hebt eine Augenbraue, doch die Ernsthaftigkeit in seinem Gesicht lässt sie verstummen. „Also gut. Dann werde ich diese Probe bestehen müssen."

Ihr Vater lehnt sich zurück und sieht sie mit einem traurigen Lächeln an. „Du bist stärker, als du glaubst, Brigitte. Und vergiss niemals: Egal, wie dunkel der Weg auch sein mag, du hast die Wahl. Du musst nur an das Licht in dir glauben."

Sie nimmt das Amulett an sich und nickt entschlossen. „Ich werde vorsichtig sein, Vater. Und wenn Wilfried wirklich glaubt, er könne mich zwingen, ihm zu dienen, dann wird er sich täuschen."

Albrecht nickt langsam und seufzt. „Ich hoffe es, meine Tochter. Denn wenn du fällst, wird das Erbe unserer Familie für immer verdorben sein."

Brigitte lehnt sich vor und drückt die Hand ihres Vaters, spürt die Wärme und Stärke, die von ihm ausgeht, und beschließt in diesem Moment, dass sie alles tun wird, um Wilfrieds dunklen Plänen zu entgehen.

Das erste Licht des Tages legt einen trügerischen Schleier über die Stadt Eichenhain. Die schäbigen Fassaden, die verfallenen Dächer und die schmalen Gassen wirken im Morgennebel fast idyllisch – fast, wäre da nicht das seltsame Gefühl, das die Gruppe von Anfang an umhüllt.

Manfred und Elisa haben sich als reisende Händler verkleidet, ihre Kleidung schlicht und verstaubt, die Kapuzen tief ins Gesicht gezogen. Ihr Ziel ist es, mehr über die Bewegungen in der Stadt und die möglichen Verstecke für Brigittes Gefängnis zu erfahren. Die Straßen sind menschenleer, und die Stille hat etwas Unheilvolles, das selbst die schlaff flatternden Fahnen nicht zu durchbrechen vermögen.

„Charmanter Ort", murmelt Manfred sarkastisch und wirft Elisa einen Seitenblick zu. „Du scheinst dich in solchen Umgebungen ja richtig wohlzufühlen."

„Ich bin lediglich talentiert darin, mich unsichtbar zu machen", erwidert Elisa mit einem schmalen Lächeln. „Eine Fähigkeit, die dir auch nicht schaden würde."

„Ich schätze, ich verlasse mich lieber auf mein Schwert, als mich in Schatten zu verstecken", kontert Manfred, der Blick wachsam auf die engen Gassen gerichtet.

Die beiden gehen in ein kleines Gasthaus am Marktplatz, wo eine Mischung aus Schweigen und nervösem Murmeln die Atmosphäre bestimmt. Die Gäste – wenn man das überhaupt so nennen kann – wirken wie geisterhafte Schatten, die ihre Köpfe tief gesenkt halten, ohne Blickkontakt zu wagen. Ein dumpfes Gefühl der Furcht liegt in der Luft, und es ist offensichtlich, dass Wilfrieds Einfluss bereits tief in die Herzen der Menschen hier vorgedrungen ist.

Der Wirt, ein hagerer Mann mit fahlem Gesicht, tritt an sie heran und mustert die beiden mit misstrauischen Augen. „Fremde sind hier selten. Was wollt ihr?"

„Nur einen Becher heißen Wein", sagt Manfred und schiebt dem Wirt eine Münze hin. „Und vielleicht ein paar Antworten."

Der Wirt zögert und blickt skeptisch auf die Münze in seiner Hand. „Kommt drauf an, welche Art von Antworten ihr sucht."

Manfred lehnt sich vor und spricht leise, aber mit fester Stimme. „Wir haben gehört, dass in letzter Zeit ungewöhnliche Dinge geschehen. Die Wachen, die Patrouillen – sie sind verstärkt worden, nicht wahr?"

Der Wirt verengt die Augen, und für einen Moment scheint er überlegen zu wollen, ob es klug ist, zu sprechen. Doch schließlich seufzt er leise. „Wilfrieds schwarze Ritter durchkämmen die Stadt, und sie machen jeden ausfindig, der nicht ins Bild passt. Letzte

Nacht haben sie ein Dutzend Leute mitgenommen. Niemand weiß, wohin sie gebracht wurden."

„Und was haben diese armen Seelen getan, um Wilfrieds Aufmerksamkeit auf sich zu ziehen?" fragt Elisa mit einem sanften Lächeln, das so unschuldig wirkt, dass es fast beängstigend ist.

Der Wirt wirft ihr einen nervösen Blick zu. „Das ist das Unheimliche. Sie mussten nichts tun. Es reicht schon, dass sie zur falschen Zeit am falschen Ort waren. Gerüchte besagen, dass Wilfried nach etwas sucht – oder nach jemandem."

Manfred tauscht einen schnellen Blick mit Elisa aus. „Was genau wird gesagt? Wen oder was könnte er suchen?"

Der Wirt schaut sich nervös um und senkt die Stimme noch weiter. „Man sagt, es sei eine Frau. Jung und schön, mit einem Blick, der selbst die Dunkelheit durchdringen kann. Manche munkeln, sie sei aus adligem Hause – eine Magierin oder Priesterin."

In Manfreds Brust zieht sich alles zusammen. Er weiß, dass die Beschreibung nur auf eine Person zutreffen kann: Brigitte. Wilfried lässt keine Mittel ungenutzt, um sie zu finden und seine finsteren Pläne zu erfüllen. Doch er darf keine Schwäche zeigen, nicht hier.

„Und was geschieht mit denen, die sie nicht finden?" fragt Elisa, ihre Stimme fast ein Hauch.

Der Wirt zuckt mit den Schultern, ein bitteres Lächeln auf den Lippen. „Sie verschwinden einfach. Keiner von ihnen kehrt je zurück, und die wenigen, die es doch tun... sind nicht mehr dieselben. Es ist, als ob Wilfried ihnen die Seele genommen hätte."

In diesem Moment öffnet sich die Tür des Gasthauses, und zwei schwarze Ritter treten ein. Ihre schweren Schritte hallen durch den Raum, und die Gäste senken ihre Köpfe noch tiefer, als wollten sie am liebsten im Boden versinken. Manfred und Elisa bleiben ruhig, doch ihre Muskeln sind angespannt.

„Haben wir etwa Gesellschaft?" murmelt Manfred, seine Stimme von kaltem Sarkasmus durchzogen.

„Bleib ruhig", flüstert Elisa, ihre Hand ruht leicht auf seinem Arm. „Kein falscher Schritt."

Die beiden Ritter mustern die Anwesenden mit kalten, leblosen Blicken, als wären sie selbst nichts weiter als Marionetten in Wilfrieds Diensten. Ihr Anblick allein scheint die Luft im Raum schwerer zu machen, und der Wirt weicht nervös zurück.

Einer der Ritter kommt näher, und sein Blick bleibt auf Manfred hängen. Manfred hebt das Kinn und begegnet dem starren Blick des Ritters mit einer herausfordernden Ruhe. Für einen Moment scheint es, als würde der Ritter zögern – als ob er etwas erkenne, das ihm vertraut erscheint. Doch dann wendet er sich abrupt ab, und die beiden schwarzen Gestalten verlassen das Gasthaus wieder, ohne ein Wort zu sagen.

Die Erleichterung, die den Raum erfüllt, ist fast greifbar. Der Wirt wischt sich den Schweiß von der Stirn und wirft Manfred einen dankbaren Blick zu. „Diese Ritter... sie sind wie die Geister der Toten, ohne Herz und ohne Seele. Es ist, als ob sie nur existieren, um zu gehorchen."

„Eine Armee, die keine Befehle hinterfragt", murmelt Elisa leise. „Wilfrieds Macht wächst, und sie wird mit jedem Tag stärker. Er lässt die Menschen hier im Würgegriff der Angst ersticken."

Manfred nickt und stützt sich auf den Tresen. „Wir werden das ändern. Egal, wie stark er glaubt zu sein."

Als die beiden das Gasthaus verlassen und zurück in die engen, nebligen Gassen der Stadt treten, bleibt ihnen ein kaltes Gefühl der Ohnmacht. Doch gleichzeitig wächst in Manfred der Zorn, der ihn antreibt, der Entschlossenheit verleiht. Wenn Wilfried wirklich glaubt, er könne Brigitte und all das, was sie beschützt, für sich vereinnahmen, dann wird er einen Gegner finden, der bis zur letzten Sekunde kämpfen wird.

„Das ist erst der Anfang", sagt Elisa, die ihren Blick auf die dunklen Häuser gerichtet hält. „Die Dunkelheit, die er entfesselt hat, wird sich noch ausbreiten, bis sie alles verschlingt."

Manfred sieht sie an, ein Hauch von Trauer in seinen Augen, doch seine Stimme bleibt fest. „Nicht, solange ich atme. Wenn Wilfried glaubt, er könne uns brechen, dann hat er unterschätzt, was wir zu verteidigen haben."

Mit diesen Worten verschwindet die Gruppe in den Schatten der Stadt, entschlossen, ihre Suche nach Brigitte fortzusetzen und den dunklen Plänen Wilfrieds ein Ende zu setzen – oder bei dem Versuch zu fallen.

———— ⚛ ————

D ie Nacht hat sich wie ein schwerer Schleier über Eichenhain gelegt, als Manfred und Elisa im Schutz der Dunkelheit durch die engen Gassen schleichen. Der Plan ist einfach: Sie wollen in das alte Archiv der Stadt eindringen, eine verlassene Bibliothek, in der seit Jahren niemand mehr gewesen sein soll. Doch Gerüchte besagen, dass die Archive noch alte Karten und Schriften enthalten, die geheime Wege durch das dunkle Reich und vielleicht sogar Zugänge zur Festung des Königs enthüllen könnten.

„Nun, hier sind wir also", murmelt Elisa, als sie vor einer massiven Holztür stehen bleiben, deren verwittertes Holz im fahlen Mondlicht silbern schimmert. „Das Tor zur Weisheit... oder vielleicht eher zur Hölle."

Manfred schnaubt leise und beugt sich vor, um das Schloss zu untersuchen. „Viel Glück oder Segen brauchen wir hier sicher nicht. Nur schnelle Finger und noch schnellere Beine."

„Womit du dich ja bestens auskennen solltest, Verloyn", erwidert Elisa und zieht einen dünnen Metallstab aus ihrem Ärmel, mit dem sie das Schloss geschickt bearbeitet.

Das Schloss öffnet sich mit einem leisen Klicken, und die Tür schwingt langsam auf. Ein kalter Luftzug, der wie ein Flüstern durch die Hallen zieht, schlägt ihnen entgegen, und ein Hauch von abgestandenem Papier und altem Holz hängt in der Luft. Die Regale erstrecken sich in langen Reihen vor ihnen, und der schwache Lichtschein, der durch die kaputten Fenster dringt, lässt die Schatten seltsam verzerrt erscheinen.

„Willkommen im Herzen der Vergessenheit", murmelt Manfred, während er sich vorsichtig vorwärts bewegt. „Falls hier noch irgendwelche Geister leben, wären sie sicher froh über ein wenig Gesellschaft."

„Oh, ich bin sicher, sie haben nichts gegen ein wenig Unterhaltung", erwidert Elisa und folgt ihm mit leichten, geräuschlosen Schritten. „Vor allem, wenn wir hier die dunklen Geheimnisse ausgraben, die so lange versteckt waren."

Sie erreichen das Zentrum des Archivs, wo ein großer, staubbedeckter Tisch steht, auf dem alte Karten und verstaubte Pergamente gestapelt sind. Manfred schiebt ein paar vergilbte Blätter beiseite und findet schließlich eine Karte, die in groben Strichen die Landschaften des Reiches zeigt. Er lässt seine Finger über die Linien gleiten, bis er auf einen dünnen, kaum sichtbaren Pfad stößt, der sich von Eichenhain direkt in die dunklen Wälder und weiter bis zur Festung Wilfrieds schlängelt.

„Das ist es", sagt er leise, seine Augen leuchten vor Entschlossenheit. „Der geheime Weg zum Herz der Dunkelheit. Ein Tunnel, verborgen unter den Bergen – das muss der Zugang zur Festung sein."

Elisa beugt sich über die Karte, ihre Augen folgen den Linien mit einer Konzentration, die fast unheimlich wirkt. „Wilfried hat diesen Weg absichtlich verschwiegen. Es ist ein strategischer Zugang, den nur wenige kennen dürften. Wenn wir es schaffen, diesen Tunnel zu finden, könnten wir vielleicht unbemerkt in die Festung gelangen."

Ein leises Lächeln umspielt Manfreds Lippen. „Wilfried hat vielleicht mit vielen gerechnet, aber sicher nicht mit uns."

Doch kaum hat er die Worte ausgesprochen, hallen schwere Schritte durch die Gänge. Elisa erstarrt, ihre Hand gleitet sofort zum Dolch an ihrer Hüfte, und Manfred nimmt das Schwert in die Hand, das er bisher verborgen gehalten hat. Das Klappern von Rüstungen und das dumpfe Murmeln von Stimmen lassen keinen Zweifel daran, dass sie Gesellschaft bekommen haben – und keine freundliche.

„Also doch keine Geister", murmelt Elisa und tauscht einen schnellen Blick mit Manfred. „Vielleicht sollten wir uns den Rückweg jetzt überlegen?"

„Zu spät", flüstert Manfred zurück und macht sich bereit, sich zu verteidigen. Die Ritter in schwarzen Rüstungen betreten das Archiv, ihre Augen leblos und leer, und richten sich sofort auf die beiden Eindringlinge. Der Anführer der Ritter tritt vor und mustert sie mit kaltem, analytischem Blick.

„Eindringlinge", sagt er mit einer Stimme, die mehr einem metallischen Krächzen ähnelt. „Ihr wagt es, die geheiligten Räume Wilfrieds zu entweihen?"

Manfred schüttelt den Kopf und lächelt sarkastisch. „Nun, verzeiht, wenn wir ohne Einladung gekommen sind. Es scheint, eure Empfangsleitung hat unser Eintreffen irgendwie übersehen."

Der schwarze Ritter hebt sein Schwert, und das Klirren des Metalls hallt durch die Bibliothek. „Ihr werdet für diese Frechheit bezahlen. Wilfrieds Wille duldet keine Störung."

Bevor der Ritter seinen Satz beenden kann, springt Elisa blitzschnell vor und stößt ihm mit einem gezielten Schlag ihres Dolches in den Hals, knapp zwischen den Rüstungsteilen. Der Ritter taumelt zurück, während ein dunkler Schatten aus seiner Rüstung entweicht, doch sein Blick bleibt unverändert – leblos und beängstigend.

„Sie sind... wie Puppen", murmelt Elisa, ihre Stimme voller Faszination und Abscheu zugleich. „Lebende Tote, an die Dunkelheit gebunden."

Manfred packt die Karte und steckt sie schnell in seine Tasche. „Wir haben, was wir brauchen. Zeit, diesen charmanten Ort zu verlassen."

Mit einer fließenden Bewegung wirft er einen der schweren Bücherstapel auf den Boden, der mit einem lauten Krachen auf die Ritter trifft und sie kurzzeitig ablenkt. Er greift Elisas Arm, und gemeinsam rasen sie durch die dunklen Gänge, das Echo ihrer Schritte hallt wie ein dumpfer Herzschlag durch das alte Archiv.

Die Ritter nehmen sofort die Verfolgung auf, ihre Schritte schwer und unerbittlich, während die Gruppe sich durch die schmalen Gänge schlängelt. Ein Fluchtweg scheint sich vor ihnen zu öffnen, als Manfred eine kleine Seitentür bemerkt, die ins Freie führt. Doch als sie die Tür erreichen, tritt eine weitere Gruppe Ritter hervor, blockiert ihren Ausgang und schließt die Falle.

„Wir sind umzingelt", sagt Elisa, und ein kühles Lächeln liegt auf ihren Lippen, als hätte sie nichts anderes erwartet. „Verloyn, ich hoffe, du bist bereit für eine kleine letzte Show."

Manfred hebt das Schwert und tritt in Verteidigungsstellung. „Ich dachte, du wärst für den glanzvollen Abgang zuständig."

Bevor die Ritter sie erreichen, wirft Elisa eine kleine, flache Phiole auf den Boden. Ein feiner, funkelnder Nebel steigt auf und breitet sich schnell im Raum aus. Die schwarzen Ritter bleiben stehen, ihr metallischer Blick versucht, die dichten, wirbelnden Partikel zu durchdringen. Elisa packt Manfreds Hand, und im Schutz des Nebels bahnen sie sich einen Weg durch die Gegner.

„Beeindruckend", murmelt Manfred, während sie den Nebel nutzen, um die Ritter zu umgehen und sich zur Tür zu bewegen. „Eine Art magischer Rauch?"

Elisa lächelt triumphierend. „Ein kleines Rezept, das ich selbst entwickelt habe. Ein Nebel, der nicht nur blendet, sondern auch jede Spur für einige Minuten verwischt."

„Erinner mich daran, nie mit dir zu streiten", sagt Manfred, als sie es endlich aus dem Archiv schaffen und in die kühle Nacht hinausrennen. Die Schritte der Ritter hallen noch hinter ihnen, doch sie wagen nicht, den Nebel zu durchqueren, der das Archiv in einen unheilvollen, schimmernden Schleier hüllt.

„Gut, wir haben die Karte", sagt Manfred, als sie außer Reichweite der Ritter kommen. „Der geheime Zugang zur Festung – es gibt ihn tatsächlich."

Elisa nickt, die Augen voller Entschlossenheit. „Wilfried hat vielleicht alles in seiner Macht stehende getan, um diesen Zugang zu verbergen, aber das ist unsere einzige Chance. Wir müssen diesen Tunnel finden, bevor er herausfindet, dass wir seine Pläne durchkreuzt haben."

Mit einem letzten Blick auf das Archiv und die Schatten, die es wie eine düstere Wächterin einhüllen, machen sie sich auf den Weg zurück zur Gruppe. Die Nacht mag dunkel und bedrohlich sein, doch in Manfreds Brust brennt ein Licht – das Wissen, dass der Kampf gegen Wilfried noch nicht verloren ist, solange sie einen Weg ins Herz seiner Festung kennen.

⁎

Der Wald ist in dichtes Dunkel gehüllt, und die Sterne scheinen kaum durch die Baumwipfel, als die Gruppe sich an einer versteckten Lichtung versammelt. Die Nacht ist still, doch die Anspannung in der Luft ist fast greifbar. Manfred breitet die alte

Karte auf einem flachen Stein aus, und die anderen – Rainer, Gerhard und Elisa – beugen sich neugierig darüber.

„Das ist also der geheime Weg zur Festung", sagt Rainer, während er seine Axt auf der Schulter balanciert und skeptisch die Karte mustert. „Sieht eher aus wie ein verstecktes Grab für Abenteurer, die sich leichtsinnigerweise an düstere Orte wagen."

Gerhard nickt, seine Augen verengt. „Und das sind genau die Orte, an denen Wilfried uns erwartet. Glaub mir, er hat mehr als nur Ritter und Fallen, um ungebetene Gäste abzuwehren."

Manfred deutet auf die Linie, die den geheimen Tunnel markiert. „Das mag sein, aber dieser Tunnel führt direkt in die Tiefen seiner Festung. Es ist unsere beste Chance, unbemerkt hineinzugelangen. Mit der Armee am Eingang hätten wir keine Möglichkeit, anders voranzukommen."

„Na, wenn das so sicher ist", murmelt Rainer ironisch, „sollten wir doch alle mit den Augen geschlossen da reingehen. Was kann schon schiefgehen?"

Elisa lächelt flüchtig und hebt eine Augenbraue. „Sarkasmus ist in einer so heiklen Situation vielleicht nicht das beste Mittel, um unsere Motivation hochzuhalten, Rainer."

Rainer grinst. „Sarkasmus ist meine Art zu zeigen, dass ich weiß, dass ich jederzeit sterben könnte, aber immerhin mit Stil."

Gerhard fährt mit dem Finger die Route auf der Karte entlang und bleibt an einem unscheinbaren Punkt stehen. „Hier gibt es einen möglichen Hintereingang", sagt er leise. „Aber dieser Tunnel... er ist alt. Und möglicherweise instabil. Wenn Wilfried ihn bereits kennt, wird er ihn mit Fallen und dunkler Magie gesichert haben."

„Wenn er ihn kennt", erwidert Manfred und hebt den Blick, „dann sind wir verloren, bevor wir überhaupt begonnen haben. Doch wir haben keine Wahl. Wenn wir Brigitte befreien wollen, dann müssen wir diesen Weg riskieren."

Elisa beobachtet ihn schweigend, ihre Augen voll stiller Entschlossenheit. „Dann sollten wir alle genau wissen, was wir tun. Jeder von uns wird eine Rolle übernehmen, und wir dürfen keinen Fehler machen."

Manfred nickt und richtet sich auf, seine Stimme fest. „Gerhard, du bist unser Späher. Du kennst dich mit Fallen besser aus als jeder andere hier. Deine Aufgabe wird es sein, den Tunnel voraus zu erkunden und alle Gefahren zu entschärfen, die uns erwarten könnten."

Gerhard nickt und lächelt schief. „Sollte ich nicht zurückkommen... nun ja, freut euch einfach, dass ich die ersten Gefahren für euch entschärft habe."

„Rainer", fährt Manfred fort, „du übernimmst die Nachhut. Wenn wir angegriffen werden, bist du unser Bollwerk. Sorge dafür, dass uns keiner in den Rücken fällt."

„Na wunderbar", murmelt Rainer mit einem finsteren Lächeln, „wieder einmal die Rolle des letzten Mannes. Ich hoffe, die anderen wissen, dass ich dafür ein Denkmal verdient habe."

Manfred ignoriert seinen Sarkasmus und wendet sich an Elisa. „Elisa, du hast Kontakte und Kenntnisse über Wilfrieds Magie, die wir nicht haben. Es könnte sein, dass er magische Barrieren errichtet hat. Du wirst dafür sorgen, dass wir unbemerkt hindurchkommen."

Elisa neigt leicht den Kopf und ein Hauch von Lächeln spielt um ihre Lippen. „Keine Sorge, ich habe meine eigenen Mittel, um uns durch seine Fallen zu bringen."

Rainer schnaubt leise und wirft ihr einen skeptischen Blick zu. „Du und deine Mittel. Es würde mich nicht wundern, wenn du schon längst für Wilfried arbeiten würdest und das alles nur ein perfides Spiel ist."

Elisa zuckt die Schultern und lächelt scharf. „Wer weiß, vielleicht bin ich das dunkle Ass im Ärmel des Königs. Aber in diesem Fall seid ihr alle tief in Schwierigkeiten, nicht wahr?"

„Es ist gut, wenn wir das nicht ganz ausschließen", erwidert Gerhard trocken. „Doch egal, welche Geheimnisse du hast, Elisa, im Moment haben wir keine Wahl, als dir zu vertrauen."

Manfred hebt die Hand, um die Diskussion zu beenden. „Lasst uns Klarheit bewahren. Unsere einzige Aufgabe ist es, Brigitte zu finden und Wilfrieds Pläne zu durchkreuzen. Wenn es bedeutet, dass wir einander bedingungslos vertrauen müssen, dann soll es so sein."

Die anderen nicken und legen ihre Hände auf die Karte, fast wie eine unausgesprochene Vereinbarung, ein stummes Versprechen, das sie alle verstehen. Die Dunkelheit um sie herum scheint dichter zu werden, und für einen Moment wird die Stille drückend.

Elisa bricht die Stille und spricht mit leiser, fast sanfter Stimme. „Manfred, was ist, wenn wir zu spät kommen? Was ist, wenn Wilfried bereits..."

„Nein", unterbricht Manfred entschlossen und sieht sie fest an. „Er hat sie nicht. Brigitte ist stärker, als er glaubt. Und selbst wenn er sie für seine Zwecke nutzen will – wir werden sie zurückholen."

Ein Hauch von Emotion flackert in Elisas Augen, bevor sie sich wieder verhärtet. „Du liebst sie wirklich, nicht wahr?"

Manfred blickt in die Flammen und nickt stumm. „Ja. Und das ist das Einzige, was ihn aufhalten wird."

Rainer, der die Spannung bricht, schüttelt grinsend den Kopf. „Wenn wir das überleben, dann haben wir die perfekte Geschichte für die Geschichtsbücher. Ein Haufen Rebellen, der sich gegen die Dunkelheit stellt, um die geliebte Dame zu retten – ach, was für eine Tragödie wäre es, wenn wir am Ende gar nicht sterben würden."

„Mach dich nicht lustig, Rainer", erwidert Gerhard trocken. „Vielleicht sollten wir erst einmal den Morgen erleben, bevor wir daran denken, in irgendwelche Gedichte einzugehen."

Manfred hebt den Blick, die Entschlossenheit in seinen Augen ungebrochen. „Wir haben uns für diesen Weg entschieden. Das Ziel ist klar, und jeder Schritt wird uns näher ans Ziel bringen. Wenn Wilfried glaubt, er kann uns brechen, dann irrt er sich gewaltig."

Die anderen nicken, und eine stille Entschlossenheit legt sich über die Gruppe. Jeder von ihnen weiß, was auf dem Spiel steht, und dass die Chancen gegen sie stehen – doch niemand denkt daran, aufzugeben. Das leise Knistern des Feuers ist das einzige Geräusch, das in dieser Nacht ihre Gedanken begleitet, während die letzten Funken der Hoffnung sich fest in ihren Herzen verankern.

Der Morgen mag die Dunkelheit mit neuem Licht vertreiben, doch die wahre Dunkelheit, der sie sich stellen müssen, wartet tief unter der Erde, in den vergessenen Gängen, die direkt in das Herz der Festung führen.

Kapitel 5

Der geheime Tunnel liegt vor ihnen wie das Maul eines Ungeheuers. Der Eingang ist von moosbewachsenen Steinen und tiefen Rissen durchzogen, und ein fauliger Geruch dringt aus der Dunkelheit hervor. Es ist, als hätte dieser Gang, der unter den Bergen verborgen liegt, seit Jahrhunderten auf Eindringlinge gewartet.

„Angenehm einladend", murmelt Rainer und blickt in den pechschwarzen Eingang, wo selbst das Licht der Fackel nicht weit reicht. „Ich schätze, wenn der Atem der Dunkelheit so riecht, dann sind wir hier genau richtig."

Manfred nickt, die Miene entschlossen, während er den Tunnel betritt. „Wir wussten, dass das kein Spaziergang wird. Und je düsterer es wird, desto näher kommen wir Wilfrieds Festung."

Gerhard geht voran, mit scharfem Blick nach Fallen suchend. „Denk daran, Verloyn: Ein kleiner Schritt in die falsche Richtung und dieser Tunnel wird zum Grab für uns alle."

Elisa, die als Letzte geht, lässt ihre Augen wachsam durch die Dunkelheit gleiten. Ihre Bewegungen sind vorsichtig, fast lautlos, und ihre Hand ruht auf einem kleinen Fläschchen, das sie am Gürtel trägt. „Denk nicht daran, Rainer. Magie lässt sich hier spüren, eine Art kalter Griff, der uns beobachtet."

Die Gruppe bewegt sich langsam vorwärts, und bald ist der einzige Laut das trügerische Tropfen von Wasser, das irgendwo in den Tiefen des Tunnels widerhallt. Die Luft ist stickig und dicht, und ein unnatürlicher Nebel zieht sich wie eine schwere Decke durch den Gang.

Plötzlich bleibt Gerhard abrupt stehen, seine Fackel beleuchtet eine seltsame, schimmernde Masse, die die Wände entlang kriecht. Es ist, als ob die Dunkelheit hier eine eigene Lebendigkeit hätte – als ob sie sich langsam durch die Luft bewegt und nach ihnen greift.

„Wilfrieds dunkle Magie", murmelt Gerhard und streicht mit der Hand über die schimmernden Spuren. „Diese Fäden... es ist eine Art Schutzzauber, eine Wache, die jeden Eindringling meldet."

Elisa beugt sich näher und mustert die Fäden mit zusammengezogenen Augenbrauen. „Nein, es ist mehr als das. Es ist als würde uns die Dunkelheit selbst beobachten, unsere Schritte verfolgen."

„Und ich dachte, die Kälte hier kommt nur von den alten Steinen", murmelt Rainer. „Es ist wie eine unsichtbare Hand, die auf deinen Schultern liegt."

Manfred nickt langsam, die Augen fest auf den schimmernden Fäden. „Dann sollten wir die Hand abschütteln. Wilfried darf nicht wissen, dass wir hier sind."

Gerhard zieht ein kleines Messer hervor und schneidet vorsichtig einen der Fäden ab, der daraufhin in einem zischenden Laut verdampft. „Das wird ihn vielleicht ein wenig täuschen. Aber ich bin sicher, er spürt bereits, dass jemand auf seinem Territorium ist."

Nach einigen weiteren Metern durch den Tunnel weitet sich der Gang zu einem kleinen Hohlraum, in dessen Mitte ein kleiner, abgebrochener Gegenstand liegt – ein Stück Stoff, zerschlissen und zerfetzt, doch noch erkennbar. Manfred tritt näher, und sein Herz setzt einen Schlag aus.

„Das ist Brigittes Schleier", flüstert er und hebt das Stück Stoff vorsichtig auf. Es ist kalt und feucht, und doch ruft es eine Erinnerung in ihm hervor, die ihn überwältigt.

Elisa mustert den Schleier mit ernster Miene. „Sie muss diesen Weg gegangen sein. Oder besser gesagt, sie wurde gezwungen, diesen Weg zu gehen. Das bedeutet, dass wir zumindest auf der richtigen Spur sind."

„Aber wenn sie schon so nah an Wilfrieds Festung war...", murmelt Gerhard, während sein Blick besorgt hin und her wandert. „Wer weiß, was er mit ihr vorhat."

Manfred schließt für einen Moment die Augen und nimmt den Schleier an sich. „Egal, was Wilfried plant – er wird keine Freude daran haben. Wir werden sie befreien."

Elisa legt eine Hand auf seine Schulter und murmelt leise: „Lass uns weitermachen, Manfred. Jeder Moment, den wir hier stehen, bringt Wilfried nur näher an seine Pläne."

Manfred nickt und richtet sich auf, die Augen voll Entschlossenheit. „Dann gehen wir weiter. Wir dürfen nicht zurückschauen, nur nach vorne."

Die Gruppe bewegt sich durch den Tunnel, und die Wände scheinen sie enger zu umschließen, als ob der Stein selbst sie verschlucken will. Der kalte Nebel wird dichter und schwerer, und selbst das Licht der Fackeln scheint schwächer zu werden, als ob die Dunkelheit jeden Funken Hoffnung verschlingt.

Plötzlich jedoch schimmert ein schwaches Licht in der Ferne. Ein kleiner, blasser Fleck am Ende des Tunnels, kaum sichtbar, aber genug, um sie in Bewegung zu halten.

„Das muss der Ausgang sein", murmelt Gerhard und beschleunigt seine Schritte, doch sein Gesicht bleibt angespannt.

Die Gruppe erreicht das Ende des Tunnels und tritt hinaus in die kühle, finstere Luft des Königreichs der Dunkelheit. Vor ihnen erstrecken sich die zerklüfteten Berge, die unter einem dichten Schleier aus Nebel und Schatten liegen, und irgendwo in der Ferne, kaum sichtbar, ragt die düstere Silhouette der Festung Wilfrieds empor.

Manfred atmet tief ein und richtet den Blick fest auf das dunkle Ziel vor ihnen. „Das ist es. Jetzt beginnt der wahre Kampf."

— ❦ —

Das unheilvolle Land des Königreichs der Dunkelheit breitet sich vor ihnen aus wie ein Ozean aus Schatten und Stille. Die schroffe Landschaft erstickt fast jedes Geräusch, und das Mondlicht, das gelegentlich durch den Nebel dringt, wirft unheimliche Muster auf den Boden. Manfred mustert das düstere Panorama vor sich und sieht die Festung in der Ferne, die wie eine grausame, allsehende Wacht über allem thront.

„Dort ist Wilfrieds Festung", murmelt Manfred, den Blick fest auf die Silhouette gerichtet. „Wenn wir in die Nähe kommen wollen, ohne gesehen zu werden, müssen wir uns aufteilen. Zwei von uns gehen zur Festung, die anderen suchen nach Verbündeten."

Rainer zieht die Augenbrauen hoch, ein schiefes Lächeln auf den Lippen. „Hört sich ja fast so an, als würden wir uns damit alle möglichen Schwierigkeiten einhandeln – getrennt in einem Königreich voller dunkler Magie."

Gerhard nickt zustimmend. „Wilfrieds Einfluss reicht tief in die Lande. Wenn es hier noch Widerstand gibt, wird er sich sicher versteckt halten. Wir werden Verbündete brauchen, aber das wird ein riskanter Plan."

Manfred wirft Elisa einen langen, prüfenden Blick zu. „Elisa, du und ich werden zur Festung gehen. Rainer, du und Gerhard sucht in der Stadt nach Kontakten. Irgendwo hier gibt es sicher noch Leute, die nicht auf Wilfrieds Seite stehen."

„Und wie sollen wir uns da durchfragen?", murmelt Gerhard trocken. „‚Entschuldigen Sie, haben Sie zufällig Interesse daran, den dunklen König zu stürzen?' – da wird sich die Hälfte der Stadt vor Angst in ihre Häuser flüchten."

Elisa schnaubt leise. „Oh, du wärst überrascht, wie viele hier bereit sind, sich zu wehren – allerdings werden sie vorsichtig sein. Hier hat jeder seine eigene Agenda."

Rainer lacht kurz auf und wirft Elisa einen scharfen Blick zu. „Oh, ich habe keinen Zweifel daran, dass du dich in Kreisen mit dubiosen Absichten auskennst. Ist das nicht so, Elisa?"

Sie hebt die Augenbrauen, ihre Lippen zu einem kühlen Lächeln verzogen. „Vielleicht. Aber wenn wir überleben wollen, solltet ihr darauf vertrauen, dass ich zumindest weiß, wie man Kontakte knüpft, die etwas mehr als nur leere Worte bieten."

Manfred hebt die Hand, um die schneidenden Kommentare zu beenden. „Hört zu, das ist unsere einzige Chance. Wilfried glaubt, dass wir es niemals so weit schaffen würden, und er erwartet sicher nicht, dass wir sein eigenes Land durchqueren. Solange wir unauffällig bleiben, haben wir einen Vorteil."

Rainer und Gerhard nicken schließlich, und ohne ein weiteres Wort trennen sich die beiden Paare, die eine letzte Geste des Einverständnisses austauschend, bevor sie in der Dunkelheit verschwinden.

───── ⬥ ─────

M anfred und Elisa machen sich auf den Weg in Richtung der Festung, ihre Schritte leise und bedacht. Der Weg ist ein Labyrinth aus zerklüfteten Felsen und dornigen Büschen, die ihnen den Weg erschweren. Ein fahler Mondschein erhellt gelegentlich den Pfad, doch meistens sind sie von undurchdringlicher Dunkelheit umgeben.

Elisa hält plötzlich inne und hebt eine Hand. „Warte."

Manfred erstarrt und beobachtet, wie sie sich niederbeugt und eine kleine, kaum sichtbare Rune auf dem Boden berührt. Ein Funken bläulichen Lichts flackert auf, und der Duft nach verbranntem Eisen erfüllt die Luft.

„Ein Alarmsiegel", murmelt sie und schüttelt den Kopf. „Wilfried hat hier einiges an Magie gewoben, um Eindringlinge abzuhalten. Jeder Schritt könnte uns verraten."

„Und du kannst sie entschärfen?", fragt Manfred mit einer Mischung aus Hoffnung und Zweifel.

Elisa lächelt kühl. „Wenn ich das nicht könnte, wären wir längst tot."

Mit einem geschickten Handgriff bewegt sie ihre Finger über das Siegel, und das Licht erlischt wie eine erloschene Flamme. Sie steht auf, wischt sich den Staub von den Händen und geht weiter, als wäre nichts geschehen. Manfred folgt ihr, doch er kann nicht umhin, sie für einen Moment zu mustern – sie bewegt sich, als ob das dunkle Land sie nicht schrecken würde, und in ihren Augen liegt eine Wachsamkeit, die fast mehr über ihr Inneres verrät, als sie zugeben würde.

„Du bist... beeindruckend vorbereitet", sagt er schließlich und bricht die Stille.

„Im Land der Dunkelheit muss man das sein", murmelt sie, ohne ihn anzusehen. „Oder man wird Teil der Dunkelheit."

Er bleibt einen Moment still, doch dann erwidert er: „Für jemanden, der sich so mühelos in Schatten bewegt, scheinst du dich hier recht wohl zu fühlen."

Elisa wirft ihm einen durchdringenden Blick zu, ihre Augen glühen im Mondlicht wie kaltes Feuer. „Glaub mir, Verloyn, niemand fühlt sich wohl im Königreich der Dunkelheit. Aber es ist die Kunst des Überlebens, die einen lehrt, sich anzupassen."

Manfred grinst flüchtig. „Und diese Kunst beherrschst du wohl besser als die meisten."

Elisa wendet den Blick ab, und für einen Moment sieht er in ihrem Ausdruck etwas, das er nicht ganz deuten kann – einen Funken von Bedauern oder vielleicht sogar Trauer, der so schnell verschwindet, wie er gekommen ist.

„Lass uns weitermachen", sagt sie schließlich und geht weiter, ohne ein weiteres Wort zu verlieren.

— ⚬◝◟◞⚬ —

In der Zwischenzeit haben Rainer und Gerhard die Stadt erreicht. Sie gehen durch die engen, düsteren Gassen, wo jeder Schatten eine Bedrohung sein könnte. Die Bewohner huschen schnell an ihnen vorbei, mit gesenkten Köpfen und ohne Blickkontakt, als fürchteten sie, dass ein falscher Blick ihre Seelen verraten könnte.

„Charmanter Ort", murmelt Rainer mit einem schiefen Lächeln. „Wie geschaffen, um Verbündete zu finden."

Gerhard nickt, sein Blick wachsam auf die Dunkelheit gerichtet. „In einem solchen Ort verstecken sich nur die Verzweifelten. Und die Verzweifelten sind oft bereit, alles zu riskieren."

Rainer wirft ihm einen schiefen Blick zu. „Du scheinst viel Erfahrung in solchen Dingen zu haben."

Gerhard lächelt frostig. „Das Leben lehrt dich, in Schatten zu lesen, Rainer. Und in einer Stadt wie dieser erzählen die Schatten ihre eigenen Geschichten."

Die beiden betreten eine Taverne am Ende der Straße, ein finsterer, verrauchter Ort, in dem die wenigen Gäste tief in ihre Krüge starren und jedes Wort verschluckt wird, bevor es die Luft erreicht. Sie setzen sich in eine Ecke und lassen den Blick schweifen, bevor Rainer ein Zeichen gibt, dass sie auf Informationen aus sind.

Ein Mann mit einem schiefen Hut und müden Augen schleicht sich an ihren Tisch. Seine Finger zittern leicht, und seine Stimme ist kaum mehr als ein Flüstern.

„Ihr seid Fremde", sagt er und mustert die beiden skeptisch. „Und Fremde, die nach Wilfried fragen, verschwinden hier schneller, als ihr denkt."

Rainer grinst und lehnt sich lässig zurück. „Na, dann müssen wir wohl hoffen, dass du kein Freund des Königs bist."

Der Mann lacht leise und kalt. „Freund? Nein, aber seine Spione sind überall. Also, wenn ihr Informationen wollt, dann müsst ihr vorsichtig sein – und einen Preis zahlen."

Gerhard zieht einen kleinen Beutel mit Münzen hervor und legt ihn wortlos auf den Tisch. „Sprich. Wir haben keine Zeit für Spielchen."

Der Mann mustert die Münzen, dann steckt er sie schnell ein und beugt sich vor, seine Augen voller Misstrauen. „Wilfried ist besessen von etwas... er sucht eine alte Macht, die tief in den dunklen Hallen der Festung verborgen liegt. Etwas, das die Magie verändern könnte, das ihm... Unsterblichkeit verleihen könnte."

„Und was hat das mit einer Gefangenen zu tun?", fragt Rainer scharf. „Eine junge Frau, die kürzlich in die Festung gebracht wurde?"

Der Mann schluckt und zögert einen Moment, bevor er leise spricht. „Die Gerüchte besagen, dass sie eine Schlüsselrolle in seinem Plan spielt. Sie trägt ein Blut in sich, das eine uralte Kraft in die Welt bringen kann. Er plant, diese Kraft zu entfesseln, um seine Macht auf ewig zu sichern."

Rainer und Gerhard tauschen einen alarmierten Blick. Gerhards Miene ist düster, und sein Tonfall lässt keinen Zweifel zu, dass sie schnell handeln müssen.

„Wir werden uns beeilen müssen", murmelt Rainer. „Manfred und Elisa sind bereits unterwegs zur Festung. Wenn Wilfried tatsächlich plant, diese dunkle Magie zu entfesseln..."

Der Mann erhebt sich rasch, wirft einen nervösen Blick über die Schulter und spricht kaum hörbar. „Seid wachsam. Nicht jeder hier ist, was er zu sein scheint."

Mit diesen Worten verlässt er die Taverne, und die beiden Männer bleiben einen Moment lang schweigend sitzen, während die Bedeutung seiner Warnung in ihren Köpfen nachhallt.

Der Abend senkt sich finster und schwer über die Schattenstadt, eine verwitterte Ansammlung krummer Gebäude, die sich entlang der schmalen, von Nebelschwaden durchzogenen Gassen erstreckt. Jeder Stein, jede knarrende Tür und jedes flackernde Licht in den Fenstern der Tavernen scheinen eine düstere Geschichte zu erzählen. Gerhard und Rainer haben die Taverne „Zum Stummen Raben" erreicht, ein trostloser Ort, dessen Namen ebenso geheimnisvoll ist wie die Gestalten, die sich im Inneren in den dunklen Ecken verlieren.

Sie betreten den Raum und werden von einem Schwall abgestandener Luft und schwachem Kerzenlicht empfangen. Die Gäste sitzen an runden Tischen, tief in ihre Umhänge gehüllt und mit gesenktem Blick. Sie scheinen zu spüren, dass zwei Fremde eingetreten sind, doch niemand wagt es, direkt hinzusehen.

„Einladend wie ein Friedhof bei Nacht", murmelt Rainer sarkastisch und schiebt seine Kapuze tiefer ins Gesicht. „Falls wir hier keine Verbündeten finden, dann zumindest einige potenzielle Feinde."

Gerhard grinst kalt und deutet mit dem Kopf auf einen leeren Tisch in der hinteren Ecke. „Setz dich und benimm dich unauffällig. Vielleicht haben wir Glück und hören etwas Nützliches."

Sie setzen sich, und Rainer beobachtet die übrigen Gäste aus den Augenwinkeln. Ein paar Tische weiter kauert ein dürrer Mann mit wirrem Haar und einem nervösen Blick. Er murmelt etwas Unverständliches und nippt an einem Krug, als würde das Getränk ihm Mut zusprechen.

„Ich wette, dieser Typ hat ein paar Geheimnisse, die selbst Wilfried nicht kennt", flüstert Rainer.

„Vielleicht", erwidert Gerhard leise und fixiert den Mann mit seinen scharfen Augen. „Aber lass uns abwarten."

Plötzlich öffnet sich die Tür zur Taverne erneut, und ein kühler Luftzug strömt herein. Ein hagerer Mann tritt ein und lässt seinen

Blick misstrauisch durch den Raum gleiten. Er hat ein markantes Gesicht mit scharfen Zügen, und seine Augen sind von einem stechenden Blau, das selbst durch das schwache Kerzenlicht glimmt. Der Mann bleibt kurz stehen, als würde er die Gäste mustern, dann bewegt er sich zielstrebig zum Tresen.

Rainer lehnt sich vor und hebt kaum merklich eine Augenbraue. „Interessante Wahl der Garderobe. Der sieht eher aus, als würde er einen Palast erwarten, nicht diese Bruchbude."

Gerhard verengt die Augen. „Sei leise. Vielleicht ist er derjenige, den wir suchen."

Der Mann am Tresen bestellt leise etwas beim Wirt, dann dreht er sich halb um und lässt seinen Blick über den Raum schweifen, bis seine Augen kurz auf Rainer und Gerhard verweilen. Eine Art versteckter Erkennung blitzt auf, und nach einem Moment gibt er dem Wirt ein Zeichen, bevor er sich zu ihnen an den Tisch setzt.

„Guten Abend, meine Herren", sagt er leise, ohne seine Stimme zu heben. „Ich höre, dass ihr... nach Informationen sucht."

Rainer lächelt, doch sein Blick bleibt wachsam. „Vielleicht. Aber was uns interessiert, ist nichts für jedermanns Ohren."

Der Mann lächelt frostig und legt die Hände ineinander. „In der Stadt der Schatten gibt es viele Ohren, die hören und schweigen zugleich. Doch auch solche Ohren haben ihren Preis."

Gerhard zieht eine Münze aus seiner Tasche und legt sie mit einem leisen Klicken auf den Tisch. „Sprich, wenn du Informationen über Wilfried hast – und vor allem über eine Gefangene in seiner Festung."

Der Mann senkt den Blick kurz auf die Münze, hebt dann langsam die Augen und spricht mit eisiger Stimme: „Wilfried ist kein König mehr, sondern ein Gezeichneter. Seine Besessenheit von dunkler Magie hat ihn längst zu einem Sklaven der Mächte gemacht, die er zu kontrollieren glaubt. Und diese Frau, die er in seiner Festung hält – sie ist der Schlüssel zu seinem Plan."

Rainer beugt sich vor, seine Augen glimmen im Schein der Kerzen. „Und was genau ist dieser Plan?"

Der Mann zögert kurz und sieht sich um, als wolle er sicherstellen, dass niemand mithört. „Wilfried will die Macht der alten Magie entfesseln. Er plant, einen uralten Ritus durchzuführen, einen dunklen Zauber, der ihm die Kraft der Ewigkeit verleihen könnte. Doch dazu braucht er jemanden von besonderem Blut, jemanden, der die verlorene Magie seines Königreichs erneut ins Leben rufen kann."

Gerhard runzelt die Stirn. „Eine Zeremonie... die ewiges Leben verleihen soll?"

„Nicht nur Leben", antwortet der Mann leise, und seine Stimme senkt sich zu einem düsteren Flüstern. „Es ist eine Macht, die über das Leben hinausgeht. Wilfried will mehr als nur Unsterblichkeit – er will die Kontrolle über Tod und Leben selbst. Und dafür wird er keine Rücksicht nehmen."

Eine unheilvolle Stille senkt sich über den Tisch. Rainer schüttelt langsam den Kopf, seine Stimme ist schwer von Sarkasmus und düsterem Humor. „Na, wenn das nicht der große Traum eines jeden Herrschers ist. Kontrolle über Leben und Tod? Kann der Mann nicht einfach eine neue Krone kaufen und zufrieden sein?"

Der Informant lächelt bitter und spricht kaum hörbar: „Für Wilfried ist das nicht genug. Er strebt nach absoluter Macht. Und dafür wird er jedes Opfer bringen – sei es seine eigene Menschlichkeit oder das Leben derer, die ihm in die Hände fallen."

Gerhard legt eine zweite Münze auf den Tisch. „Was weißt du über die Widerstandskämpfer? Wo könnten wir Menschen finden, die bereit sind, sich ihm entgegenzustellen?"

Der Mann nimmt die Münze und steckt sie in seinen Umhang. „In den unteren Vierteln gibt es eine Gruppe, die nur darauf wartet, Wilfrieds Macht zu brechen. Sie arbeiten im Verborgenen und nutzen die Tunnel unter der Stadt, um unbemerkt zu bleiben. Ihr

Anführer ist ein Mann namens Halvard – ein ehemaliger Ritter, der sich der dunklen Magie entzogen hat und nun gegen sie kämpft."

Rainer nickt und lehnt sich zurück. „Also ein Ritter ohne König und eine Stadt, die aus Schatten besteht. Langsam wird das hier ja doch noch spannend."

Der Mann erhebt sich langsam, seine blauen Augen funkeln im schwachen Licht. „Seid vorsichtig. Hier gibt es mehr als nur Spione. Nicht jeder, dem ihr begegnet, ist das, was er zu sein scheint."

Mit diesen Worten verschwindet er leise in der Dunkelheit der Taverne. Gerhard und Rainer bleiben einen Moment lang sitzen, während die Worte des Mannes in der Luft hängen bleiben wie ein düsteres Versprechen.

Die schwachen Sterne spiegeln sich in den Wellen des Sees, und eine stille Melancholie liegt über der dunklen Wasseroberfläche. Manfred und Brigitte stehen am Ufer, getrennt von einer leisen Spannung, die zwischen ihnen wie ein unsichtbarer Schleier schwebt. Der Abschied ist greifbar – jeder Blick, jede Bewegung spricht von den unausgesprochenen Worten, die sie beide nicht zu sagen wagen.

Brigitte lächelt traurig, ihre Augen ruhen auf dem glänzenden Wasser, während sie leise spricht. „Du wirst wiederkommen, nicht wahr, Manfred?"

Er nimmt ihre Hand und dreht sich zu ihr, ihre Finger fest umschlossen. „Es gibt keine Macht auf dieser Welt, die mich daran hindern könnte. Es sei denn... du hast es dir anders überlegt."

Ihr Blick ist sanft, doch in ihren Augen brennt ein Feuer. „Du kennst die Antwort, Manfred. Die Frage ist nur, ob das Leben dich mir zurückbringen wird – oder ob es dich mir nehmen wird."

Manfred lacht leise und hebt eine Hand, um eine Strähne ihres Haares hinter ihr Ohr zu streichen. „Es wird mich dir nicht nehmen,

Brigitte. Ich habe zu viel versprochen. Und du weißt, ich halte meine Versprechen."

„Versprechen..." Sie lächelt, ein Hauch von Schmerz in ihren Zügen. „Versprechen sind das, was uns bleibt, wenn die Zukunft unsicher ist. Aber die Welt ist dunkel, Manfred, und ich habe das Gefühl, dass diese Dunkelheit näher ist, als wir denken."

Ein Hauch von Ironie schwingt in seiner Stimme, als er ihren Blick erwidert. „Wenn ich dich kenne, dann wird die Dunkelheit keinen Tag länger dauern, als du es ihr erlaubst. Du bist stärker, Brigitte, und du weißt es."

„Stärker?" Sie lacht leise, fast bitter. „Manchmal habe ich das Gefühl, meine Stärke ist nur ein Mantel, den ich trage, damit niemand sieht, wie verletzlich ich wirklich bin."

Manfred zieht sie sanft näher an sich und sieht ihr in die Augen, seine Stimme sanft und fest zugleich. „Dann werde ich derjenige sein, der dich daran erinnert. Solange ich atme, wird dir diese Dunkelheit nichts anhaben können."

Ein Moment vergehen in stiller Einverständnis, bevor Brigitte eine kleine Schatulle aus ihrem Umhang zieht und sie ihm mit einem zärtlichen Lächeln reicht. „Hier, das ist für dich. Etwas, das dich daran erinnern soll, dass jemand auf dich wartet."

Manfred öffnet die Schatulle und entdeckt ein silbernes Medaillon mit fein eingravierten Mustern. In der Mitte funkelt ein kleiner, blauer Edelstein, wie ein eingefrorener Tropfen ihres Blicks, der ihn überallhin begleiten soll.

„Ein Amulett?", fragt er sanft, seine Finger über die Gravuren gleiten lassend.

„Ein Teil von mir", murmelt sie leise. „Damit du nicht vergisst, was hier auf dich wartet – und dass du nicht allein bist. Es wird dich beschützen."

Er schließt das Amulett in seiner Faust und sieht sie mit einem stillen Versprechen an. „Brigitte, egal wie lange es dauert, egal wohin mich der Weg führt – ich werde zurückkehren. Für dich, für uns."

Brigitte schließt die Augen und lehnt ihren Kopf an seine Schulter, ihre Hände fest ineinander verschränkt. Sie stehen so, still und schweigend, während die Nacht um sie herum tiefer und stiller wird. Manfred spürt, wie der Moment schwer auf ihnen liegt, wie die Nähe von Abschied und Hoffnung sie beide erdrückt. Es ist, als ob die Welt innehält und die Zeit für diesen einen Moment stillsteht.

Schließlich löst sich Brigitte sanft aus seiner Umarmung, ihre Augen glänzen im Mondlicht. „Es ist Zeit", flüstert sie, und in ihren Worten schwingt das Echo eines Versprechens mit, das tiefer geht als Worte.

Manfred nickt und hebt ihre Hand zu seinen Lippen. „Dann sei wachsam, Brigitte. Lass die Dunkelheit nicht gewinnen."

Sie sieht ihm ein letztes Mal in die Augen, dann dreht sie sich um und geht, ihre Silhouette verschmilzt langsam mit der Dunkelheit, bis sie nur noch ein Schatten ist – ein Schatten mit dem Versprechen, das ihm mehr wert ist als jedes Königreich, jede Krone.

Zurück am Ufer bleibt Manfred stehen, und seine Finger umschließen das Amulett in seiner Hand, während der Wind sanft über den See streicht. In dieser letzten Nacht, mit dem leisen Murmeln des Wassers und dem kalten Licht der Sterne, hat er ihr sein Herz versprochen, sein Leben – und das Wissen, dass sie ihn erwartet, gibt ihm die Kraft, zurückzukehren, komme was wolle.

———— ⬥ ————

D ie Dämmerung im Königreich der Dunkelheit bricht nie ganz an, und so erscheint es Manfred und Elisa, als hätten sie sich in eine Welt ohne Zeit und ohne Licht begeben. Ein fahler Nebel schwebt über dem Boden, der alles um sie herum in trügerische

Schemen hüllt. Die Stille ist bedrückend, und nur gelegentlich hören sie das leise Rauschen des Windes, das fast wie ein Flüstern wirkt.

„Einladend, wie immer", murmelt Elisa, während sie vorsichtig zwischen den bemoosten Felsen hindurchgleitet. „Wilfrieds Geschmack für das Dramatische ist offenbar unübertroffen."

Manfred, der das Amulett in seiner Tasche mit einem kurzen, fast instinktiven Griff berührt, wirft einen scharfen Blick auf die Umgebung. „Falls er denkt, dass uns das hier einschüchtert, kennt er mich schlecht. Aber ich nehme an, diese Wirkung war wohl kaum zufällig."

Sie gehen weiter, den Boden prüfend, als plötzlich eine unnatürliche Kälte die Luft erfüllt. Es ist, als ob die Dunkelheit selbst sie von allen Seiten her ersticken will. Manfred bleibt abrupt stehen und zieht sein Schwert, dessen Klinge im Nebel seltsam gedämpft schimmert.

„Spürst du das?", fragt er leise, ohne den Blick von den Schatten zu nehmen.

Elisa nickt und legt die Hand auf ihren Dolch. „Es ist dunkle Magie – stark und unheilvoll. Wilfried muss hier... Experimente gemacht haben."

Manfred verzieht das Gesicht und wirft einen Blick auf den Boden, wo eine seltsame, dunkle Substanz in den Felsen verkrustet ist. „Experimente? Du meinst, das hier war ein Testlauf?"

Elisa seufzt und tritt einen Schritt näher, während sie die Substanz betrachtet. „Einige Herrscher möchten ihre Gier nach Macht subtiler verstecken. Wilfried gehört offenbar nicht dazu. Ich würde sagen, er hat hier Rituale durchgeführt, die selbst den Schatten Angst machen würden."

Manfreds Blick wird schärfer. „Wenn das hier nur ein Vorgeschmack ist, dann will ich nicht wissen, was er in der Festung selbst auf uns vorbereitet hat."

Sie treten weiter und entdecken Spuren von eingeritzten Runen auf den Felsen, die in einem unheilvollen Rhythmus angeordnet sind. Das Licht, das durch den Nebel bricht, scheint die Runen in unheimlichen Farben zum Leuchten zu bringen. Plötzlich spüren beide eine Welle von kaltem Schmerz, der wie ein unsichtbarer Schlag durch ihre Körper fährt.

Manfred knirscht mit den Zähnen und hält sich den Kopf. „Was... war das?"

Elisa zieht ihren Dolch, ihre Augen voller Entschlossenheit und Zorn. „Ein Schutzzauber, um Eindringlinge abzuwehren. Wilfried hat hier eine Barriere geschaffen, die jeden, der zu nah kommt, angreifen soll."

„Na, großartig", murmelt Manfred sarkastisch und wirft einen wütenden Blick in Richtung der Festung, die im fernen Nebel kaum noch zu erkennen ist. „Einladend wie ein verdammter Dornenbusch. Hast du eine Idee, wie wir das umgehen können?"

Elisa mustert die Runen und schüttelt nachdenklich den Kopf. „Wir könnten versuchen, die Runen zu zerstören. Aber das würde wahrscheinlich den ganzen Fluch entfesseln und uns direkt in den Tod reißen."

„Also, ein idealer Plan, ja?", bemerkt Manfred trocken, doch sein Blick wird weich, als er kurz an das Amulett denkt. „Es muss einen anderen Weg geben."

Plötzlich bemerken sie eine schwache, kaum sichtbare Spur im Boden – Fußabdrücke, die in den Nebel führen. Sie sind zierlich, fast unsichtbar, doch ihre Form ist klar: Es sind die Spuren eines kleinen Stiefels, und Manfred erkennt sofort, dass sie Brigitte gehören könnten.

„Das ist..." Er deutet auf die Abdrücke, die sich nur wenige Schritte vor ihnen im Nebel verlieren. „Sie war hier. Sie ist diesen Weg gegangen."

Elisas Gesichtsausdruck wechselt von Skepsis zu leichter Verwunderung. „Wenn Wilfried sie durch diesen Ort geführt hat, dann hat sie vielleicht mehr ertragen müssen, als wir dachten. Aber wie ist sie daran vorbeigekommen?"

Manfreds Stimme wird leiser, fast ein Flüstern. „Brigitte hat immer mehr Kraft besessen, als sie selbst ahnte. Vielleicht hat sie das hier irgendwie überwunden... oder er hat sie geschützt, weil er sie braucht."

Elisa sieht ihn an, und in ihren Augen liegt ein Hauch von Mitleid. „Du denkst immer noch, dass sie auf dich wartet? Selbst hier, in der Dunkelheit?"

Manfred nickt fest, seine Augen voller Entschlossenheit. „Ja. Sie wartet. Und ich werde sie finden."

Elisa mustert ihn, einen Moment lang schweigend. Dann legt sie ihre Hand auf seine Schulter und lächelt schwach. „Dann lass uns keine Zeit verlieren. Wenn Brigitte das hier überstanden hat, dann werden wir es auch."

Die beiden setzen ihren Weg fort, während die Schatten um sie herum dichter werden. Manfred spürt, dass die Dunkelheit tiefer ist, als er jemals erlebt hat, und ein Hauch von Zweifel schleicht sich in seine Gedanken. Doch das Amulett an seiner Brust ist wie ein leises Versprechen, das ihn antreibt und ihn an die Hoffnung erinnert, die ihm Brigitte hinterlassen hat.

Sie erreichen einen Durchgang, der in die Felswand eingelassen ist. Das schimmernde Licht der Runen bleibt zurück, und ein kühler Luftzug strömt aus der Öffnung. Manfred zögert, doch Elisa tritt vor und blickt ihn auffordernd an. „Bereit, Verloyn? Oder verlässt dich jetzt der Mut?"

Er schnaubt und erwidert das Lächeln. „Wenn wir schon sterben, dann wenigstens stilvoll."

Mit diesen Worten treten sie in den dunklen Durchgang, und das letzte Licht der Runen verschwindet hinter ihnen, als sie in das Herz der Dunkelheit vordringen.

Kapitel 6

Der Palast von König Wilfried erhebt sich wie ein düsterer Koloss aus der Dunkelheit und strahlt eine Kälte aus, die selbst die umgebende Nacht zu verstärken scheint. Der Eingang ist von massiven, schmiedeeisernen Toren geschützt, flankiert von unheilvoll starrenden Wächtern in schwarzen Rüstungen. Manfred und Elisa stehen am Rand des Palasthofs und mustern die Festung, deren Fenster wie leere Augen in die Finsternis starren.

Elisa zieht ihre Kapuze tiefer ins Gesicht und wirft Manfred einen flüchtigen Blick zu. „Bereit, deinen Auftritt als loyaler Wachmann zu geben? Nicht, dass ich das für glaubwürdig halten würde."

Manfred schnaubt und richtet seine improvisierte Rüstung, die etwas zu schwer und unbequem ist. „Ich werde so überzeugend sein, dass selbst der König mich befördern möchte. Du dagegen, Elisa, bist diejenige, die hier die Fäden ziehen wird. Bist du sicher, dass du die richtigen Verbindungen hast?"

Elisa lächelt ein wenig spöttisch und hebt das Kinn. „Selbstverständlich. Die richtigen Verbindungen sind eine Kunstform – du musst nur wissen, wem du welchen Preis versprichst."

Sie betreten den Palast, der in kaltes, gedämpftes Licht gehüllt ist, das von den Kristalllüstern an der Decke flackert. Manfred bemerkt sofort die prächtige, aber abweisende Atmosphäre: alles ist luxuriös und finster zugleich, und die Schatten scheinen an den

Wänden zu tanzen wie lebendige Wesen. Diener und Soldaten gehen geschäftig ihren Pflichten nach, jeder in seine eigene Welt vertieft, doch die Blicke bleiben wachsam, die Mienen angespannt.

Manfred, der als Wache verkleidet ist, richtet seine Haltung auf und versucht, seine Nervosität zu verbergen. Ein falscher Schritt, ein unbedachtes Wort, und alles wäre verloren. Elisa führt ihn mit einem selbstsicheren, aber undurchdringlichen Ausdruck durch die Korridore, ihr Gang ist geschmeidig und fast schwebend.

„Hier entlang", flüstert sie und deutet auf einen Korridor, der zur Haupthalle des Palastes führt. „Ich werde dich als neue Verstärkung für die Leibgarde einführen. Und dann..." Sie hält inne und wirft ihm einen langen Blick zu. „Dann wirst du hoffentlich einen Weg finden, unauffällig in der Nähe der Gemächer zu bleiben."

Manfred hebt die Augenbrauen. „So einfach ist das? Eine Garde rekrutieren und ihn gleich an die königlichen Gemächer beordern?"

„Es ist einfacher, als du denkst", sagt sie mit einem leichten, geheimnisvollen Lächeln. „Wilfrieds Hof ist ein Schlangennest. Jeder misstraut jedem, und die Machtverhältnisse ändern sich schneller, als du blinzeln kannst. Du wirst überrascht sein, wie viele hier bereit sind, ein Auge zuzudrücken, wenn sie denken, dass du auf ihrer Seite stehst."

Manfred lacht leise und murmelt: „Ein wahrer Hof der Dunkelheit."

Sie führen ihren Weg fort, bis sie schließlich die Halle erreichen, wo bereits einige Würdenträger und Adelige in prunkvollen Gewändern und teuren Stoffen in kleinen Gruppen beisammenstehen. Es herrscht ein leises, gedämpftes Murmeln, und die Atmosphäre ist angespannt – als würde jeder Moment eine Art Katastrophe bringen.

Elisa geht zu einem Wachmann, der in der Nähe der Haupthalle postiert ist, und spricht leise mit ihm. Der Mann mustert Manfred kurz, dann nickt er und lässt die beiden passieren. Offensichtlich hat Elisa tatsächlich Verbindungen, die tiefer gehen, als er gedacht hätte.

„Ein neuer Wachmann?" ertönt plötzlich eine tiefe, sanft sarkastische Stimme hinter ihnen. Manfred und Elisa drehen sich um und sehen einen hochgewachsenen Mann in einer prächtigen, dunkelblauen Robe mit goldenen Verzierungen, der sie mit einem durchdringenden Blick mustert. Sein Gesicht ist scharf geschnitten, und seine Augen funkeln intelligent und wachsam – zweifellos ein Mann, der mehr sieht, als er zeigt.

„Ah, der königliche Magier", murmelt Elisa leise, doch Manfred kann das leise Unbehagen in ihrem Ton erkennen.

Der Magier tritt näher und mustert Manfred mit einem skeptischen Blick. „Ich bin überrascht, einen Neuen in der Leibgarde zu sehen. Der König pflegt nur denjenigen zu vertrauen, die sich ihm bewährt haben."

Manfred senkt den Blick und versucht, eine respektvolle Haltung zu bewahren. „Ich bin nur hier, um dem König zu dienen. Sein Wort ist mein Befehl."

Der Magier lächelt leicht, doch das Lächeln erreicht seine Augen nicht. „In der Tat. Doch Verbindungen hier im Palast sind oft nicht das, was sie zu sein scheinen. Bist du sicher, dass du loyale Absichten hast?"

Elisa legt leicht die Hand auf Manfreds Schulter und lächelt charmant. „Keine Sorge, Magister. Dieser Mann ist absolut zuverlässig. Ich habe seine... Fähigkeiten selbst geprüft."

Der Magier neigt leicht den Kopf und lässt seinen Blick für einen Moment auf Elisa ruhen, als würde er versuchen, durch ihre Worte hindurchzusehen. „Das hoffe ich. Die Zeiten sind gefährlich, und der König kann sich keinen Verrat leisten."

Mit einem letzten durchdringenden Blick wendet sich der Magier ab und verschwindet lautlos im Schatten eines angrenzenden Korridors. Manfred und Elisa atmen gleichzeitig aus, und Manfred schüttelt leicht den Kopf. „Charmant, dieser Magier. Und misstrauischer als ein alter Wolf."

„Er ist gefährlich", murmelt Elisa und mustert den dunklen Korridor, in dem der Magier verschwunden ist. „Man sagt, er sei der einzige, der Wilfrieds Pläne wirklich versteht. Bleib in seiner Nähe auf der Hut. Er erkennt Lügen besser als jeder andere hier."

Manfred nickt und richtet seinen Blick auf die Haupthalle, wo die Adligen sich zu versammeln scheinen. Ein Ball, eine Art Zusammenkunft der Höflinge, die in der Dunkelheit des Palastes gefangen sind – es ist die perfekte Gelegenheit, etwas über Brigittes Aufenthaltsort herauszufinden.

———— ⬯ ————

Manfred und Elisa betreten den Ballsaal, der eine unheimliche Mischung aus Pracht und Bedrohung ausstrahlt. Kronleuchter hängen hoch über ihnen und werfen ein dämmriges Licht auf die glänzenden Böden und die makellos gekleideten Gäste, die sich in kleinen Gruppen unterhalten. Die Stimmen der Adligen sind gedämpft, das Lachen vorsichtig – fast so, als ob jeder Moment ein Sturm ausbrechen könnte. Das leise Klirren von Kristallgläsern und die Töne einer fernen Laute durchdringen die Luft.

Manfred hält sich in seiner Rolle als Wachmann im Hintergrund, während Elisa sich in das Gedränge mischt, mühelos das höfische Lächeln aufgesetzt, das einen scharfen Verstand und das Potenzial für Verrat verbirgt. Er beobachtet, wie sie sich mit einer Gruppe von Höflingen unterhält, und dann sieht er plötzlich den König selbst: Wilfried.

Wilfried ist eine imposante Erscheinung – hochgewachsen, mit einem grimmigen Ausdruck und Augen, die kalt und berechnend funkeln. Sein schwarzer Umhang scheint fast die Schatten anzuziehen, als ob sie nur auf seinen Befehl warten würden, sich zu bewegen. Manfred fühlt ein unangenehmes Prickeln, als er den

König sieht, und muss all seine Selbstbeherrschung aufbringen, um seinen Gesichtsausdruck neutral zu halten.

Elisa bemerkt seinen Blick und kommt näher. Sie flüstert ihm zu, ihre Stimme kaum hörbar: „Das ist er. Der Mann, der Brigitte in den Fängen hält."

Manfreds Kiefer spannt sich, und er erwidert leise: „Und du schaffst es tatsächlich, ihm in die Augen zu sehen, ohne zu..."

„Das nennt man Überlebensinstinkt", erwidert sie mit einem kaum merklichen Lächeln. „Du solltest es ausprobieren."

Plötzlich verstummt das Gemurmel im Saal, als Wilfried den Raum betritt. Die Höflinge weichen zurück, lassen eine Gasse frei, während er langsam zur Mitte des Saals schreitet. Seine Augen durchstreifen die Menge, als ob er jede einzelne Person erfasst und gleichzeitig verurteilt.

Und dann geschieht das Unerwartete: Er bleibt stehen, sein Blick bleibt auf Elisa ruhen, und er hebt seine Hand. „Würdet Ihr mir die Ehre eines Tanzes erweisen, meine Dame?"

Manfreds Herz schlägt schneller, und er sieht, wie Elisas Gesichtsausdruck für den Bruchteil einer Sekunde überrascht wirkt, bevor sie sich elegant verneigt und Wilfrieds Hand annimmt. „Es wäre mir eine Ehre, Eure Majestät."

Der König führt sie in die Mitte des Saals, und die anderen Gäste bilden einen Kreis um das Paar. Die Musik beginnt, eine düstere Melodie, die fast wie eine Vorahnung klingt. Manfreds Augen bleiben auf Elisa gerichtet, während sie sich mit Wilfried im Takt der Musik bewegt. Ihre Schritte sind leicht und anmutig, aber ihre Haltung ist angespannt, als ob jeder Schritt eine Falle sein könnte.

Wilfried spricht leise, aber Manfred ist nah genug, um seine Worte zu erahnen. „Eine mutige Frau, die es wagt, sich in meinen Palast zu wagen. Erzählt mir – was sucht Ihr hier wirklich?"

Elisa lächelt kühl, doch ihre Augen blitzen wachsam. „Eure Majestät überschätzt meine Ambitionen. Ich bin nur hier, um die Schönheiten Eurer Residenz zu bewundern."

Der König schnaubt leise. „Schönheiten… Meine Residenz birgt viele Geheimnisse, und nicht alle davon sind für neugierige Augen bestimmt."

Elisa neigt den Kopf leicht zur Seite, ein verführerisches Lächeln auf den Lippen. „Manchmal liegt die wahre Schönheit im Verborgenen. Doch nur diejenigen, die mutig genug sind, die Dunkelheit zu betreten, finden, was sie suchen."

Manfred spürt eine eisige Kälte, die durch seine Adern fließt, während er den Tanz beobachtet. Elisa wagt ein Spiel, das jedes falsche Wort tödlich enden lassen könnte. Wilfrieds Lächeln wird hart, und seine Augen verengen sich. „Vielleicht seid Ihr zu mutig, meine Dame. Es wäre klug, wenn Ihr Eure Schritte mit Bedacht wählt."

„Ratschläge von einem König sind immer willkommen", erwidert Elisa leicht, doch ihr Blick bleibt ruhig. „Aber ich habe auch gelernt, dass man seinem eigenen Instinkt folgen muss."

Der Tanz endet, und Wilfried lässt sie langsam los, doch er sieht sie noch einen Moment zu lange an, seine Augen voller finsterer Gedanken, bevor er sich abwendet und zurück in die Menge verschwindet.

Elisa tritt zu Manfred und lächelt leicht, doch er kann die Anspannung in ihren Augen sehen. „Nun, das war… intensiver als erwartet."

„Was hat er gesagt?", fragt Manfred leise, seine Stimme angespannt.

„Nur höfliche Drohungen, gepaart mit einer Prise Misstrauen", antwortet sie mit einem ironischen Lächeln. „Wilfried spielt seine Spiele mit einem Hauch von Bedrohung – doch das war noch nicht alles. Ich habe etwas Interessantes bemerkt!"

„Was?"

Elisa blickt sich um, bevor sie weiterspricht. „Hinter seinem Thron, in der Ecke des Saals, habe ich etwas gesehen – eine feine Spur, kaum sichtbar, die zu einer geheimen Tür führt. Es könnte ein Zugang zu den unteren Ebenen sein."

Manfred runzelt die Stirn. „Du meinst... zu Brigittes Aufenthaltsort?"

„Vielleicht. Es könnte auch zu seiner privaten Kammer führen oder... zu noch dunkleren Orten." Ihre Stimme ist kaum hörbar, aber der Ernst darin lässt keinen Zweifel daran, dass sie diesen Zugang im Auge behalten wird.

Bevor Manfred antworten kann, kommt Rainer auf sie zu, sein Blick ernst. „Ihr beide habt euch prächtig geschlagen – aber ich habe Neuigkeiten. Unsere Kontakte im Widerstand haben eine versteckte Kammer unter dem Palast entdeckt. Es scheint eine Art Labor zu sein – ein Ort, wo Wilfried magische Experimente durchführt."

„Eine Kammer?" Manfreds Augen funkeln entschlossen. „Das ist vielleicht der Ort, wo er Brigitte gefangen hält."

Elisa nickt langsam, ihre Miene nachdenklich. „Wir müssen dorthin. Aber der Zugang ist gut versteckt und höchstwahrscheinlich bewacht. Vielleicht können wir den Ball als Ablenkung nutzen, um in die unteren Ebenen zu gelangen."

Rainer grinst sarkastisch und lehnt sich zu ihnen. „Oh, das wird ein aufregender Tanz unter den wachsamen Augen des Königs. Ich hoffe, ihr habt genug Mut für diesen letzten Akt."

Manfred sieht ihn an, seine Stimme fest. „Wir werden es wagen. Für Brigitte."

Der Garten hinter dem Palast ist in düsteres Mondlicht getaucht, das die Schatten der Statuen und Brunnen wie gespenstische Wesen erscheinen lässt. Ein feiner Nebel hängt über den gepflegten Beeten, und der Wind flüstert durch die Bäume, als ob die Dunkelheit selbst Geheimnisse bewahren würde.

Manfred bewegt sich vorsichtig durch die verwinkelten Pfade des Gartens, sein Blick prüfend auf die Büsche und Nischen gerichtet. Der Ballsaal, von dem das gedämpfte Murmeln und gelegentliche Lachen der Gäste herüberschallt, scheint eine ganze Welt entfernt zu sein. Plötzlich huscht eine Gestalt durch die Schatten und bleibt wenige Schritte vor ihm stehen. Es ist Rainer, der sich so leise wie ein Schatten durch den Garten bewegt hat.

„Wunderbare Nacht für eine heimliche Zusammenkunft", murmelt Rainer mit einem schiefen Lächeln, das in seinem Gesicht wie ein düsterer Funke wirkt. „Falls du mich vermisst hast."

Manfred schnaubt leise. „Oh, ich vermisse dich ständig, Rainer. Vor allem dann, wenn ich dich nicht höre."

„Freut mich, dass meine Abwesenheit dir ans Herz geht", erwidert Rainer und beugt sich zu ihm. „Ich habe Informationen, die du hören willst. Ich habe eine Gruppe gefunden – im Widerstand. Sie haben mir etwas über eine geheime Kammer unter dem Palast erzählt. Wilfried nutzt sie als Labor für seine dunklen Experimente."

Manfreds Augen verengen sich. „Ein Labor? Was genau macht er dort?"

„Das ist das Problem – keiner weiß es genau. Die Kammer ist schwer gesichert, und die Wachen wechseln ständig, um keine Lücken entstehen zu lassen. Aber die Gerüchte sprechen von Ritualen, die die uralte Blutlinie erwecken sollen. Die Leute hier sagen, Wilfried glaubt, eine Quelle der Macht entdeckt zu haben, die ihm die Grenzen des Todes überschreiten lassen könnte."

Manfreds Kiefer spannt sich. „Brigitte könnte dort unten sein. Er braucht sie für diese Rituale – das passt zu allem, was wir über seine Pläne gehört haben."

Rainer nickt und fährt fort: „Der Eingang zur Kammer befindet sich im innersten Teil der Palastanlage. Es ist unmöglich, ihn zu erreichen, ohne die Wachen auf uns aufmerksam zu machen. Zumindest..." Er macht eine Pause und blickt Manfred vielsagend an.

„Zumindest was?" Manfred hebt eine Augenbraue, seine Stimme ist ein Hauch.

Rainer lächelt spöttisch. „Zumindest, wenn wir nicht auf eine kluge Ablenkung setzen. Während alle Augen auf das Spektakel des Balls gerichtet sind, könnten wir es schaffen. Elisa tanzt weiter mit dem König und lenkt ihn ab, während wir..."

„Ihr überlasst mir die ehrenvolle Aufgabe, den König zu bezaubern?" Die leise, spöttische Stimme kommt hinter ihnen aus der Dunkelheit, und Elisa tritt in den Lichtschein, ein kühles, ironisches Lächeln auf ihren Lippen. „Wie großzügig von euch."

Manfred wirft ihr einen herausfordernden Blick zu. „Glaub mir, Elisa, wir könnten uns keinen besseren Lockvogel vorstellen. Was wäre gefährlicher, als dass du dem König so nah kommst, während wir unter seiner Nase in die Tiefen des Palastes eindringen?"

Sie erwidert den Blick mit einem sanften, aber wachen Glimmen in den Augen. „Ihr seid also entschlossen, mich als Ablenkung zu nutzen, während ihr im Schatten herumkrochen wollt? Nun gut, warum nicht? Allerdings gibt es da eine Kleinigkeit, die ihr berücksichtigen müsst... Der König ist nicht dumm. Er wird merken, wenn ich ihn zu lange von seiner ‚Kammer' fernhalte."

„Das bedeutet, dass wir schnell handeln müssen", murmelt Rainer. „Wir dürfen keinen Moment verschwenden. Sobald du ihn abgelenkt hast, schleichen wir uns in die Kammer und sehen nach, was dort wirklich vor sich geht."

Elisa schüttelt langsam den Kopf und sieht Manfred an. „Du weißt, dass das hier nicht nur ein Risiko für mich ist. Wenn Wilfried dich oder Rainer in der Nähe dieser Kammer erwischt, wird er keine Gnade zeigen. Vor allem dir nicht, Manfred."

Manfred erwidert ihren Blick und nickt. „Dann ist das hier unsere letzte Chance. Wir haben es bis hierher geschafft. Und ich werde Brigitte retten, egal, was es kostet."

Elisa sieht ihn an, und für einen Moment ist es, als ob sie etwas sagen wollte, doch dann lächelt sie nur kalt. „Dann lasst uns spielen. Ich werde den König mit all meinem Charme im Tanzsaal fesseln, und ihr werdet die Gelegenheit nutzen, euch einen Weg in die Kammer zu bahnen. Aber seid wachsam – ich kann ihn nicht ewig hinhalten."

Rainer lacht leise. „Hoffen wir, dass dein Charme so tödlich ist wie der Rest von dir. Ich schätze, wir sollten uns bald in Bewegung setzen."

Sie sehen sich an, und ein stilles Einverständnis liegt in der Luft – die Art von Einverständnis, die zwischen Menschen herrscht, die sich gegenseitig auf Leben und Tod verlassen müssen. Ohne weitere Worte trennen sie sich, jeder mit dem Wissen, dass dies ihr gefährlichster Schritt sein könnte.

— ❧ —

Manfred und Rainer bewegen sich vorsichtig durch die schmalen, wenig genutzten Korridore des Palastes. Jeder Schritt ist kalkuliert, jedes Geräusch unterdrückt, denn sie wissen, dass ein einziger Fehler das Ende bedeuten könnte. Hinter sich hören sie das gedämpfte Echo der Musik aus dem Ballsaal, doch hier, in den verborgenen Tiefen des Palastes, herrscht eine drückende, unheilvolle Stille.

Sie nähern sich der geheimen Kammer, als sie plötzlich Stimmen hören. Manfred hält inne und hebt die Hand, um Rainer zum Schweigen zu bringen. Die Stimmen kommen von der anderen Seite der Wand, kaum mehr als ein Flüstern, aber klar genug, um die Gefahr zu spüren.

„Das ist Wilfried", flüstert Manfred kaum hörbar. „Und jemand bei ihm..."

„Hör zu", erwidert Rainer leise. Die beiden pressen sich an die Wand, lauschen und spüren, wie die Spannung im Raum steigt.

„Ihr habt also alles vorbereitet?" Wilfrieds Stimme ist kalt und hart, durchdrungen von einer autoritären Schärfe. Er klingt, als ob er keine Ungenauigkeiten oder Fehler dulden würde.

„Selbstverständlich, Eure Majestät", erwidert eine zweite Stimme, die Manfred sofort erkennt. Es ist die Stimme des königlichen Magiers, der mit einem leichten Hauch von Arroganz spricht. „Die Blutlinie ist gesichert. Die Gefangene ist genau das, was Ihr benötigt."

Manfreds Herz schlägt schneller. „Brigitte...", flüstert er und spürt, wie sich seine Muskeln anspannen.

Wilfried fährt fort, seine Stimme voller düsterem Triumph. „Gut. Dann wird die Zeremonie in dieser Nacht beginnen. Die Macht, die ich mir holen werde, wird alle unsere Feinde hinwegfegen. Keine Grenzen mehr, keine Sterblichkeit. Ich werde unsterblich sein – und niemand wird es wagen, sich mir zu widersetzen."

Der Magier scheint kurz zu zögern, doch dann spricht er in einem bedächtigen Ton. „Eure Majestät, es gibt... gewisse Risiken. Die Verbindung mit dem alten Blut ist unberechenbar. Wenn die Kraft, die wir freisetzen, sich als... widerspenstig erweist, könnte sie ebenso gut Euch treffen."

Wilfried lacht leise, aber das Lachen klingt wie das Knacken von Eis. „Denkt Ihr, ich fürchte die Dunkelheit? Ich habe längst die Seelenlosigkeit überwunden, die andere in den Wahnsinn treiben würde. Diese Kraft ist mein Geburtsrecht – ich werde sie kontrollieren. Und sollte die Gefangene dabei sterben, umso besser. Es wäre ein ehrenvoller Tod."

Manfred ballt die Fäuste, und er merkt, dass seine Finger zitterten. Die Kälte in Wilfrieds Stimme, die Gleichgültigkeit gegenüber Brigittes Schicksal, bringt eine heiße Welle von Zorn in ihm zum Brodeln.

Rainer legt ihm warnend die Hand auf den Arm. „Beruhige dich", flüstert er. „Wir müssen erst herausfinden, wo genau sie ist."

Wilfried spricht weiter, diesmal leiser, als hätte er den Magier beiseite genommen. „Die Kammer ist vorbereitet. Doch seid gewiss, Magier, wenn Ihr mich hintergehen wollt, werde ich euch in den Tiefen dieser Mauern begraben. Die Magie, die Ihr beschworen habt, wird mich stärken, nicht Euch."

Manfred und Rainer tauschen einen schnellen Blick aus. Es scheint, dass selbst der königliche Magier nicht ganz frei von Gefahr ist, dass auch er Wilfrieds Skrupellosigkeit fürchtet.

Der Magier erwidert mit gesenkter Stimme, in der jedoch ein Hauch von Trotz liegt. „Ich weiß, was auf dem Spiel steht, Majestät. Die Macht des alten Bluts ist unvorhersehbar, und die Kräfte, die wir entfesseln, sind nicht nur Eure zu besitzen."

Wilfried lässt eine dunkle Pause entstehen, bevor er spricht. „Denkt daran, Magier, dass Eure Loyalität nur so lange besteht, wie ich es für nützlich halte. Nach der Zeremonie wird sich zeigen, ob ich Euch weiter brauche oder nicht."

Dann entfernen sich ihre Schritte, und die Stimmen verhallen in den Gängen. Manfred atmet flach und tief ein, seine Finger krallen sich in die Wand.

„Wir wissen jetzt, was er plant", flüstert er, seine Stimme voller Entschlossenheit. „Er wird Brigitte für diesen dunklen Ritus benutzen – sie ist der Schlüssel."

Rainer nickt langsam, seine Miene finster. „Dann bleibt uns keine Zeit mehr. Wir müssen die Kammer finden und sie befreien, bevor er diesen Wahnsinn entfesselt."

Manfred richtet sich auf, die Muskeln in seinem Körper angespannt wie eine Bogensehne. „Dann los. Keine Vorsicht mehr. Heute Nacht wird Wilfried erkennen, dass es keine Macht gibt, die ihn vor dem beschützt, was er entfesseln will."

Die beiden Männer bewegen sich entschlossen weiter, durch die Korridore, im Schutz der Dunkelheit, wissend, dass dies der Moment ist, auf den alles hinausläuft.

Kapitel 7

Die Luft in den düsteren Gewölben unter dem Palast ist schwer und abgestanden, ein dichter Nebel scheint über den uralten Steinen zu hängen. Manfred und Rainer bewegen sich vorsichtig durch die schmalen Gänge, die nur gelegentlich vom fahlen Licht der wenigen Fackeln beleuchtet werden. Überall an den Wänden sind seltsame, uralte Runen eingeritzt, deren Bedeutung ihnen fremd ist und deren Anblick ihnen eine leise, unangenehme Gänsehaut bereitet.

„Angenehmes Plätzchen für einen kleinen Spaziergang", murmelt Rainer sarkastisch, seine Stimme gedämpft. „Ich frage mich, warum Wilfried so erpicht darauf ist, hier unten seine düsteren Geheimnisse zu bewahren."

Manfred wirft ihm einen kurzen, schiefen Blick zu. „Vielleicht, weil das die perfekte Kulisse für seine noch düstereren Pläne ist. Sei wachsam – wer weiß, welche Fallen uns hier noch erwarten."

Plötzlich bleiben sie stehen, als sie vor einer schweren Steintür ankommen, auf der eine Reihe mysteriöser Symbole leuchtet. Das Licht der Symbole ist kalt und unheimlich, und die Formen wirken fast wie lebendig, als ob sie atmen würden.

„Diese Symbole... das ist keine gewöhnliche Magie", murmelt Manfred und berührt vorsichtig die Wand. Eine Welle von Kälte strömt in seine Fingerspitzen, und er zieht die Hand sofort zurück. „Wilfried hat hier eine Art Schutzzauber gelegt. Diese Zeichen sollen jeden Eindringling vertreiben."

Rainer sieht ihn mit einer Mischung aus Sorge und Neugier an. „Hält dich das auf? Ich hatte dich für mutiger gehalten."

„Sarkasmus bringt uns nicht weiter", erwidert Manfred, doch ein Hauch eines Lächelns liegt in seinen Augen. Er betrachtet die Symbole aufmerksam, dann zieht er das Medaillon hervor, das Brigitte ihm einst gegeben hat. „Vielleicht... ist das hier der Schlüssel."

Er hält das Medaillon gegen die Symbole, und für einen Moment scheint das Licht zu flackern. Ein sanfter Schimmer legt sich auf die Gravuren, und mit einem leisen Knirschen öffnet sich die Steintür. Dahinter breitet sich ein Raum aus, der von Regalen gesäumt ist, vollgestopft mit Pergamentrollen und alten Büchern, deren Lederrücken von der Zeit gezeichnet sind.

„Das sind Aufzeichnungen", flüstert Rainer beeindruckt und betritt vorsichtig den Raum. „Ich schätze, wir haben hier das wahre Herz von Wilfrieds dunklen Plänen gefunden."

Manfred nickt und lässt seinen Blick über die Bücher schweifen. Er greift nach einer der älteren Rollen, deren Papier brüchig wirkt, und entfaltet sie vorsichtig. In verschlungenen, altmodischen Zeichen ist ein Text geschrieben, und während er die Wörter überfliegt, läuft ihm ein kalter Schauer über den Rücken.

„Was steht da?" Rainers Stimme ist gedämpft, doch das Zittern darin ist unüberhörbar.

„Es ist... ein Text über die alte Blutlinie", murmelt Manfred. „Hier steht, dass Wilfried glaubt, diese Blutlinie zu benötigen, um die Grenzen des Todes zu überschreiten. Das Blut der alten Linie soll eine Macht enthalten, die nur in Verbindung mit bestimmten magischen Ritualen entfesselt werden kann."

Er hält inne, als ihm ein bestimmter Absatz ins Auge fällt. „Hier ist die Rede von einer Frau... der Erbin dieser Blutlinie... Sie muss... die Magie verankern, um das Ritual zu vervollständigen. Es scheint, als ob Brigitte mehr ist als nur eine Geisel. Sie ist... der Schlüssel."

Rainers Augen verengen sich, und er mustert Manfred mit einer Mischung aus Besorgnis und Bewunderung. „Dein Gefühl hat dich also nicht getäuscht. Sie ist diejenige, die Wilfried für seine Pläne braucht."

Manfred schließt die Rolle und steckt sie in seinen Umhang. „Wenn das wahr ist, dann ist Brigitte nicht nur in Gefahr, sondern wird auch gezwungen, eine Macht in sich zu entfesseln, die sie zerstören könnte. Wir müssen sie finden, bevor Wilfried das Ritual beginnt."

Doch in diesem Moment, als sie sich zum Gehen wenden, beginnt die Luft um sie herum zu schimmern, und ein knisterndes Geräusch erfüllt den Raum. Die Symbole an den Wänden leuchten auf, und aus dem Nichts erhebt sich eine dunkle, schattenhafte Gestalt vor ihnen – eine magische Wache, heraufbeschworen, um die Geheimnisse zu verteidigen.

„Eine magische Barriere", murmelt Rainer und zieht seinen Dolch. „Das wird uns das Leben kosten, wenn wir hier nicht schnell rauskommen."

Manfred hebt sein Schwert, das im schwachen Licht der Symbole glüht. „Wir haben keine Wahl. Rückzug ist keine Option."

Die Gestalt zischt und bewegt sich mit einer Geschwindigkeit auf sie zu, die keinen Raum für Zweifel lässt. Sie besteht aus einer schwärzlichen Substanz, die ständig ihre Form ändert, fast wie ein Nebel, der von innen heraus brennt. Manfred pariert den ersten Angriff, und die Klinge seines Schwertes prallt auf die schattenhafte Masse, die einem lebendigen, rasenden Geist gleicht.

„Das Ding ist kein gewöhnlicher Gegner", ruft Manfred und versucht, die dunkle Gestalt auf Abstand zu halten. „Es ist wie ein verfluchtes Wesen, das uns selbst mit jedem Schlag zu durchdringen versucht."

Rainer wirft einen Blick auf die Symbole an den Wänden, die weiter in unheilvollem Licht flackern. „Die Symbole – wir müssen sie brechen! Das Wesen ist an diese Magie gebunden. Wenn wir die Symbole zerstören, könnte das auch seine Kraft schwächen."

Manfred nickt entschlossen und weicht einem erneuten Angriff der Gestalt aus. „Dann tu es, und zwar schnell!"

Rainer wirft sich gegen die Wand und schmettert seinen Dolch auf die Symbole, während Manfred das Wesen in Schach hält. Mit jedem Schlag gegen die Symbole scheint das Licht zu flackern und die Gestalt schwächer zu werden, als ob ihre Bindung an diese Magie sich auflöst.

Ein letztes, ohrenbetäubendes Kreischen hallt durch den Raum, als das Wesen in einem Funkenregen verglimmt und in die Dunkelheit zurückkehrt, aus der es gekommen ist. Die Symbole an den Wänden verlöschen, und eine bedrückende Stille legt sich über den Raum.

Manfred atmet schwer und steckt sein Schwert zurück. „Dieser Ort ist ein Labyrinth aus Fallen und verfluchten Wachen. Wenn Wilfried dachte, das würde uns aufhalten, kennt er unsere Entschlossenheit schlecht."

Rainer nickt langsam, noch immer außer Atem. „Er hat diesen Schutzzauber nicht umsonst erschaffen. Die Geheimnisse, die hier verborgen sind, sind für ihn so wertvoll, dass er alles tun würde, um sie zu schützen."

Manfred zieht die Schriftrolle hervor, die er in seinen Umhang gesteckt hatte. „Was auch immer Wilfrieds Ziel ist, es scheint, dass Brigittes Blut für ihn mehr bedeutet, als wir je geahnt haben. Sie ist das letzte Glied in der alten Blutlinie... und die einzige, die in der Lage ist, diese zerstörerische Macht zu entfesseln."

Rainer sieht ihn an, sein Blick fest. „Dann sollten wir uns beeilen, bevor er sie dazu zwingt. Wenn das Ritual beginnt, könnte es für Brigitte zu spät sein."

Manfred nickt und schultert entschlossen das Schwert. „Dann nichts wie los. Wir haben jetzt eine Spur – und keine Zeit zu verlieren."

———— ⟋☙⟍ ————

M anfred und Rainer gehen durch die engen Gänge der Katakomben, die sich tief unter dem Palast wie ein Labyrinth erstrecken. Der Weg ist dunkel und von geheimnisvollen Schatten durchzogen. Jeder Schritt hallt leise durch die Feuchtigkeit der steinernen Wände, und die Luft ist von einem Hauch abgestandenen Modergeruchs durchzogen. Schließlich erreichen sie einen Raum, der schwach von Kerzen erleuchtet wird. In der Mitte des Raumes stehen mehrere Gestalten in dunklen Mänteln, die einander argwöhnisch beäugen.

„Sieht aus, als hätten wir die geheime Versammlung des Widerstands gefunden", murmelt Rainer sarkastisch. „Oder vielleicht ist es nur eine besonders düstere Teegesellschaft."

Manfred wirft ihm einen warnenden Blick zu. „Vielleicht solltest du deinen Charme etwas zurückhalten. Diesen Leuten hier steht der Ernst ins Gesicht geschrieben."

Eine Gestalt tritt vor, die Kapuze tief ins Gesicht gezogen, und eine raue Stimme ertönt: „Ihr seid also die Fremden, die sich in den Palast gewagt haben. Mutig oder wahnsinnig – das wird sich zeigen."

Rainer hebt die Hand zum Gruß, ein Hauch von Ironie in seiner Stimme. „Mut und Wahnsinn liegen nah beieinander, mein Freund. Aber wir sind weder naiv noch unvorbereitet."

Die Gestalt senkt die Kapuze, und darunter kommt das Gesicht eines Mannes zum Vorschein, der nicht nur Narben und harte Züge trägt, sondern auch die Anzeichen eines ehemaligen Kriegers, der einmal eine hohe Position innehatte. Er nickt ihnen zu. „Mein Name ist Halvard. Ich führe die wenigen, die noch gegen Wilfrieds Tyrannei stehen."

Manfred erwidert den Blick des Mannes mit einem festen Ausdruck. „Halvard, wir sind gekommen, um zu helfen. Wir wissen, dass Wilfried einen dunklen Ritus plant und dass er Brigitte in seiner Gewalt hat."

Halvards Gesichtszüge verhärten sich. „Ja, die Gerüchte sprechen von einem Ritual, das ihm die Macht über den Tod verleihen soll. Und wir wissen, dass es jemanden braucht... jemanden von besonderem Blut."

Manfreds Stimme ist gedämpft, doch entschlossen. „Brigitte ist diese Person. Wilfried glaubt, dass er durch ihr Blut die alte Magie entfesseln kann. Er will sie benutzen."

Eine Frau mit scharfem Blick und kühler Eleganz, offenbar eine Adlige, tritt nach vorne und verschränkt die Arme vor der Brust. „Und ihr glaubt, dass ihr das stoppen könnt? Wilfrieds Macht ist tief verwurzelt. Seine Augen und Ohren sind überall, und seine Magie..." Sie hält inne und mustert Manfred prüfend. „Selbst diejenigen unter uns, die Zugang zu den höchsten Kreisen haben, können ihm nicht trauen."

Rainer wirft ihr einen skeptischen Blick zu. „Ihr seid also Adlige, die heimlich gegen den König arbeiten? Eine ungewöhnliche Gesellschaft."

Sie lächelt kalt. „Nicht alle Adligen sind blind gegenüber der Dunkelheit, die Wilfried entfesselt hat. Einige von uns sind bereit, ihm das Handwerk zu legen. Aber dafür brauchen wir Verbündete, die bereit sind, zu handeln."

Halvard wirft der Frau einen warnenden Blick zu und spricht weiter. „Das ist Lady Seraphine, eine von Wilfrieds Beraterinnen – offiziell. Inoffiziell jedoch hat sie die Intrigen des Königs längst durchschaut."

Manfred nickt ihr respektvoll zu. „Eine Verbündete im Palast könnte alles verändern. Ihr kennt seine Pläne? Wisst ihr, wo er das Ritual vollziehen will?"

Seraphine zögert, bevor sie leise spricht. „Der Ort des Rituals ist in den tiefsten Kammern des Palastes – in einem geheimen Heiligtum, das nur den Eingeweihten bekannt ist. Er glaubt, dass die Magie dort besonders stark ist und dass er dort die Grenzen zwischen Leben und Tod überschreiten kann."

Halvard legt eine Hand auf Manfreds Schulter und spricht eindringlich. „Hört zu, Fremder. Dieses Ritual ist kein einfaches Spiel mit der Magie. Es könnte die Welt, wie wir sie kennen, zerstören. Wenn Wilfried erfolgreich ist, wird er nicht nur unsterblich sein – er wird in der Lage sein, jede Seele, jedes Leben zu kontrollieren. Er wird zum Schrecken dieser Welt."

Ein kaltes Schweigen senkt sich über den Raum. Die Wahrheit über Wilfrieds Pläne lastet schwer auf den Anwesenden, und selbst die mutigsten Blicke sind plötzlich gedämpft.

Rainer bricht schließlich das Schweigen und spricht mit einem Hauch von Ironie: „Also, um zusammenzufassen – wir sollen einen wahnsinnigen König stoppen, der die Macht über den Tod anstrebt, während seine loyalen Untertanen überall lauern. Klingt nach einer unvergesslichen Herausforderung."

Manfred nickt ernst. „Wir haben keine andere Wahl. Brigitte und das Leben aller Menschen in diesem Reich hängen davon ab, dass wir handeln."

Seraphine tritt vor und reicht Manfred ein kleines, unscheinbares Amulett. „Das hier könnte euch Zugang zu den tieferen Kammern verschaffen. Ich habe es Wilfried einst abgenommen und stets verborgen gehalten. Damit kommt ihr näher an ihn heran."

Manfred nimmt das Amulett und sieht die Adlige fest an. „Warum setzt Ihr Euer Leben für diese Rebellion aufs Spiel?"

Seraphine lächelt kurz, ein Hauch von Bitterkeit in ihren Augen. „Weil es Dinge gibt, die wertvoller sind als Macht und Status.

Wilfried hat dieses Reich in die Dunkelheit gestürzt, und ich werde nicht zusehen, wie er es endgültig zerstört."

Halvard erhebt seine Stimme und spricht die Versammelten an. „Freunde, dies ist der Augenblick. Wenn wir Wilfried aufhalten wollen, müssen wir jetzt handeln. Jeder von uns wird seine Aufgabe erfüllen müssen – und keiner darf versagen."

Die Versammelten murmeln ihre Zustimmung, und eine stille Entschlossenheit legt sich über die Gruppe. Manfred und Rainer wissen, dass sie jetzt eine Allianz geschmiedet haben, die über das eigene Überleben hinausgeht – eine Allianz, die bereit ist, das eigene Leben zu riskieren, um das Reich vor dem dunklen König zu schützen.

Mit einem letzten, wortlosen Blick der Entschlossenheit treten sie wieder in die Finsternis der Katakomben hinaus.

———— ⬥ ————

M anfred und Rainer haben die Katakomben gerade verlassen und machen sich durch die schmalen Gänge des Palasts auf den Weg, als Manfred plötzlich innehält. Sein Blick fällt auf einen leuchtenden, in die Wand eingelassenen Kristall, der in einer Nische versteckt und kaum sichtbar ist. Das Licht, das von ihm ausgeht, pulsiert wie ein leises, kaum hörbares Flüstern.

„Siehst du das?" Manfred tritt näher und mustert den Kristall aufmerksam. „Es scheint... lebendig zu sein. Als ob es etwas bewahren würde."

Rainer hebt skeptisch eine Augenbraue. „Sieht für mich nach einem weiteren der düsteren Dekoelemente des Palastes aus. Wilfried hat offenbar ein Händchen für das Dramatische."

Doch Manfred schüttelt den Kopf und streckt die Hand aus. „Nein, das ist kein Dekor – das ist eine Art magisches Relikt. Es könnte... Erinnerungen speichern."

Rainer zieht die Stirn kraus. „Erinnerungen? Meinst du, wir könnten hier etwas sehen, was Wilfried verbergen wollte?"

Bevor Manfred antworten kann, berührt er den Kristall vorsichtig, und im selben Moment strömt ein leuchtender Nebel aus dem Stein, der sich wie eine Wolke um sie herum sammelt. Die Wände und der Gang verschwinden, und eine Szene entfaltet sich vor ihren Augen – eine Erinnerung, eingefangen im Kristall.

⁕

Es ist Brigittes Zimmer. Manfred erkennt es sofort, an den schweren, mit Gold verzierten Vorhängen und dem zierlichen Schreibtisch, auf dem einige Bücher liegen. Doch das Zimmer ist leer und still, bis sich die Tür plötzlich öffnet und Brigitte hereingeschoben wird, begleitet von zwei schwarzen Wachen. Ihr Gesicht ist bleich, und ihre Augen strahlen vor Entschlossenheit und Wut. Die Wachen lassen sie los und treten zurück, als eine weitere Gestalt in das Zimmer tritt – Wilfried.

„Brigitte von Eschenbach", sagt Wilfried mit seiner kalten, kalkulierten Stimme, die durch den Raum hallt. „Es ist mir eine Ehre, endlich in die Augen der Frau zu sehen, die mir die Schlüssel zur Unsterblichkeit bringt."

Brigitte schnaubt und richtet sich auf, ihre Haltung unerschütterlich. „Ich bin nicht euer Werkzeug, Wilfried. Und ihr werdet eure Machtfantasien an jemand anderem ausleben müssen."

Wilfried tritt näher, ein finsteres Lächeln auf seinen Lippen. „Oh, aber das werdet ihr. Euer Blut ist der letzte Baustein in einem Plan, der schon seit Jahrhunderten darauf wartet, vollendet zu werden. Glaubt mir, das Schicksal hat uns zusammengeführt."

„Das Schicksal?" Brigitte hebt das Kinn trotzig, und ihre Augen funkeln vor Wut. „Das ist kein Schicksal, Wilfried. Das ist ein abscheulicher Plan eines Mannes, der nicht akzeptieren kann, dass seine Zeit abgelaufen ist."

Wilfried lacht leise und bleibt nur einen Schritt vor ihr stehen. „Oh, Brigitte, eure Zunge ist scharf. Aber das ist mir gleich. Sobald das Ritual beginnt, werdet ihr verstehen. Die Kräfte, die ich entfesseln werde, sind unvorstellbar."

Brigitte mustert ihn kalt und spricht mit unerschütterlicher Ruhe: „Ihr glaubt, ich werde euch folgen? Ich habe die Macht, euch aufzuhalten."

Wilfried neigt leicht den Kopf, als ob er amüsiert wäre. „Die Macht? Ach ja, euer kleines Erbe. Der schwache Funke eurer Blutlinie, der in euch glimmt. Ja, ich weiß davon. Aber glaubt ihr wirklich, dass ein bisschen angeborene Magie mich aufhalten könnte?"

Brigitte streckt plötzlich die Hand aus, und ein heller Lichtblitz durchzuckt den Raum. Die Wachen weichen zurück, ihre Rüstungen klirren, als der Schwall aus Licht sie trifft. Doch Wilfried bleibt stehen, ungerührt und fast belustigt.

„Netter Versuch", murmelt er, und ein eisiger Schatten legt sich über seinen Blick. „Aber wie ich schon sagte – euer Funke ist nur ein leises Flüstern im Vergleich zu dem Sturm, den ich entfesseln werde."

Mit einer schnellen Bewegung erhebt Wilfried die Hand, und Brigittes Licht erlischt, als wäre es nie dagewesen. Sie taumelt zurück, ihr Atem geht schwer, doch in ihren Augen brennt weiterhin eine unbändige Entschlossenheit.

„Was auch immer ihr plant", sagt sie mit zitternder Stimme, „ich werde euch niemals helfen. Und Manfred wird kommen. Er wird euch aufhalten."

Wilfried lacht, ein kaltes, höhnisches Lachen. „Manfred? Euer tapferer, unnachgiebiger Verlobter? Glaubt ihr wirklich, dass er es bis hierher schafft? Wenn er klug ist, wird er fliehen – andernfalls wird er das nächste Opfer meines Rituals sein."

Mit einem letzten Blick voller Hass dreht sich Wilfried um und verlässt das Zimmer. Die Szene verblasst, und der leuchtende Nebel zieht sich wieder in den Kristall zurück, bis nichts als der dunkle Gang des Palastes bleibt.

⁕

Manfred atmet schwer und ballt die Fäuste, sein Herz schlägt schneller vor Wut und Sorge. Die Kälte in Wilfrieds Stimme, seine Gleichgültigkeit gegenüber Brigittes Leben – es durchdringt ihn wie ein Gift.

„Dieser verfluchte König", murmelt er, und seine Stimme ist ein gefährliches Grollen. „Er will sie brechen. Und er glaubt tatsächlich, dass sie ihm das Geheimnis der Unsterblichkeit bringen wird."

Rainer sieht ihn ernst an und legt ihm eine Hand auf die Schulter. „Manfred, das war eine Erinnerung. Aber Brigitte hat nicht aufgegeben. Du hast es gesehen – sie wird kämpfen, und sie glaubt an dich."

Manfred nickt, seine Augen entschlossen und voller Zorn. „Dann werde ich sie nicht enttäuschen. Dieser Wahnsinn muss enden, und ich werde alles tun, um sie zu befreien – und Wilfried für das zahlen zu lassen, was er ihr angetan hat."

Mit einem letzten Blick auf den Kristall – dieses leuchtende Relikt voller düsterer Geheimnisse – drehen sich die beiden um und setzen ihren Weg fort, tief entschlossen und bereit, jeden Preis zu zahlen, um Brigitte zu retten und Wilfrieds dunklen Plänen ein Ende zu setzen.

⁕

Manfred und Rainer hasten durch die Korridore des Palasts. Die Erinnerung an Brigittes letzte Worte im Kristall hallt in Manfreds Gedanken wider, ein feuriges Versprechen, das ihn antreibt und ihm eine unbändige Entschlossenheit verleiht. Doch eine düstere Stille legt sich über die Flure, die nicht nur die bedrückende Architektur, sondern auch die Bedrohung widerspiegelt, die in jeder Nische und jedem Schatten lauert.

„Hast du das gehört?", fragt Rainer plötzlich, seine Stimme ist nur ein Flüstern.

Manfred hält inne und lauscht. Ein leises Kratzen und das schwache Echo von Schritten scheinen sich ihnen zu nähern, und Manfreds Nackenhaare stellen sich auf. „Wir werden verfolgt."

Die beiden ducken sich in einen Seitengang und warten im Halbdunkel, während die Schritte lauter werden. Dann sehen sie eine schlanke Gestalt in den Schatten gleiten, die Kapuze tief ins Gesicht gezogen, die Bewegungen schleichend, wie ein Raubtier auf der Jagd. Ein Lichtschein fällt auf das Gesicht des Mannes – und Manfred erkennt ihn sofort: ein Hofdiener, ein Spion Wilfrieds, der ihnen zweifelsohne auf die Spur gekommen ist.

„Wir sollten uns beeilen", flüstert Rainer. „Dieser Spion wird nicht zögern, uns ans Messer zu liefern."

Doch bevor sie reagieren können, bewegt sich die Gestalt überraschend schnell und verwehrt ihnen den Weg nach vorn. Der Spion zieht ein dünnes, aber scharfes Messer und lässt es im Licht der Fackeln aufblitzen. „Es ist bedauerlich, dass ihr euch in Dinge eingemischt habt, die euch nichts angehen", zischt er und grinst kalt. „Doch ich fürchte, Wilfried hat keinen Platz für neugierige Helden."

Rainer hebt die Hände und spricht mit einem Lächeln, das voller Ironie ist. „Na, da habe ich gute Nachrichten für dich: Ich war noch nie ein Held."

Manfred zieht sein Schwert und richtet es entschlossen auf den Spion. „Und ich habe keine Geduld für Spielchen. Überlege dir gut, was du tust."

Der Spion schnaubt und tritt bedrohlich näher, seine Augen blitzen vor Schadenfreude. „Ihr glaubt also, ihr könnt Wilfried aufhalten? Dann lasst mich euch zeigen, wie falsch ihr liegt."

Plötzlich ertönt ein lautes, metallenes Klirren hinter ihnen – ein geheimes Gitter fährt herunter und versperrt den Flur. Manfred erkennt zu spät, dass sie in eine Falle gelockt wurden. Der Spion grinst triumphierend, während von den Seiten her mehrere Wachen auftauchen und sie umzingeln. Jeder Fluchtweg ist blockiert.

„Sieht aus, als wären wir etwas... übermütig gewesen", murmelt Rainer leise und hält seine Dolche bereit. „Ich hoffe, du hast einen brillanten Plan, um hier herauszukommen."

Manfreds Miene verhärtet sich. „Nichts, was nicht ein paar schnelle Schwerthiebe lösen könnten."

Doch bevor sie zum Angriff übergehen können, hört Manfred ein leises Flüstern in seinem Ohr. Er dreht sich um und sieht – Elisas Gesicht, die plötzlich aus den Schatten tritt, als hätte sie sich aus dem Nichts materialisiert.

„Sieht aus, als hättet ihr euch ein wenig verlaufen", flüstert sie mit einem schiefen Lächeln, das sowohl Spott als auch stille Genugtuung ausdrückt. „Wird wohl Zeit, euch da rauszuholen."

„Elisa!", stößt Rainer überrascht hervor, doch Manfred bleibt ruhig, seine Augen nur auf sie gerichtet. „Wir dachten, du wärst beim König."

Elisa zuckt die Schultern. „Ich dachte, ich könnte euch bei eurer ‚kleinen Mission' hier unten Gesellschaft leisten. Schließlich kann ich meine wertvollen Verbündeten nicht in eine Falle laufen lassen, oder?"

Mit einer blitzschnellen Bewegung zieht sie einen kleinen Kristall aus ihrem Umhang, murmelt ein paar Worte in einer fremden Sprache, und der Kristall beginnt, in einem kalten, silbrigen Licht zu leuchten. Die Wachen weichen instinktiv zurück, verwirrt und geblendet von der magischen Aura, die Elisa entfesselt hat.

„Ihr habt keine Ahnung, mit wem ihr euch hier anlegt", sagt sie mit gefährlicher Sanftheit und richtet ihren Blick auf den Spion, dessen Miene nun nicht mehr so siegessicher wirkt. „Verschwindet, solange ihr noch könnt."

Die Wachen zögern, blicken sich gegenseitig an, und schließlich, wie von unsichtbaren Fäden gezogen, weichen sie zurück und verschwinden in den Schatten. Der Spion jedoch bleibt, das Gesicht voller Zorn und Panik. „Ihr... ihr seid eine Verräterin! Das wird der König erfahren – und er wird euch beide in den Staub treten!"

Elisa lächelt nur kalt und hebt den Kristall ein weiteres Mal. Ein weiterer Lichtblitz, und der Spion taumelt zurück, geblendet, bevor er schließlich im Schatten verschwindet.

Ein Moment der Stille folgt, und dann dreht sich Elisa zu Manfred und Rainer um. „Ich würde sagen, eure Tarnung ist endgültig aufgeflogen."

Manfred nickt langsam und mustert sie. „Du... hast uns also die ganze Zeit beobachtet? Warum hilfst du uns jetzt?"

Elisa erwidert seinen Blick mit kühler Entschlossenheit. „Weil Wilfrieds Pläne jenseits dessen liegen, was selbst ich zu akzeptieren bereit bin. Brigitte ist der Schlüssel zu einer Macht, die er niemals besitzen darf. Und ich habe mehr zu verlieren, als ihr vielleicht ahnt."

Rainer hebt eine Augenbraue und grinst. „Was für eine Überraschung. Die Dame mit Geheimnissen hat doch noch ein Herz."

Elisa lacht leise, ohne den Blick von Manfred abzuwenden. „Versteh mich nicht falsch. Ich mache das nicht aus Sentimentalität. Ich habe eigene Gründe, Wilfried aufzuhalten."

Manfreds Gesichtsausdruck bleibt ernst, doch ein Anflug von Verständnis schimmert in seinen Augen. „Dann hast du dich also endgültig gegen ihn entschieden."

Elisa nickt. „Ja. Doch ich rate euch, eurem Mut noch eine Portion Vorsicht hinzuzufügen. Wilfried wird ab jetzt jede Falle zuschnappen lassen, die er hat. Seid wachsam, denn das hier ist noch lange nicht vorbei."

Mit diesen Worten dreht sie sich um und verschwindet im Schatten, so leise und unauffällig, wie sie gekommen war. Manfred und Rainer bleiben einen Moment lang stehen, die Bedeutung ihrer Worte hallt in der Stille des Ganges nach.

„Also", murmelt Rainer und schüttelt den Kopf. „Die Dame der Schatten wird zur Verbündeten. Hätte ich wetten müssen, ich hätte mein Geld verloren."

Manfred sieht ihm fest in die Augen, sein Blick entschlossen und wachsam. „Wir werden sie brauchen. Denn wenn Wilfried glaubt, er hat uns in die Enge getrieben, dann ist das unsere beste Chance, zurückzuschlagen."

Gemeinsam setzen sie ihren Weg fort, das Ziel vor Augen – Brigittes Rettung und das endgültige Ende von Wilfrieds Wahnsinn.

Kapitel 8

Der Raum, in dem das Verhör stattfindet, ist kalt und düster. Manfred und Rainer stehen an der Tür und beobachten den gefangenen Verräter, der an einem Stuhl festgebunden ist. Seine Atmung ist flach, die Augen schmal und wachsam, während ein dünner Schweißfilm über sein Gesicht läuft. Die Fackeln werfen flackernde Schatten an die Wände, und die Stille ist von einer nervösen Spannung erfüllt.

Manfred tritt näher und sieht dem Verräter direkt in die Augen. „Du hast für Wilfried gearbeitet, das ist uns klar. Nun ist die Frage: Wie viele Lügen du uns noch erzählen wirst, bevor du uns sagst, wo Brigitte ist."

Der Verräter hebt das Kinn und lächelt schwach, seine Stimme ist leise, doch von einem Hauch Spott durchzogen. „Ihr glaubt, ich werde einfach so alles verraten? Ich habe meine Loyalität dem König geschworen. Das hier wird nichts ändern."

Rainer verschränkt die Arme und hebt eine Augenbraue. „Loyalität zu einem König, der seine Diener in den Tod schickt, ohne mit der Wimper zu zucken? Interessante Auffassung von Treue."

Manfred seufzt und tritt noch einen Schritt näher. „Ich bin sicher, Wilfried hat dir viel versprochen, aber das hier ist dein einziger Weg, lebend aus der Sache rauszukommen. Wo ist Brigitte? Wo versteckt er sie?"

129

Der Verräter lacht leise, und seine Augen blitzen vor Trotz. „Selbst wenn ich wollte, könnte ich euch nicht alles sagen. Der Palast ist voller Geheimnisse, und Brigitte ist in den tiefsten Ebenen des Verlieses. Doch ihr glaubt doch nicht im Ernst, dass ihr einfach zu ihr durchmarschieren könnt?"

Manfred verengt die Augen. „Und was hindert uns daran?"

Der Verräter grinst, und seine Stimme nimmt einen düsteren Ton an. „Wilfried hat sie gut geschützt – mit dunkler Magie, die keiner von euch versteht. Jeder, der sich ihr nähert, wird dem Fluch verfallen."

Ein kurzer Moment der Stille folgt seinen Worten, dann bricht Rainer in ein bitteres Lachen aus. „Du meinst, die Flüche dieses Wahnsinnigen sollen uns Angst einjagen? Wir sind weiter gekommen, als du denkst."

Manfred legt Rainer eine Hand auf die Schulter, um ihn zu beruhigen, dann wendet er sich wieder dem Verräter zu. „Diese Magie ist vielleicht stark, aber wir haben einen Vorteil, den er nicht kennt. Also versuch es noch einmal. Wo genau ist sie? Und wie plant Wilfried, sie für sein Ritual zu benutzen?"

Der Verräter zögert, und einen Moment lang huscht ein Ausdruck des Zweifels über sein Gesicht. „Wilfried... er bereitet alles für die Vollendung vor. Er glaubt, dass das Blut in ihr ihm die Macht der Unsterblichkeit verleihen wird. Ihr Blut soll den Ritus vollenden, und dann... wird es für niemanden mehr eine Rückkehr geben."

Manfred spürt, wie sein Herzschlag schneller wird. „Und wann plant er, das Ritual zu vollenden?"

Der Verräter presst die Lippen aufeinander und senkt den Kopf, doch ein Schauder zieht sich durch seinen Körper, als ob er spüren würde, dass er sich in einer gefährlichen Lage befindet. „Es wird bald sein. Sehr bald. Wenn der Mond sich mit den Sternen in einer bestimmten Konstellation befindet, wird der Moment gekommen sein. Und dann... wird keiner von euch mehr eine Chance haben."

Plötzlich zuckt der Verräter zusammen, und seine Augen weiten sich in plötzlicher Panik. Ein unnatürliches, dunkles Leuchten breitet sich in seinen Pupillen aus, als ob ein fremder Einfluss von ihm Besitz ergreifen würde. Er ringt um Luft, seine Hände verkrampfen sich, und dann stößt er einen heiseren Schrei aus.

Manfred weicht erschrocken zurück, während das Gesicht des Verräters vor Schmerz und Entsetzen verzerrt ist. „Was... was passiert mit ihm?", ruft Rainer, seine Stimme voller Panik.

Doch bevor jemand reagieren kann, beginnt die Haut des Verräters, sich dunkel zu verfärben, und er sackt auf dem Stuhl zusammen. Sein Körper erschlafft, und ein leises Flüstern erklingt, als ob ein dunkler Schatten aus ihm emporstiege und in die Dunkelheit verschwindet. Der Verräter ist tot – seine Augen starren leer in die Leere, und die Finsternis in seinen Pupillen verblasst langsam.

Rainer tritt zögernd näher, seine Stimme ist ein Flüstern. „Das war... dunkle Magie. Wilfried hat ihn verflucht. Der Verrat wird mit dem Tod bestraft."

Manfred ballt die Fäuste und sieht auf den leblosen Körper hinunter, seine Augen sind voller Entschlossenheit. „Wilfried hat keine Skrupel, selbst seine treuesten Diener auszulöschen. Dieser Wahnsinn endet hier. Wir wissen genug. Brigitte ist in den unterirdischen Kammern, und er bereitet alles vor, um das Ritual bald durchzuführen."

Rainer nickt langsam, seine Miene ernst. „Dann bleibt uns nicht mehr viel Zeit. Wir müssen die anderen informieren – das ganze Netz des Widerstands. Wenn wir Wilfried aufhalten wollen, müssen wir alles riskieren."

Mit diesen Worten verlassen sie den Raum, den Körper des Verräters zurücklassend, und treten hinaus in die düsteren Gänge des Palasts.

Die düsteren Katakomben sind erfüllt von flackerndem Kerzenlicht, als sich der Rat des Widerstands in einem der geheimen Räume versammelt. Eine Mischung aus Adligen, ehemaligen Soldaten und geheimen Unterstützern steht in einem engen Kreis, die Gesichter ernst, und die Schatten tanzen auf ihren angespannten Mienen. In der Mitte des Raums steht ein provisorischer Tisch, auf dem eine Karte des Palasts und des angrenzenden Geländes ausgebreitet ist. Manfred und Rainer betreten den Raum, und sofort verstummen die Gespräche.

Halvard, der erfahrene Kämpfer mit den Narben eines Lebens voller Schlachten, mustert Manfred mit einem harten Blick. „Wir haben wenig Zeit. Was habt ihr herausgefunden?"

Manfred tritt vor, seine Stimme ist fest. „Wilfried plant, das Ritual bald durchzuführen. Der Mond und die Sterne werden bald in die richtige Konstellation treten, und dann wird er Brigitte opfern, um die Kräfte der alten Magie zu entfesseln."

Ein murmelndes Raunen zieht durch den Raum, und Lady Seraphine – die Adlige mit den scharfen Augen und dem kühlen Lächeln – verschränkt die Arme. „Dann müssen wir handeln, bevor er diesen Moment nutzen kann. Aber die Frage bleibt: Wie? Wilfrieds Wachen sind überall, und die tiefen Verliese des Palasts sind für Außenstehende unerreichbar."

Rainer, der neben Manfred steht, hebt die Hände in einer beschwichtigenden Geste und lächelt ironisch. „Ach, das klingt ja beinahe wie ein Spaziergang! Eine Armee von Wachen, ein wahnsinniger König und die Möglichkeit, dass jeder von uns bei dem Versuch umkommt. Warum haben wir nicht schon früher zugeschlagen?"

Seraphine schüttelt den Kopf, ihre Augen funkeln kühl. „Die sarkastischen Kommentare könnt ihr euch sparen, Rainer. Das hier ist kein Spiel."

Halvard schlägt mit der Faust auf den Tisch, sein Gesicht ist voller Zorn und Entschlossenheit. „Ob Spiel oder nicht, wenn wir nichts tun, wird Wilfried uns alle versklaven. Wir müssen in die unteren Ebenen des Palasts eindringen und das Ritual verhindern, koste es, was es wolle."

Manfred nickt langsam. „Wir brauchen eine Strategie – und mehr Informationen. Es gibt Hinweise darauf, dass Wilfried dunkle Magie nutzt, um Eindringlinge fernzuhalten. Wir müssen diese Barrieren durchbrechen können, sonst haben wir keine Chance."

Seraphine tritt vor und öffnet ein altes, verstaubtes Buch, das sie auf den Tisch legt. „Hier steht etwas über die alten Prophezeiungen. Ein Teil des Rituals basiert auf der Kraft der Blutlinie, die die Verbindung zwischen Leben und Tod herstellt. Wilfried glaubt, dass Brigittes Blut ihm Zugang zu dieser Macht gewährt. Doch es gibt eine Schwachstelle – das Ritual kann nur vollendet werden, wenn die Opfer sich ergeben. Andernfalls wird es fehlschlagen."

Halvard runzelt die Stirn. „Und was bedeutet das für uns?"

„Es bedeutet," erklärt Manfred nachdenklich, „dass wir Brigitte die Hoffnung nicht nehmen dürfen. Solange sie Widerstand leistet, ist Wilfried nicht in der Lage, die Macht vollständig zu entfesseln."

Ein hitziges Gespräch bricht aus, während die Mitglieder des Widerstands über verschiedene Taktiken und Möglichkeiten sprechen. Einige wollen mit voller Wucht gegen den Palast anstürmen, andere setzen auf List und Ablenkungsmanöver.

Schließlich erhebt Seraphine die Stimme und bringt die Diskussion zum Schweigen. „Es gibt keine einfache Lösung. Doch wenn wir uns aufteilen, könnten wir es schaffen. Eine kleine Gruppe dringt in die Verliese ein, während eine zweite Gruppe eine Ablenkung in den oberen Etagen des Palasts schafft."

Rainer nickt und grinst verschmitzt. „Ich übernehme die Ablenkung. Ein bisschen Chaos zu stiften, liegt mir ohnehin mehr."

Manfred bleibt ruhig und nickt, seine Augen entschlossen. „Gut, dann bilden wir zwei Teams. Rainer und Seraphine werden die Ablenkung übernehmen, während Halvard und ich den Weg in die Verliese suchen. Wir müssen uns aufeinander verlassen können."

Halvard nickt fest, seine Hand ruht auf dem Griff seines Schwerts. „Für Brigitte und für das Reich. Keiner von uns darf versagen."

Manfred zieht tief Luft und legt die Hand auf das Amulett, das er von Brigitte bekommen hat. Der Moment der Entscheidung ist gekommen, und er weiß, dass dies der entscheidende Schritt in einem Kampf ist, der entweder alles beenden oder die Welt in Dunkelheit stürzen wird.

<hr />

Manfred verlässt die Versammlung und geht leise durch die verlassenen Gänge des Palasts. Nur das schwache Licht seiner Fackel und das Echo seiner Schritte begleiten ihn. In den tiefsten, längst vergessenen Teilen des Palasts trifft er sich schließlich mit jemandem, der ihm vielleicht genau das geben kann, was er für Brigittes Rettung benötigt: den königlichen Magier, einen Mann, dessen Loyalität und Geheimnisse undurchdringlicher scheinen als die Schatten der Nacht.

Der Magier erscheint wie aus dem Nichts, eine hohe, dünne Gestalt, deren Gesicht unter einer Kapuze verborgen ist. Nur seine Augen glimmen leicht im Halbdunkel, während er Manfred mustert. Seine Stimme ist leise, aber durchdringend: „Ihr seid also gekommen, Manfred von Verloyn. Ihr wagt viel, Euch hier unten mit mir zu treffen."

Manfred bleibt ruhig, den Blick fest auf die undurchdringliche Gestalt des Magiers gerichtet. „Ich wage alles, wenn es um Brigitte geht. Also, wenn ihr tatsächlich helfen könnt – dann tut es jetzt."

Ein leises Lächeln schimmert auf dem Gesicht des Magiers. „Mutig. Aber auch ein wenig unvorsichtig, findest du nicht? Der Palast ist voller Fallen, voller Augen und Ohren, und du vertraust einem Fremden mit deinem Leben?"

Manfreds Stimme ist fest. „Ich vertraue niemandem. Aber ich habe nichts zu verlieren."

Der Magier schüttelt den Kopf, als wäre er amüsiert. „So entschlossen. Sehr gut. Dann hört zu, denn es gibt Dinge, die ihr wissen müsst. Wilfried hat die dunklen Künste auf eine Weise erforscht, die selbst ich nicht für möglich hielt. Er ist besessen von der Idee, den Tod zu besiegen, und Brigitte ist der Schlüssel zu seinem Ritual. Ihre Blutlinie, ihr Erbe – es ist, als ob das Schicksal sie dazu auserkoren hätte."

Manfred ballt die Fäuste und sieht den Magier mit einem zornigen Funkeln in den Augen an. „Erzähl mir nichts von Schicksal. Brigitte ist kein Werkzeug für irgendeinen Wahnsinnigen."

Der Magier nickt langsam. „Natürlich nicht. Aber Wilfried glaubt fest an das alte Blut, an die Kraft, die es ihm verleihen könnte. Und er wird nicht aufgeben, bis er es hat. Doch es gibt einen Weg, ihn aufzuhalten."

Manfreds Interesse ist geweckt, und er tritt einen Schritt näher. „Also sprich. Welcher Weg?"

Der Magier legt eine Hand auf die Brust und spricht mit bedächtiger Stimme: „Es gibt eine Verbindung, die Wilfried unterschätzt. Die Macht der alten Blutlinie ist stark, doch sie ist nichts ohne den freien Willen desjenigen, der sie trägt. Solange Brigitte sich widersetzt, wird das Ritual nie seine volle Macht entfalten. Sie hat mehr Kraft, als Wilfried ahnt – und genau das macht sie gefährlich für ihn."

Manfred nickt langsam, die Erkenntnis in seinen Augen aufblitzend. „Dann müssen wir ihr die Chance geben, sich zu wehren. Wenn wir sie befreien können, bevor das Ritual vollendet ist, haben wir eine Chance."

Der Magier lächelt schwach und neigt den Kopf. „Genau. Doch es gibt mehr. Der Raum, in dem Wilfried das Ritual vorbereitet, ist voller Schutzzauber. Dunkle Kräfte, die jeden töten könnten, der den Raum betritt. Aber..." Er holt einen kleinen, schwarzen Kristall aus seinem Umhang, der in seiner Handfläche leicht schimmert. „...dieser Kristall könnte helfen. Er neutralisiert die stärkste dieser Schutzbarrieren."

Manfred starrt auf den Kristall, und für einen Moment zögert er, bevor er ihn annimmt. „Warum hilfst du mir? Wenn Wilfried von deinem Verrat erfährt..."

Der Magier senkt den Blick und seufzt leise. „Manfred, wir alle sind nur Schachfiguren auf seinem Spielfeld. Wilfried kennt keine Loyalität, keine Freundschaft. Er hat längst die Grenzen dessen überschritten, was unsere Welt ertragen kann. Selbst ich, der ihm einst treu diente, kann seine Pläne nicht länger unterstützen. Dies ist mein Weg, um meine Fehler wieder gut zu machen."

Manfred erwidert seinen Blick und nickt. „Dann hilf mir, Wilfried aufzuhalten – und Brigitte zu retten. Gib mir alle Informationen, die ich brauche."

Der Magier mustert ihn einen Moment schweigend, als würde er in seinen Gedanken lesen. Schließlich nickt er und hebt den Finger, als wollte er ihm eine letzte Warnung geben. „Es gibt etwas, das du wissen solltest. Sobald du dich dem Ritual näherst, wirst du auf mehr als nur Wachen stoßen. Wilfried hat etwas beschworen – etwas Altes und Dunkles, das seine Kammer beschützt. Dieses Wesen wird alles tun, um ihn zu schützen."

Manfreds Kiefer spannt sich. „Und wie soll ich es besiegen?"

Der Magier lächelt bitter. „Mit einem klaren Verstand und dem Willen, notfalls alles zu opfern. Dieses Wesen ist an den Fluch gebunden, der Wilfrieds Kammer umgibt. Wenn du den Kristall benutzt, wird seine Kraft schwächer. Aber sei gewarnt: Ein kleiner Fehler, und es wird das Letzte sein, was du siehst."

Manfred schiebt den Kristall vorsichtig in seine Tasche und richtet den Blick entschlossen auf den Magier. „Ich danke dir für deine Hilfe. Doch dies ist nur der Anfang."

Der Magier sieht ihm nachdenklich in die Augen. „Du hast mehr Mut, als gut für dich ist, Manfred von Verloyn. Doch manchmal ist genau das die einzige Rettung, die uns bleibt."

Mit diesen Worten dreht sich der Magier um und verschwindet in den Schatten des Ganges, seine Gestalt gleitet wie ein Geist in die Dunkelheit, bis er völlig unsichtbar wird. Manfred bleibt einen Moment lang stehen, das Gewicht des Kristalls in seiner Hand und die Worte des Magiers in seinen Gedanken.

— ❧ —

Manfred kehrt zurück zum Versteck des Widerstands, wo die Atmosphäre durchzogen ist von Spannung und gedämpftem Gespräch. Über den provisorischen Tisch ist eine Karte des Palasts ausgebreitet, und Halvard und Rainer warten bereits ungeduldig, während Lady Seraphine mit verschränkten Armen beobachtet, wie die Männer mit ernsten Mienen ihre Waffen und Rüstungen überprüfen.

„Na endlich", murmelt Rainer, als er Manfred kommen sieht, und lehnt sich mit einem ironischen Lächeln zurück. „Was hast du so lange getrieben? Ich dachte schon, du hättest beschlossen, den Rest des Palasts auf eigene Faust zu erobern."

Manfred hebt eine Augenbraue. „Nennen wir es... interessante neue Informationen. Es scheint, dass Wilfried ein magisches Wesen beschworen hat, um die Kammern zu bewachen, und dass wir ohne diesen Kristall hier..." – er hebt den kleinen, schwarzen Kristall, den ihm der Magier gegeben hat – „keine Chance hätten, Brigitte zu erreichen."

137

Rainers Lächeln verblasst, und er schnaubt leise. „Ein magisches Wesen, natürlich. Weil es ja nicht schon genug wäre, dass wir uns durch einen Palast voller bewaffneter Wachen kämpfen müssen. Ein bisschen zusätzlicher Wahnsinn ist wohl das Mindeste, was man erwarten kann."

Lady Seraphine beugt sich vor und mustert den Kristall mit scharfem Blick. „Du hast also den Hofmagier auf unsere Seite gezogen. Das ist mutig, Manfred. Er könnte jederzeit wieder umschwenken, solltest du scheitern."

Manfreds Gesicht bleibt undurchdringlich. „Es ist ein Risiko, das ich eingehe. Und ehrlich gesagt, es ist nicht unser größtes Problem. Wilfried hat jedes Hindernis aufgeboten, das denkbar ist. Aber wenn wir Brigitte nicht retten, wird er seine finsteren Pläne vollenden."

Halvard nickt langsam und spricht, seine Stimme fest und leise. „Dann bleibt keine Zeit zu verlieren. Die Konstellation der Sterne, die er braucht, rückt näher. Wenn wir zu lange warten, wird Brigitte als Teil des Rituals geopfert. Wir haben eine einzige Chance, und die nutzen wir."

Manfred deutet auf die Karte. „Der Magier hat mir einige der tiefer liegenden Korridore beschrieben, die zum unterirdischen Ritualraum führen. Es gibt versteckte Pfade, die nicht von Wachen bewacht werden – wahrscheinlich, weil Wilfried glaubt, dass kein Mensch dumm genug wäre, in die Nähe dieser Kammer zu gehen."

Rainer grinst breit und klopft Manfred auf die Schulter. „Da hat er die Rechnung wohl ohne uns gemacht."

Lady Seraphine tritt einen Schritt vor, und ihr Gesicht ist ernst, die Augen funkeln wachsam. „Unsere Aufgaben sind klar. Wir teilen uns auf. Ich werde in den oberen Etagen des Palasts Ablenkungen schaffen. Der Rat des Königs wird sich fragen, was vor sich geht, und vielleicht gelingt es mir, einige von Wilfrieds wichtigsten Verbündeten herauszulocken."

Halvard legt eine Hand auf sein Schwert und nickt zustimmend. „Während du den Adel beschäftigst, werden Manfred, Rainer und ich durch die geheimen Tunnel vordringen. Wenn wir die Kammer erreichen, übernehmen wir das Ritual."

„Klingt beinahe, als hätten wir einen Plan", murmelt Rainer mit einem sarkastischen Unterton, doch seine Augen funkeln. „Wir, eine Handvoll von Rebellen, gegen einen König, der sich selbst für unbesiegbar hält. Ich frage mich, wie Wilfried reagieren wird, wenn er herausfindet, dass wir direkt unter seiner Nase herumschleichen."

Manfred blickt ernst in die Runde, seine Stimme fest. „Vergesst nicht – das hier ist kein Abenteuer. Wenn wir scheitern, wird Brigitte sterben, und Wilfried wird die Macht erlangen, alles zu zerstören, was uns je wichtig war."

Ein Moment der Stille legt sich über die Gruppe, und schließlich nickt Seraphine mit einem entschlossenen Ausdruck. „Dann lasst uns daran denken, warum wir das tun. Jeder von uns hat etwas, das er retten will. Und selbst wenn Wilfried glaubt, er hätte das Schicksal in der Hand, werden wir beweisen, dass sein Wahn seine größte Schwäche ist."

Die Mitglieder des Widerstands bereiten sich vor, überprüfen ihre Waffen und Rüstungen, binden Schutzamulette und verborgene Dolche an ihre Stiefel. Die Anspannung in der Luft ist greifbar, eine Mischung aus Angst und Entschlossenheit. Jeder weiß, dass dies der Moment ist, der über Leben und Tod entscheidet.

Manfred schiebt den Kristall sicher in die Innentasche seines Umhangs und legt eine Hand auf das Amulett, das Brigitte ihm gegeben hat. Ein Hauch von Wehmut zieht durch sein Herz, doch er unterdrückt das Gefühl. Jetzt ist keine Zeit für Sentimentalitäten.

Halvard tritt zu ihm und spricht leise, seine Augen voller Stolz und Entschlossenheit. „Du bist heute nicht nur für dich selbst hier, Manfred. Wir alle kämpfen an deiner Seite. Also lass uns nicht verlieren."

Manfred nickt fest, und ein Anflug eines Lächelns zieht über sein Gesicht. „Keine Sorge. Ich plane nicht, ihm zu unterliegen. Heute Nacht wird Wilfried erfahren, dass Machtspiele auch verlieren können."

Gemeinsam treten sie in die dunklen Gänge des Palasts hinaus, bereit, das Schicksal in ihre eigenen Hände zu nehmen – egal, welche Gefahr sie erwartet.

———— ⚬⚬⚬ ————

D er Mond steht hoch am Himmel und wirft ein silbernes Licht über die finsteren Mauern des Palastes. Die Luft ist erfüllt von einer unheimlichen Stille, als sich Manfred, Rainer und Halvard den geheimen Tunneln nähern, die sie in die tiefsten Ebenen führen sollen. Jeder Schritt hallt leise durch die Korridore, und das Adrenalin lässt ihre Sinne schärfer werden, als sie durch die verlassenen Flure schleichen.

„Das erinnert mich an die alten Zeiten", flüstert Rainer und grinst schief. „Nichts wie ein kleiner Einbruch in den Palast des wohl mächtigsten Mannes, um das Blut in Wallung zu bringen."

Halvard antwortet leise, seine Stimme schwer vor Sarkasmus: „Alte Zeiten? Wann hast du das letzte Mal in eine Festung voller tödlicher Flüche und eines wahnsinnigen Königs eingebrochen, Rainer? Mir scheint, du verwechselst da einiges mit dem letzten Jahrmarkt, auf dem du warst."

Manfred hebt die Hand, um die beiden zum Schweigen zu bringen, als sie an einem schweren, eisenbeschlagenen Tor ankommen. Die verbotene Zone – das unterirdische Herz des Palasts – liegt direkt dahinter. „Konzentriert euch. Ab hier gibt es kein Zurück."

Rainer legt seine Hand auf den Dolch an seinem Gürtel und nickt. „Ich habe nie zurückgeschaut. Los geht's."

Mit einem kräftigen Ruck öffnet Manfred das Tor, das mit einem langgezogenen Knarren nachgibt. Dahinter erstreckt sich ein steinerner Korridor, kalt und feucht, die Wände von uralten Runen bedeckt, die in einem schwachen, unheimlichen Licht leuchten. Der Weg führt steil hinab, und die Luft wird schwerer, durchdrungen von einem seltsamen Geruch nach Erde und alter Magie.

„Charmant", murmelt Rainer. „Genau der Ort, den ich mir immer für ein gemütliches Abendessen gewünscht habe."

Manfred wirft ihm einen trockenen Blick zu. „Dann hoffe ich, du hast Appetit auf Gefahren."

Sie dringen tiefer in die Dunkelheit vor, und die Atmosphäre wird zunehmend beklemmender. Die Runen an den Wänden beginnen stärker zu leuchten, als ob sie auf das Eindringen der Gruppe reagieren würden. Dann, ohne Vorwarnung, fangen die Runen an zu flackern und werfen gespenstische Schatten, die sich in Formen zu wandeln scheinen – als ob die Wände selbst zum Leben erwachen würden.

Halvard tritt zurück und zieht sein Schwert, das im schummrigen Licht matt glänzt. „Das sind keine gewöhnlichen Wachen, Manfred. Diese Flüche haben ein Eigenleben."

Manfred zieht den Kristall aus seiner Tasche und hebt ihn. Ein schwaches, dunkles Licht geht von ihm aus und scheint die Magie der Runen zu beeinflussen, die allmählich an Intensität verlieren. Die Schatten an den Wänden verblassen, und der Weg öffnet sich vor ihnen wie ein atemloses Flüstern, das für einen Moment verstummt.

„Also ist dieser Kristall tatsächlich nützlich", murmelt Rainer, wobei er Manfred einen Seitenblick zuwirft. „Vielleicht hättest du dem Magier ein bisschen mehr Vertrauen entgegenbringen sollen."

„Vertrauen ist hier fehl am Platz", erwidert Manfred knapp und steckt den Kristall zurück. „Das ist ein Mittel zum Zweck, mehr nicht. Ich traue keinem Mann, der so leicht seine Loyalität wechselt."

Sie setzen ihren Weg fort, tiefer in das Herz des Palasts, bis sie schließlich an eine große Kammer kommen, deren Wände von unzähligen Kerzen beleuchtet sind. In der Mitte des Raums steht ein Steinaltar, übersät mit magischen Symbolen, und ringsum sind uralte, düstere Artefakte aufgereiht. Es ist offensichtlich, dass dies der Ort ist, an dem Wilfried seine dunklen Rituale vorbereitet.

„Sieht aus wie das Labor eines Wahnsinnigen", flüstert Rainer und mustert die seltsamen Gegenstände. „Man könnte meinen, er hätte sich aus einem Albtraum bedient."

Doch Manfreds Blick bleibt auf einem kleinen, glänzenden Objekt auf dem Altar hängen: ein Amulett, das Brigitte gehört. Ein Hauch von Zorn und Sorge durchdringt ihn, und für einen Moment vergisst er die Gefahr, als er vortritt und das Amulett aufnimmt. Das Gefühl ihrer Nähe, das er durch das Amulett spürt, gibt ihm neue Kraft und Entschlossenheit.

Plötzlich ertönt ein dumpfes Grollen, und die Luft in der Kammer wird schwer. Eine kalte Stimme hallt von den Wänden wider, eine Stimme, die Manfred sofort erkennt – Wilfried. Doch er ist nirgends zu sehen.

„Dachtest du wirklich, du könntest mich so einfach hintergehen, Manfred? Ein Verräter, der glaubt, er könnte das Schicksal ändern? Wie erbärmlich."

Manfred zieht sein Schwert, sein Griff fest, die Augen entschlossen. „Du magst deine dunkle Magie haben, Wilfried, aber du wirst Brigitte niemals bekommen. Dein Wahn wird hier enden."

Ein kaltes Lachen ertönt, und die flackernden Kerzen brennen heller, während eine Schattenerscheinung in der Mitte des Raums auftaucht, die Umrisse von Wilfrieds Gesicht flimmern in der Dunkelheit. „Ihr seid in mein Reich eingedrungen, in meinen heiligen Raum der Macht. Ihr glaubt, ihr könntet gegen das ankommen, was ich heraufbeschworen habe?"

Manfred hebt das Amulett und das Schwert, und für einen Moment scheint die Schattenerscheinung leicht zurückzuzucken. „Das hier, Wilfried, wird dich nicht vor der Gerechtigkeit bewahren."

Doch die Schatten formieren sich erneut und schimmern in einem tiefen, unheilvollen Schwarz. „Dann komm und zeig mir, was du zu bieten hast, wenn du glaubst, dass du derjenige bist, der über Leben und Tod entscheiden kann!"

Die Luft wird immer schwerer, und Manfred, Rainer und Halvard bereiten sich darauf vor, gegen die dunklen Kräfte anzutreten, die Wilfried in diesem Raum heraufbeschworen hat.

Kapitel 9

Die Nacht ist dicht und undurchdringlich, als Manfred, Rainer und Halvard an den Fuß der Turmruine schleichen. Die schmale, gewundene Treppe führt ins Dunkel, und jeder Schritt bringt sie der geheimen Kammer näher, in der Wilfried Brigitte gefangen hält. Die Luft ist schwer und schwül, und ein kaum wahrnehmbares Flüstern durchdringt die Stille – das Echo einer dunklen Magie, die den Turm durchzieht wie ein unsichtbarer Schleier.

„Ganz ehrlich", murmelt Rainer mit einem schiefen Grinsen, „von allen Orten, die ich mir für eine romantische Rettung vorstellen könnte, wäre ein von Schatten umwobener Turm ganz unten auf der Liste."

Manfred wirft ihm einen ernsten Blick zu, in dem kein Anflug von Humor liegt. „Halte deinen Sarkasmus im Zaum, Rainer. Hier ist nichts, was nicht gefährlich ist."

„Na, das ist mal eine Ermutigung", kontert Rainer, zieht jedoch seine Klinge und deutet auf das Ende der Treppe. „Wie du meinst, Anführer. Lass uns das schaurige Schloss endlich erkunden."

Mit jeder Stufe wird die Luft schwerer, und das Flüstern in den Schatten wird lauter, als würden die Wände sie für ihr Eindringen verurteilen. Plötzlich öffnet sich die Treppe in eine weite, kalte Kammer. Die Wände sind gesäumt von alten Runen und Zeichen, die in einem unheilvollen, grünlichen Licht glimmen. In der Mitte des Raums schwebt ein dunkler Kristall, um den ein geheimnisvolles Symbol in den Boden eingraviert ist.

„Wilfried hat hier eine Barriere eingerichtet", murmelt Halvard, während er misstrauisch den Kristall mustert. „Das ist dunkle Magie, die wir nicht ohne Weiteres durchdringen können."

Manfred nickt und zieht den Kristall hervor, den ihm der Hofmagier überlassen hatte. „Der Magier sagte, dieser Stein würde uns helfen. Hoffen wir, dass er recht hat."

Er hebt den Kristall, und ein leises, silbriges Leuchten strömt aus ihm heraus, trifft auf die Zeichen im Raum und lässt die dunkle Magie für einen kurzen Moment aufblitzen, als würde sie reagieren. Ein knisterndes Geräusch erfüllt die Luft, und langsam beginnt die Barriere zu schwanken, bis sie schließlich verblasst und nur das leise Murmeln des Kristalls übrig bleibt.

„Funktioniert ja fast wie ein Zauberstab", sagt Rainer mit einem kurzen Grinsen. „Vielleicht sollten wir den Kristall behalten, falls wir noch mehr solche Spielereien vorfinden."

Doch bevor jemand antworten kann, erstarrt Manfred – ein scharfes, leises Geräusch ist zu hören, ein bedrohliches Flüstern, das den Raum erfüllt. Und plötzlich materialisiert sich eine Gestalt am Ende der Kammer, die Arme hinter dem Rücken verschränkt, das Gesicht verborgen im Schatten – Wilfried.

„Manfred von Verloyn. Ich muss schon sagen, dein Mut grenzt an Wahnsinn." Wilfrieds Stimme ist kühl, und in seinen Augen flackert ein Hauch von Belustigung. „Glaubtest du wirklich, du könntest einfach hier einmarschieren und Brigitte befreien?"

Manfred richtet sich auf, seine Klinge bereit. „Ich werde Brigitte befreien, und nichts, was du tust, wird mich daran hindern."

Wilfried lacht leise, ein dunkles, bitteres Lachen, das in der Kammer widerhallt. „Ach, wie rührend. Der große Held auf einer Rettungsmission. Aber hast du auch nur die leiseste Ahnung, worauf du dich eingelassen hast? Die Macht, die ich heraufbeschwöre, übersteigt alles, was du dir vorstellen kannst."

Rainer tritt vor, seine Klinge in der Hand, und murmelt mit einem ironischen Grinsen: „Oh, du meine Güte, die Macht, die alles übersteigt. Ich wette, das hat er vor jedem seiner großen Auftritte gesagt."

Wilfrieds Augen verengen sich, und er hebt eine Hand. Dunkle Schatten fließen aus seinen Fingern wie lebendiger Rauch und umkreisen die Gruppe, eine Barriere aus Finsternis und kalter Magie. „Du machst dich lustig, doch du hast keine Vorstellung davon, welche Kräfte ich beherrsche. Meine Magie wird euch zerschmettern."

Bevor Manfred reagieren kann, breitet Wilfried die Arme aus, und ein gleißendes, schwarzes Licht durchzuckt den Raum, während die Barriere sich zu einer Mauer aus dunklen, glühenden Schatten verfestigt, die auf sie zu stürmen. Halvard wirft sich schützend vor Manfred, hebt sein Schild und versucht, die Schatten abzuwehren, doch die Kraft des Angriffs ist überwältigend.

„Manfred! Rainer! Wir müssen zurückweichen!" ruft Halvard, seine Stimme rau vor Anstrengung. Die Schatten fließen wie lebendiges Gift durch den Raum, und sie wissen, dass sie sich gegen diese Magie nicht verteidigen können.

Manfreds Kiefer spannt sich, doch er nickt. „Wir haben keine Wahl. Ein Rückzug ist vorerst das einzige, was wir tun können."

Wilfrieds höhnisches Lachen verfolgt sie, während sie durch die Gänge zurückrennen, das Gefühl der Niederlage schwer in ihren Herzen.

Die Gruppe hastet durch die finsteren Gänge des Palasts, die Kälte und Dunkelheit des Rückzugs hallt in ihren Gedanken wider. Doch Wilfried lässt ihnen keine Ruhe. Kaum haben sie die

Wendeltreppe des Turms erreicht, flammen schwarze Schatten an den Wänden auf, und die bedrückende Anwesenheit des Königs erfüllt die Luft wie ein lähmender Nebel. Wilfried hat ihnen nachgesetzt – er ist bereit, alles zu riskieren, um Manfred und seine Begleiter an der Flucht zu hindern.

„Ihr seid lästiger als eine Meute hungriger Hunde", höhnt Wilfried und breitet die Arme aus, während ein pulsierendes Licht in seiner Hand aufglüht. Seine Augen funkeln hasserfüllt, und die Schatten verdichten sich zu einer scharfkantigen, glühenden Barriere um ihn. „Vielleicht ist es an der Zeit, euch zu zeigen, was wahre Macht bedeutet."

Manfred bleibt stehen, die Hand fest um den Griff seines Schwerts gekrallt. „Du sprichst von Macht, als wäre sie dein Besitz", erwidert er mit kalter Entschlossenheit. „Doch Macht bedeutet nichts, wenn du sie gegen Unschuldige einsetzt."

Wilfried lacht kurz und trocken. „Unschuld? Mein lieber Manfred, das ist ein Märchen für Schwache. In der Welt der Könige zählt nur der Wille zur Stärke – und ich werde die Geschichte mit meinem Namen schreiben."

„Vermutlich auf den Gräbern deiner Untertanen", murmelt Rainer sarkastisch, die Klinge in der Hand und bereit zum Sprung. „Eine wahrlich heldenhafte Tat."

Wilfrieds Blick wandert zu Rainer, und ein zynisches Lächeln kräuselt seine Lippen. „Du spielst den tapferen Narren, Rainer, aber du bist nichts weiter als ein Schatten im großen Plan. Deine Worte sind bedeutungslos."

Mit einem kaum wahrnehmbaren Zucken seiner Hand entfesselt Wilfried eine Welle schwarzer Magie, die wie ein Flammenstoß auf die Gruppe zurast. Manfred hebt den Kristall, den ihm der Hofmagier gegeben hat, und ein schwaches silbriges Licht flackert auf, doch es reicht kaum aus, um die geballte Macht von Wilfrieds Angriff abzuwehren.

„Halte dich bereit!" ruft Manfred, während die Schatten sich näher schieben. „Wir müssen ihn durchbrechen – jetzt oder nie!" Die beiden Männer stürzen sich mit erhobenen Waffen auf Wilfried, doch ihre Schläge prallen an seiner Barriere ab, als würde ein unsichtbarer Wall sie zurückstoßen. Wilfried breitet die Arme weiter aus, und ein strahlender Kreis aus dunkler Energie formt sich um ihn, ein wirbelnder Strudel aus Flammen und Schatten.

„Ihr glaubt, ihr könntet mir Schaden zufügen?" fragt Wilfried mit einem höhnischen Lächeln, als sich die Schatten um ihn herum verdichten und zu einer peitschenden Klinge formen. „Lasst mich euch zeigen, wie wenig ihr wirklich wisst!"

Die Klinge aus purer Dunkelheit schießt auf Manfred zu, und er hebt das Schwert, um den Schlag abzuwehren, doch die Wucht des Angriffs reißt ihn zurück. Er stolpert und trifft hart auf den Boden, die kalte Klinge in seiner Hand vibriert, und der Kristall in seiner Tasche leuchtet schwach, als ob er versuchen würde, die Magie aufzufangen, die in der Luft liegt.

Rainer, der die Szene beobachtet, zögert nicht lange. Er springt vor und ruft höhnisch: „Na, Majestät, musstest du dafür stundenlang üben oder kam diese tödliche Langeweile ganz von selbst?"

Wilfrieds Augen verengen sich, und er schickt eine weitere dunkle Energiewelle in Rainers Richtung. Doch Rainer wirbelt geschickt herum und entgeht dem Angriff nur knapp, das Flackern des Todes in seinen Augen nur ein Ansporn, Wilfried weiter herauszufordern.

Manfred rappelt sich auf und wirft einen entschlossenen Blick auf die Szene vor ihm. „Wilfried, du hast dich der Finsternis verschrieben, aber heute wirst du sehen, dass wahre Stärke nichts mit der Dunkelheit zu tun hat."

Wilfrieds Lachen hallt durch die Kammer, und er hebt die Hand, um einen letzten, verheerenden Schlag zu führen. „Wahre

Stärke? Wie lächerlich. Es gibt nur die Macht – und heute werdet ihr den Preis dafür bezahlen."

Doch plötzlich lodert ein silbriges Licht auf, das von Manfreds Kristall ausgeht. Es wächst und breitet sich aus, als würde es die Schatten von Wilfrieds Magie vertreiben. Die Macht des Kristalls, verstärkt durch die Willenskraft von Manfred und Rainer, formt eine leuchtende Barriere um sie, die gegen die düsteren Kräfte des Königs ankämpft.

Wilfried, der von dem plötzlichen Licht geblendet ist, weicht einen Schritt zurück und knurrt zornig. „Ihr Narren! Ihr glaubt wirklich, das könnte mich aufhalten? Ich werde euch vernichten!"

Doch Manfred und Rainer nutzen den Moment des Zweifels. Sie stoßen sich ab, ihre Waffen erhoben, und stürzen sich auf Wilfried mit einem letzten, verzweifelten Angriff, der all ihre Kraft in sich vereint.

„Für Brigitte und für alle, die du unterdrückt hast!" ruft Manfred, während seine Klinge durch die Schatten dringt.

Wilfrieds Verteidigung schwankt, und ein Funke von Schmerz huscht über sein Gesicht, als Manfreds Schwert die Barriere durchdringt und ihn leicht am Arm trifft. Doch bevor sie den Kampf beenden können, verschwimmt Wilfrieds Gestalt und löst sich in einem dunklen Nebel auf.

„Dies ist nicht das Ende", hallt seine Stimme wider, bevor der Schatten gänzlich verschwindet und eine beunruhigende Stille hinterlässt.

Manfred und Rainer stehen keuchend und erschöpft in der Kammer, die Luft von den Überresten des magischen Kampfes schwer und stickig. Sie wissen, dass dies nur ein erster Schlagabtausch war, und dass der Kampf gegen Wilfried und seine finsteren Pläne noch lange nicht vorbei ist.

Nach ihrem Rückzug haben sich Manfred, Rainer und Halvard im Versteck des Widerstands zurückgezogen. Der bittere Nachgeschmack der Niederlage liegt in der Luft, und die Wunden des magischen Duells sind noch frisch. Halvard hält sich die Schulter, auf die ein Schatten wie ein heißes Brandmal herabgefallen war, während Rainer ein langes, schwarzes Haar aus seiner Rüstung zieht und skeptisch mustert.

„Man sollte meinen, dass Wilfried sich hin und wieder eine Maniküre gönnen würde", murmelt er sarkastisch und wirft das Haar beiseite. „Aber nein, unser lieber König bevorzugt dunkle Magie und Horrorstil – ein wahrer Romantiker."

Elisa tritt in den Raum, eine Flasche heilender Kräutertinktur und einige Verbände in der Hand. „Vielleicht solltest du nicht über seine Frisur sprechen, sondern darüber, wie du das nächste Mal heil rauskommst. Wenn ich das richtig sehe, hat seine dunkle Magie euch mehr zugesetzt, als ihr zugeben wollt."

Manfred stöhnt leise und lässt sich auf einen Stuhl sinken, während Elisa damit beginnt, seine Wunden zu versorgen. Ihr Blick ist scharf und prüfend, aber in ihren Augen blitzt auch etwas Warmes auf, das nur kurz anhält, bevor sie sich wieder ganz auf die Arbeit konzentriert.

„Ich bin nicht hier, um vor jedem Rückschlag die Flinte ins Korn zu werfen", murmelt er, während sie einen kalten, beruhigenden Verband auf seine Hand legt. „Wilfried mag uns geschlagen haben, aber er hat nicht gewonnen."

Elisa lächelt schwach und drückt den Verband fester, als es nötig wäre, sodass Manfred das Gesicht verzieht. „Klar. Das erklärt die Blutergüsse."

Rainer schnaubt und wirft Manfred ein belustigtes Lächeln zu. „Ein echter Held eben. Kein Schmerz, keine Ehre."

Halvard, der schweigend beobachtet hat, tritt vor und blickt ernst auf Manfred herab. „Die Schatten haben etwas von deiner

Energie gestohlen, das ist mehr als ein einfacher Kratzer. Wilfried hat uns nicht nur körperlich verwundet – seine Magie hat eine finstere Absicht. Sie lähmt das Herz und den Geist, Manfred. Wie ein Gift."

Elisa nickt langsam und hält eine Hand über Manfreds Verletzung, ihre Augen sind für einen Moment geschlossen, und eine schwache, warme Energie fließt von ihren Fingerspitzen aus. „Halvard hat recht. Diese Wunden sind nicht allein durch Schwerter geschlagen worden. Wilfrieds Magie greift die Seele an, den Verstand... sie macht den Geist mürbe, damit der Körper aufgibt."

Manfred mustert sie aufmerksam, ihre Finger, die mit einer unglaublichen Präzision arbeiten, ihre Bewegungen ruhig und entschlossen. „Du kennst dich mit dieser Magie aus, Elisa. Woher?"

Sie hält inne, und einen Moment lang zögert sie. Dann trifft ihr Blick den seinen, und in ihren Augen liegt etwas Dunkles, als ob eine Erinnerung sie durchdringe, die sie nur widerwillig preisgibt. „Ich... habe gesehen, was diese dunkle Magie anrichten kann. Ich war... nah genug dran, um ihre Zerstörungskraft zu spüren. Wilfried war nicht immer so. Früher, als er noch der ehrenvolle König war, hat er nach Wegen gesucht, das Unheil abzuwenden. Doch irgendwann... verlor er den Kampf gegen die Versuchung."

Manfred starrt sie an und erkennt, dass ihre Worte tiefer gehen als nur eine Beschreibung von Magie und Schatten. „Du hast ihn gekannt, bevor er in die Dunkelheit fiel. Aber warum bist du geblieben, als seine Magie ihn veränderte? Warum hast du ihn nicht verlassen?"

Elisa sieht ihn mit einem durchdringenden Blick an, und ihr Gesicht verhärtet sich. „Weil ich an das Gute in ihm geglaubt habe. Weil ich dachte, ich könnte ihn zurückholen. Aber Wilfried hat einen Punkt erreicht, an dem es kein Zurück mehr gibt. Jetzt bleibt mir nur noch, zu verhindern, dass andere in seine Fänge geraten."

Rainer hebt eine Augenbraue und lächelt spöttisch. „Ach, die romantische Vision von Erlösung und Rettung. Klingt nach einem traurigen Gedicht über verlorene Liebe und dunkle Entscheidungen."

Elisa wirft ihm einen eiskalten Blick zu. „Manchmal muss man Dunkelheit verstehen, um gegen sie kämpfen zu können. Das hat nichts mit Romantik zu tun."

Manfred, der die Wunde an seiner Hand mustert, nickt langsam. „Wie dem auch sei. Es bringt uns keinen Schritt weiter. Wir brauchen mehr als nur Wissen über Wilfrieds Absichten. Wenn wir Brigitte retten und ihn aufhalten wollen, müssen wir einen Weg finden, seine Macht zu brechen."

Elisa lächelt schwach und reicht ihm ein weiteres Amulett. „Dieses Amulett könnte euch Schutz bieten. Es ist zwar nicht mächtig genug, um ihn direkt anzugreifen, aber es kann helfen, seine dunklen Barrieren zu durchdringen. Damit habt ihr vielleicht eine Chance, euch den Schatten zu nähern, ohne dass sie euch sofort verschlingen."

Manfred nimmt das Amulett entgegen, seine Hand leicht zitternd. „Danke, Elisa. Ohne dich..."

Sie unterbricht ihn leise, ihre Stimme fest, doch ein Hauch von Wehmut schimmert in ihren Augen. „Ohne mich wäre nichts anders. Die Entscheidung liegt bei dir, Manfred. Aber du solltest wissen, dass Wilfried Brigitte als seinen letzten Anker in die Dunkelheit betrachtet. Sie ist sein Opfer, sein Tribut – und er wird nichts unversucht lassen, um sie zu kontrollieren."

Halvard legt ihm eine Hand auf die Schulter und spricht mit rauer, bestimmter Stimme. „Manfred, wir haben gegen die größte Finsternis gekämpft, die dieses Land je gesehen hat. Und solange wir leben, werden wir nicht aufgeben. Du hast uns als Anführer zusammengeführt – jetzt ist es an der Zeit, das, was wir begonnen haben, zu Ende zu bringen."

Manfred nickt, die Entschlossenheit in seinen Augen fest, und wendet sich an die Gruppe. „Dann machen wir das Beste aus dieser Nacht. Morgen, wenn der erste Lichtstrahl auf diesen Palast fällt, werden wir bereit sein. Für Brigitte, für unsere Freiheit – und für ein Ende, das Wilfried nie kommen sehen wird."

Im schwachen Licht einer einzelnen Kerze haben sich die Führer des Widerstands um einen abgenutzten Tisch versammelt, der mit alten Landkarten bedeckt ist. Die düstere Atmosphäre lässt keinen Zweifel: Dies ist der entscheidende Moment, in dem sie entweder die Oberhand gewinnen oder scheitern werden. Ein einziger Plan muss all ihre Hoffnungen und Ängste in sich vereinen.

Manfred steht am Kopf des Tisches, seine Haltung entschlossen, doch ein Hauch von Anspannung ist in seinem Gesicht zu lesen. Ihm gegenüber sitzt Halvard, dessen ernste Miene jede Bemerkung über den gestrigen Rückzug im Keim erstickt. Neben ihm lehnt Rainer mit verschränkten Armen und einem spöttischen Lächeln an der Wand, bereit, seine gewohnte Mischung aus Ironie und Kampfgeist beizusteuern.

„Also, wer hat die zündende Idee?" beginnt Rainer schließlich und deutet mit einem skeptischen Blick auf die Karten. „Weil, wenn jemand Vorschläge für den nächsten glorreichen Rückzug hat, wäre jetzt ein guter Zeitpunkt."

Halvard wirft ihm einen Blick zu, der eindeutig kein Amüsement duldet. „Unsere letzte Begegnung war ein Rückschlag, ja. Aber das bedeutet nicht, dass wir keine Chance haben. Wenn wir wissen, welche Schwachstellen Wilfried hat, könnten wir sie nutzen."

Manfred nickt und legt die Hand auf eine Karte des Palastes. „Ich habe überlegt, dass wir diesmal auf Täuschung setzen. Wilfried ist überzeugt, dass wir durch rohe Gewalt kommen wollen. Doch was wäre, wenn wir gezielt in seine persönlichen Kammern vordringen, während er uns in den unteren Stockwerken erwartet?"

Lady Seraphine, die bisher schweigend zugehört hat, spricht leise, doch ihre Worte sind prägnant. „Das könnte funktionieren. Wilfried liebt Machtspielchen – er wäre darauf vorbereitet, dass wir ihn direkt konfrontieren. Aber wenn wir stattdessen seine Wachen ablenken und direkt in die inneren Räume vordringen... könnten wir ihn überraschen."

Rainer grinst. „Genau mein Gedanke. Ich bin natürlich für das Ablenkungsmanöver zu haben. Ein bisschen Chaos anzetteln, Wachen ablenken, ein paar launige Kommentare loswerden – nichts leichter als das."

Manfred hebt eine Augenbraue und erwidert trocken: „Du weißt schon, dass das nicht nur ein großes Schauspiel ist, oder? Dies ist unsere letzte Chance."

„Genau deshalb sollten wir sie nicht mit düsteren Mienen und Schwertern vergeuden", kontert Rainer, das Grinsen breiter werdend. „Manchmal schlägt Ironie härter zu als jeder Hieb."

Elisa, die leise in den Schatten des Raumes gestanden hat, tritt nun vor und spricht mit ruhiger, aber fester Stimme: „Wilfried hat noch ein Ass im Ärmel. Er hat die Magie, die Brigitte bindet, an die Artefakte in seinem privaten Altarraum geknüpft. Solange diese Artefakte intakt sind, bleibt Brigitte in seiner Gewalt. Wenn wir das Ritual stören wollen, müssen wir diese Artefakte zerstören."

Ein leises Murmeln zieht sich durch die Gruppe, und Manfreds Gesicht verfinstert sich. „Dann ist das unser Ziel: Wir dringen in seinen Altarraum ein, zerstören die Artefakte und befreien Brigitte."

Halvard seufzt und verschränkt die Arme, als ob er einen bitteren Gedanken niederkämpfen müsste. „Das klingt einfacher, als es sein wird. Die Artefakte sind schwer bewacht und magisch gesichert. Wir brauchen einen genauen Plan und eine klare Rolle für jeden."

Seraphine beugt sich über die Karte und zeigt auf verschiedene Stellen im Palast. „Ich kann dafür sorgen, dass Wilfrieds Berater und seine engsten Wachen abgelenkt sind. Sie werden mir nichts verweigern, wenn ich eine gefährliche Information preisgebe – ein kleines Netz aus Intrigen wird ihre Loyalität schon ins Wanken bringen."

Rainer klopft sich selbst auf die Brust, als ob er gerade die Hauptrolle in einem Theaterstück übernommen hätte. „Dann bleibt das Ablenkungsmanöver also bei mir. Keine Sorge, ich verspreche, den Wachen bis zur letzten Sekunde nicht zu verraten, dass sie in die Irre geführt wurden."

Manfred nickt und mustert jeden in der Runde. „Jeder weiß, was er zu tun hat. Kein Zögern, kein Misstrauen. Wenn wir einmal starten, gibt es keinen Rückzug."

Elisa sieht Manfred tief in die Augen, und einen Moment lang durchdringt eine stille, doch emotionale Verbindung den Raum. „Wir alle sind hier, weil wir an mehr glauben als nur an unser eigenes Überleben. Dies ist für Brigitte – und für ein Ende, das Wilfried nie kommen sehen wird."

Manfred erwidert ihren Blick und spricht mit einer Festigkeit, die selbst die Schatten in den Ecken des Raumes zu vertreiben scheint. „Dann sind wir bereit. Morgen endet dieses dunkle Spiel – für uns alle."

Kapitel 10

Im Halbdunkel einer verlassenen Kammer hat Manfred alles vorbereitet, was ihm helfen könnte, Brigitte zu finden. Auf einem provisorischen Altar liegen einige ihrer persönlichen Gegenstände: ein kleines Seidentuch, das sie oft bei sich trug, ein vergoldeter Ring, der einst ein Versprechen zwischen ihnen besiegelte, und eine winzige Haarlocke, die er einst als Andenken an sie mitgenommen hatte, als sie sich zum letzten Mal gesehen hatten. Um ihn herum flackern die Kerzen in einem unruhigen Rhythmus, und das Knistern der Magie in der Luft ist fast greifbar.

Elisa steht ihm gegenüber, ihre Augen auf die Gegenstände gerichtet, die er sorgsam arrangiert hat. Sie hebt die Hand und legt sie sanft auf das Seidentuch, während ihre Augen einen seltsamen Glanz annehmen. „Bist du dir sicher, dass du das durchziehen willst? Ein Ritual wie dieses bringt oft mehr ans Licht, als man sehen möchte."

Manfred nickt, seine Stimme fest, doch in seinen Augen blitzt ein Hauch von Unsicherheit auf. „Ich muss wissen, wo sie ist, Elisa. Ich kann nicht... ich kann nicht einfach warten und hoffen."

Elisa seufzt leise und beginnt, die Worte des Rituals zu murmeln. Eine alte Sprache, die wie ein leises Wispern durch die Kammer zieht, schwirrt um sie herum, und ein schwaches, blaues Licht strömt von ihren Fingern aus und legt sich auf die persönlichen Gegenstände. Manfred hält den Atem an und konzentriert sich völlig auf das Bild von Brigitte, das er in seinem Geist formt – ihre sanften blauen Augen, ihr Lächeln, das ihm immer neue Kraft gab.

Langsam fängt das Seidentuch an zu leuchten, als ob es sich mit einem Leben von selbst erfüllte. Das Licht dehnt sich aus und formt einen schimmernden Nebel, der sich zu einem Bild verdichtet. Im Dunst dieser Vision erkennt Manfred eine schwache, aber deutliche Silhouette – Brigitte. Sie wirkt erschöpft, ihre Augen geschlossen, als ob sie schlafe, doch die Dunkelheit um sie herum ist dicht und bedrohlich, wie eine lebendige Gefangenschaft.

Manfreds Herz verkrampft sich bei ihrem Anblick, und ein unkontrolliertes Zittern durchläuft ihn. „Brigitte..."

Die Vision scheint auf seine Worte zu reagieren. Langsam öffnen sich ihre Augen, und für einen Moment scheint sie ihn direkt anzusehen. Ihr Blick ist voller Trauer, doch in ihrem Ausdruck liegt auch eine Spur von Entschlossenheit, die ihm durch den Nebel der Vision entgegenleuchtet.

„Manfred...", flüstert sie, und ihre Stimme erreicht ihn wie ein ferner Hauch, der sich mühsam den Weg durch die Dunkelheit bahnt.

Sein Herzschlag beschleunigt sich, als ob ihre Stimme ihn aus einem Traum erweckte. „Brigitte! Ich bin hier, ich komme zu dir! Halte durch, ich werde dich finden."

Doch ihr Blick wandert an ihm vorbei, als ob sie ihn nicht wirklich sehen könnte. Stattdessen hebt sie die Hand und legt sie auf ihre Brust, und ein schwaches Leuchten umgibt sie, als ob sie versuchte, ihm eine Botschaft zu senden.

Elisa, die das Ritual konzentriert leitet, spricht leise. „Manfred, das Licht um sie... das ist ihre eigene Magie. Sie versucht, sich zu schützen, aber die Kraft, die sie bindet, wird stärker."

„Ich werde sie nicht aufgeben", murmelt Manfred, seine Stimme fest, doch seine Augen bleiben auf Brigittes schwache Silhouette gerichtet, die langsam in der Dunkelheit verblasst. „Ich werde dich finden, Brigitte. Versprich mir, dass du durchhältst.“

Ein letzter, schmerzerfüllter Blick von ihr erreicht ihn, und dann löst sich die Vision auf, die Kerzen flackern und erlöschen, und die Kammer liegt wieder im Schatten.

Manfred bleibt einen Moment regungslos stehen, seine Hände fest um die Ränder des Altars gekrallt, während er versucht, das Gefühl ihrer Anwesenheit in seinem Geist festzuhalten. Die Welle der Hoffnung, die ihre flüchtige Berührung ausgelöst hatte, wird von einem tiefen Schmerz verdrängt.

„Manfred“, sagt Elisa leise, ihre Stimme voller Mitgefühl. „Sie ist noch da, irgendwo in den dunklen Tiefen des Palasts. Doch sie kämpft. Und solange sie kämpft, hast du eine Chance, sie zu retten.“

Manfred schließt die Augen und atmet tief ein. „Das war mehr, als ich zu hoffen gewagt hatte. Wenn sie mich hören kann, dann werde ich sie erreichen. Wilfried hat keine Vorstellung davon, was auf ihn zukommt.“

Elisa lächelt leicht, ein warmer, aber trauriger Ausdruck in ihren Augen. „Dann ist es Zeit, alles vorzubereiten. Denn diese letzte Schlacht wird keine sein, die man leicht gewinnen kann.“

⚬❦⚬

Manfred sitzt noch in der Kammer, die Dunkelheit hüllt ihn ein, während die letzten Reste des Rituals in der Luft verflogen sind. Er hat das Gefühl, dass ein Teil von Brigittes Geist hier war, dass sie auf irgendeine Weise seinen Ruf gehört hat. In seinem Inneren wächst der unbändige Wunsch, ihr wirklich nahe zu sein, mehr als das vage Flüstern des Rituals. Elisa steht ihm gegenüber, und plötzlich funkeln ihre Augen, als ob sie eine unausgesprochene Idee gefasst hätte.

„Vielleicht gibt es einen Weg, sie wirklich zu sehen“, murmelt Elisa nachdenklich. „Wenn du bereit bist, das Risiko einzugehen.“

Manfred sieht sie an, eine Mischung aus Hoffnung und Misstrauen in seinem Blick. „Ich nehme jedes Risiko in Kauf. Was immer es kostet."

Elisa lächelt schwach und zieht aus ihrem Umhang einen kleinen, ovalen Spiegel, dessen Oberfläche matt schimmert. „Dieser Spiegel ist nicht gewöhnlich. Er erlaubt es, über die Grenzen von Raum und Zeit hinweg zu blicken. Es ist ein altes Artefakt – wir können ihn nutzen, um zu ihr zu sehen, als würdest du direkt vor ihr stehen."

Manfred zögert nicht. Er nimmt den Spiegel mit beiden Händen und sieht in die tiefen, dunklen Strahlen des Glases. „Und du bist sicher, dass er funktioniert?"

Elisa hebt eine Braue. „Sicher? In diesem Spiel gibt es keine Sicherheiten, Manfred. Ich rate dir nur, alles, was du sagen willst, schnell zu sagen. Die Verbindung ist instabil und kann jeden Moment abreißen."

Manfred nickt und konzentriert sich auf das Spiegelbild. Langsam bildet sich im Glas eine verschwommene Form, die sich nach und nach klarer abzeichnet. Brigittes Gesicht erscheint, blass, erschöpft, aber lebendig. Ihre blauen Augen blicken geistesabwesend zur Seite, doch in dem Moment, als sie Manfred im Spiegel zu bemerken scheint, weiten sich ihre Augen überrascht.

„Manfred...?" Ihre Stimme klingt kaum mehr als ein Flüstern, durchdringt aber die Verbindung, und Manfreds Herz schlägt schneller.

„Brigitte!" Er will das Glas fassen, als ob er ihre Hand greifen könnte, doch er weiß, dass nur die kalte Oberfläche des Spiegels seine Finger berührt. „Ich komme zu dir. Ich habe gesehen, wie du leidest. Halte durch, ich bin unterwegs."

Sie sieht ihn an, ihre Augen füllen sich mit Tränen, doch ein kleines, entschlossenes Lächeln formt sich auf ihren Lippen. „Ich habe die ganze Zeit gehofft... Manfred, ich wusste, dass du kommen würdest. Doch Wilfried hat mich mit einem Fluch gebunden. Er glaubt, er kann meine Kraft für sich nutzen... aber es gibt eine Schwäche."

Manfred lauscht aufmerksam, sein Gesicht ist angespannt, seine Handflächen auf den Spiegel gepresst. „Was für eine Schwäche? Sag es mir! Ich werde jeden Fluch brechen."

„Es ist der Altar", sagt Brigitte leise. „Die Magie, die mich bindet, ist an seinen Altar geknüpft. Wenn du die Artefakte zerstörst... wird sein Bann brechen. Aber sei vorsichtig – Wilfried wird wissen, wenn du ihn angreifst. Er hat überall Wachen, Manfred. Du bist in großer Gefahr."

Manfreds Kiefer spannt sich, und seine Augen glühen vor Entschlossenheit. „Ich würde jede Gefahr auf mich nehmen, um dich zu retten. Du bist meine Stärke, Brigitte. Und ich werde Wilfried das nehmen, was er dir und unserem Reich angetan hat."

Doch in diesem Moment beginnt das Bild im Spiegel zu flackern, und Brigittes Gesicht wird blasser, ihre Stimme kaum noch hörbar. „Manfred... bitte... Beeil dich."

„Brigitte! Nein, warte!" Manfred versucht, die Verbindung zu halten, doch das Bild verblasst, und schließlich sieht er nur noch sein eigenes Spiegelbild.

Ein Moment der Stille erfüllt den Raum, während Manfred langsam den Spiegel sinken lässt, seine Gedanken bei Brigittes letzten Worten. Elisa beobachtet ihn, und in ihrem Blick liegt ein Hauch von Bedauern, aber auch ein gewisser Respekt.

„Nun weißt du, was zu tun ist", sagt sie leise. „Wir müssen Wilfrieds Altar finden und die Bindungen brechen, bevor er das Ritual vollenden kann."

Manfred sieht sie an, und in seinen Augen glimmt der entschlossene Zorn eines Mannes, der bereit ist, alles zu riskieren. „Ja. Und ich werde keine Sekunde länger warten. Wilfried hat sich selbst zum größten Feind erklärt. Und dieser Feind wird fallen."

Elisa nickt und wirft ihm ein kurzes, beinahe weiches Lächeln zu, das jedoch schnell von Ernst und Entschlossenheit verdrängt wird. „Dann lass uns gehen. Jeder Moment zählt – und ich vermute, dass Wilfried bereits spürt, dass sich etwas zusammenbraut."

Manfred und Elisa verlassen die Kammer, und kaum haben sie den Flur erreicht, stößt Rainer zu ihnen, mit einem finsteren Blick und einem schwachen Lächeln, das kaum seine innere Anspannung überdecken kann.

„Wartet ab, bis ihr hört, was ich herausgefunden habe," sagt er in ironischem Tonfall, wobei er dramatisch die Hände hebt. „Einer unserer Freunde hier ist nicht so loyal, wie er vorgibt zu sein."

Elisas Augen verengen sich sofort, und Manfreds Miene verhärtet sich. „Ein Verräter? Wer wäre so töricht, Wilfried hinter unserem Rücken zu unterstützen?"

Rainer schnaubt und deutet mit einem Daumen über seine Schulter zurück in die Richtung, aus der er gekommen war. „Glaubt mir, ihr werdet es nie erraten – der gute alte Falk, unser ehrenwerter Spion, der schwor, bis in den Tod für uns zu kämpfen, scheint mehr Interesse an dem Sieg seines eigenen Königs zu haben."

Manfred verzieht das Gesicht, als ob er auf eine bittere Zitrone gebissen hätte. „Falk? Das ist kaum zu fassen. Er war bei uns von Anfang an."

Elisa, die bislang schweigend geblieben ist, spricht nun mit einer Kälte, die selbst Rainer kurz innehalten lässt. „Dann sollten wir ihm die Gelegenheit geben, sich zu erklären. Oder, wenn ihm das lieber ist, seine Loyalität mit dem endgültigen Schweigen zu beweisen."

Manfred nickt langsam. „Dann bringen wir ihn zur Rede – und wenn nötig, werden wir ihn daran erinnern, was der Preis für Verrat ist."

Gemeinsam betreten sie den Raum, in dem Falk sich aufhält. Der Spion ist nervös, sein Blick wandert rastlos umher, als er merkt, dass alle Augen im Raum auf ihm ruhen. Das schwache Licht wirft Schatten auf seine verschwitzte Stirn, und der Ausdruck in seinen Augen ist wachsam, vielleicht sogar verängstigt.

„Manfred, was für eine... unerwartete Versammlung," beginnt er, seine Stimme unsicher. „Gibt es einen besonderen Grund für eure Ankunft?"

Rainer lacht trocken, während er Falks Reaktion genau beobachtet. „Sagen wir einfach, wir haben bemerkt, dass jemand unser Vertrauen ein wenig... ausgedehnt hat. Nicht wahr, Falk? Vielleicht möchtest du uns erklären, wie tief deine Loyalität tatsächlich geht."

Falk schluckt nervös und wirft Manfred einen flehenden Blick zu. „Ich verstehe nicht, was ihr meint. Ich... ich habe immer für die Sache gearbeitet. Ich..."

Doch Manfred hebt die Hand und unterbricht ihn, seine Stimme ist leise, aber unnachgiebig. „Keine Ausflüchte. Wir wissen, dass du Informationen an Wilfried weitergeleitet hast. Es ist deine einzige Chance, die Wahrheit zu sagen. Wenn du eine Entschuldigung hast, ist jetzt der Moment."

Falk blickt zwischen den dreien hin und her, wie eine Ratte, die in die Enge getrieben ist. Schließlich lässt er die Schultern sinken, ein bitteres Lächeln auf seinen Lippen. „Gut, ihr habt gewonnen. Ja, ich habe ihm Informationen gegeben. Aber glaubt ihr wirklich, ihr hättet auch nur den Hauch einer Chance, ihn zu besiegen? Wilfried ist stärker als alles, was ihr euch vorstellen könnt. Ihr seid bloß Fliegen in einem Netz, das er längst gesponnen hat."

Ein Moment der Stille folgt seiner Beichte, und Manfred mustert ihn kühl, seine Augen voller Enttäuschung. „Und du, Falk? Was hast du dafür bekommen? Ein Versprechen von Gnade? Oder war es einfach dein fehlender Mut, der dich zu diesem Verrat getrieben hat?"

Falks Lächeln ist voller Bitterkeit. „Ein Versprechen, dass ich überlebe. Anders als ihr alle. Glaubt ihr wirklich, dass ihr diesen Krieg gewinnen könnt? Wilfried wird euch zerschmettern, und nichts, was ihr tut, kann das ändern."

Elisa schüttelt langsam den Kopf, ihre Augen kalt wie Winterfrost. „Überleben? Für ein paar armselige Jahre in der Dunkelheit? Du hast alles verraten, wofür wir kämpfen, für das bloße Privileg, ein williger Sklave zu sein."

Falk schnellt auf sie zu, seine Augen voller Zorn. „Und du? Was hast du? Eine Illusion von Freiheit, einen Anführer, der mehr auf Hoffnung setzt als auf Verstand? Ihr seid alle Narren! Wilfried wird die Dunkelheit über dieses Land bringen, und ihr könnt nichts dagegen tun!"

Rainer tritt vor und packt Falk am Kragen, seine Stimme voller kontrollierter Wut. „Vielleicht sind wir Narren. Aber wenigstens kämpfen wir für etwas, das uns wichtig ist, statt uns vor Angst in den Schatten zu verstecken."

Manfred schüttelt langsam den Kopf und löst Rainers Griff von Falk. „Genug. Er wird keine weiteren Informationen mehr an Wilfried senden. Seine Zeit hier ist beendet."

Ein Anflug von Panik durchzieht Falks Gesicht. „Ihr könnt mich nicht einfach so verurteilen. Ich... ich könnte euch noch nützlich sein! Ich weiß Dinge, die euch helfen könnten! Bitte, lasst mich euch beweisen, dass ich..."

Doch Manfred dreht sich ruhig zu Elisa und nickt, ein stiller Befehl in seinen Augen. Sie tritt vor und berührt Falks Stirn mit zwei Fingern, ein schwaches, glühendes Licht umgibt ihre Hand. Falk keucht auf, und ein Schauer läuft durch seinen Körper, als ob er spüren würde, wie die Wahrheit aus ihm herausgerissen wird.

Seine Augen weiten sich, und in einem letzten, erstickten Aufschrei bricht er zusammen, ein Schatten seiner selbst, ohne Willen, ohne Verrat. Ein Moment des Schweigens legt sich über den Raum, und schließlich wendet sich Manfred an die Gruppe.

„Das hier ist die Realität dieses Krieges. Jeder Verrat, jede Lüge kostet uns wertvolle Zeit. Jetzt bleibt uns nur noch, die letzte Schlacht zu gewinnen, bevor wir jeden weiteren Verräter zu spät aufdecken."

Rainer schnaubt und sieht zu Manfred, ein finsteres Lächeln auf seinen Lippen. „Dann lass uns besser keine Zeit verlieren. Wenn wir Wilfried schlagen wollen, müssen wir ihm zeigen, dass er uns nicht so leicht in die Knie zwingt. Auf in die letzte Runde."

Die Luft im Widerstandslager ist von einer elektrisierenden Spannung erfüllt. Überall in der dunklen, provisorischen Halle flackern Kerzenlichter, während Manfred und seine Verbündeten sich um einen großen Tisch versammeln. Darauf liegt eine detaillierte Karte des Palasts, bedeckt mit Notizen, die Routen markieren und die Positionen der Wachen anzeigen. Der Raum ist erfüllt von gedämpften Gesprächen, vereinzelt hört man das Schärfen von Schwertern und das Rasseln von Rüstungen.

Rainer lehnt an einer Säule und beobachtet Manfred, der intensiv die Karte studiert. „Manfred, ich muss sagen, du siehst fast schon königlich aus, wie du da mit zusammengepressten Lippen auf die Karte starrst. Schade, dass du das Königreich nicht wirklich übernehmen willst. Vielleicht sollten wir dir nach dem Sieg einen hübschen Thron basteln."

Manfred antwortet ohne aufzusehen, seine Stimme ruhig, aber voller Ernst. „Ich bin nicht hier, um zu regieren. Ich bin hier, um diesen Tyrannen zu stürzen. Also, wenn du eine Idee hast, wie wir das am besten anstellen, höre ich dir zu."

Rainer lächelt ironisch. „Du weißt, dass ich für die groben Manöver zuständig bin – für das Überraschende und nicht Planbare. Aber da du fragst: Wie wäre es, wenn wir ihm die Illusion geben, dass wir seine Macht anerkennen, nur um ihm dann im Rücken ein kleines Geschenk zu hinterlassen?"

Elisa, die sich leise neben die beiden stellt, unterdrückt ein Lächeln und räuspert sich. „Ich glaube, Rainer könnte etwas auf der Spur sein – aber subtiler als sonst. Wenn wir ihn glauben lassen, dass wir unsere Pläne ändern, könnte das genug Verwirrung stiften, um Zugang zu seinem Altarraum zu bekommen."

Manfred nickt nachdenklich. „Das könnte funktionieren. Wenn Wilfried denkt, dass wir seine Macht akzeptieren, wird er uns unter Umständen eher nah an sich heranlassen – aus einem Gefühl der Überlegenheit."

Seraphine tritt vor, ihre Miene undurchdringlich, doch in ihren Augen glimmt ein Funke. „Ich könnte diese Ablenkung verstärken. Als eine von Wilfrieds ehemaligen Vertrauten könnte ich ein Gerücht verbreiten – etwas, das ihn beschäftigt hält und seine Aufmerksamkeit von uns ablenkt."

„Wundervoll," murmelt Rainer sarkastisch, „die Verschwörung wird immer komplexer. So viele geheime Pläne, da wird es ja fast langweilig, auf den Moment des Verrats zu warten."

Elisa wirft ihm einen ernsten Blick zu. „Manche Geheimnisse sind nicht nur taktisch, Rainer. Wir müssen uns auf mehr vorbereiten als nur das physische Duell. Die Magie, die Wilfried umgibt, wird uns auf unerwartete Weise treffen."

„Das bringt uns zum Kern unseres Plans," fährt Manfred fort und blickt in die Runde, seine Augen scharf und wachsam. „Wilfried glaubt, dass er unbesiegbar ist, weil er glaubt, dass er die Kontrolle über Brigittes Kraft hat. Aber wir wissen jetzt, dass seine Macht an den Altar gebunden ist. Unser Ziel ist klar: Wir müssen den Altar erreichen und die Artefakte zerstören."

Seraphine legt eine Hand auf die Karte und deutet auf die Route, die durch die weniger bewachten Teile des Palasts führt. „Der Weg ist nicht einfach, aber es ist machbar. Wenn wir die Ablenkung perfekt inszenieren, schaffen wir es unbemerkt in den inneren Bereich. Doch sobald wir den Altarraum erreichen, wird Wilfried wissen, dass wir dort sind."

Manfreds Blick ruht einen Moment lang auf dem Punkt auf der Karte, der den Altar markiert. „Deshalb brauchen wir die volle Stärke aller unserer Verbündeten. Wir müssen Wilfrieds Aufmerksamkeit auf uns lenken, und dafür braucht es jede verfügbare Kraft."

Rainer zieht sein Schwert, und das metallische Klingen füllt den Raum mit einer Mischung aus Nervosität und Entschlossenheit. „Nun, wir haben nicht viel Zeit. Also schlage ich vor, dass wir uns in Bewegung setzen und Wilfried zeigen, was es bedeutet, seine Macht zu überschätzen."

Die Verbündeten nicken, und die Spannung im Raum verstärkt sich. Jeder Einzelne weiß, dass dies die letzte und entscheidende Schlacht sein wird. Ihre Blicke treffen sich, ein stummes Einverständnis, ein ungesprochenes Versprechen.

Elisa wendet sich Manfred zu und spricht leise, ihre Stimme weich, aber voller Bedeutung. „Manfred, Wilfried wird mit allem, was er hat, gegen dich kämpfen. Er wird dich testen, deine Stärke und deinen Willen. Du musst an deiner Entschlossenheit festhalten."

Manfred erwidert ihren Blick, und ein Anflug von Sanftmut durchzieht seine Züge, doch sein Ton bleibt fest. „Es gibt nichts, das mich von diesem Ziel abbringen kann. Nicht, solange Brigitte gefangen ist und Wilfrieds Tyrannei das Land bedroht. Ich werde kämpfen, bis er fällt."

Elisa nickt, und für einen Moment ist Stille im Raum. Jeder hat den Atem angehalten, die Bedeutung des Moments erkennend.

„Dann los," sagt Seraphine mit einem schwachen Lächeln. „Ich werde dafür sorgen, dass die Gerüchte ihre Arbeit tun. Wilfried wird nicht wissen, was ihn erwartet."

Manfred, Rainer und Elisa bereiten ihre Waffen, ihre Magie und ihre Herzen vor – und im Schein der Kerzen schwört jeder Einzelne von ihnen, diesen letzten Kampf nicht ohne alles gegeben zu haben.

Der Plan ist beschlossen, und mit jeder verstreichenden Sekunde wird der Entschluss stärker.

Kapitel 11

Manfred und seine Verbündeten haben sich im Palast verborgen, bereit, Wilfrieds Kräfte zu durchbrechen und Brigitte endlich aus seiner dunklen Gefangenschaft zu befreien. Die Atmosphäre ist drückend und voller ungesagter Worte, als plötzlich ein sanfter, aber entschlossener Schritt durch die düsteren Hallen hallt. Eine hohe, schlanke Gestalt mit silbrigem Haar tritt in das Halbdunkel der Kerzenlichter – es ist kein anderer als Albrecht von Eschenbach, Brigittes Vater.

Ein Moment der Fassungslosigkeit durchzieht die Gruppe, und Manfreds Augen weiten sich, während er versucht, die Bedeutung dieses unerwarteten Erscheinens zu begreifen. „Albrecht... Ihr seid hier? Wie konntet Ihr... und warum jetzt?"

Albrechts Blick ruht ernst auf Manfred, und ein Hauch von Stolz, gemischt mit Bedauern, durchzieht seine Züge. „Manfred, es war unvermeidlich, dass ich kommen musste. Die Zeit ist knapp, und es gibt vieles, was Ihr über Brigitte wissen müsst. Sie ist nicht einfach ein Opfer in Wilfrieds Spiel – sie ist der Schlüssel zu Kräften, die weit über das hinausgehen, was Ihr euch vorstellen könnt."

Manfred spürt ein unbehagliches Ziehen in der Magengrube, eine Ahnung von etwas Tiefgründigem und Geheimnisvollem, das die Grenze zwischen Realität und Magie durchdringt. „Was meint Ihr? Wovon sprecht Ihr?"

Albrecht lächelt schwach, sein Blick wehmütig. „Brigitte ist die Erbin einer Blutlinie, die bis zu den ersten Magiern dieses Landes zurückreicht. Unser Geschlecht trägt eine Kraft in sich, die wie eine Flamme ist – lodernd, unerbittlich, gefährlich. Diese Macht ist seit Generationen im Verborgenen geblieben, bis Wilfried davon erfuhr und sich entschloss, sie für seine eigenen finsteren Zwecke zu nutzen."

Die Gruppe lauscht angespannt, und selbst Rainer, der sonst jede Gelegenheit für eine sarkastische Bemerkung ergreift, ist still und aufmerksam. Die Offenbarung von Brigittes Herkunft lässt die Bedeutung ihrer Mission in einem neuen Licht erscheinen.

„Und warum gerade jetzt?" fragt Elisa, ihre Augen voller Misstrauen auf Albrecht gerichtet. „Warum habt Ihr diese Wahrheit nicht schon früher geteilt?"

Albrechts Blick wird härter. „Weil ich hoffte, dass ich Brigitte schützen könnte, indem ich sie fernhalte. Ich wollte, dass sie ihr eigenes Leben führt, ohne den Schatten unserer Vergangenheit. Doch Wilfried hat das Wissen um ihre Herkunft durch dunkle Mittel erlangt. Er weiß, dass Brigittes Blut die Macht in sich trägt, sein Ritual zur absoluten Stärke zu vollenden – und ihn unbesiegbar zu machen."

Manfred ballt die Fäuste, und in seinen Augen glimmt ein unbezwingbarer Zorn. „Das werde ich nicht zulassen. Brigitte ist kein Werkzeug für die Ambitionen eines Tyrannen. Sie ist meine Verlobte, und ich werde alles tun, um sie zu befreien."

Albrecht nickt langsam und legt eine Hand auf Manfreds Schulter, seine Stimme voller schwerer Überzeugung. „Dann seid Ihr jetzt nicht nur ihr Geliebter, sondern auch ihr Beschützer. Diese Kraft in ihr – sie ist mächtig und gefährlich, doch in den richtigen Händen kann sie das Gleichgewicht der Welt wiederherstellen. Seid vorsichtig, Manfred. Brigittes Macht ist keine einfache Gabe, sondern eine Bürde."

Ein Moment der Stille folgt, in dem die Gruppe die Bedeutung dieser Offenbarung begreift. In Manfreds Gedanken formt sich ein

Bild von Brigitte, nicht mehr nur als seine Verlobte, sondern als die Erbin einer uralten Macht – und als das Ziel eines rücksichtslosen Königs, der sie für immer an die Dunkelheit binden will.

Albrecht spricht weiter, seine Stimme fest. „Wilfried weiß, dass er ohne Brigitte unvollkommen ist. Er wird alles tun, um sie zu kontrollieren. Aber Brigitte ist stark. Sie trägt die Entschlossenheit und die Kraft unserer Ahnen in sich. Glaubt nicht, dass sie einfach gebrochen werden kann."

Manfred sieht Albrecht an, ein neuer Funke von Entschlossenheit in seinen Augen. „Dann werde ich kämpfen, nicht nur für Brigitte, sondern für das, was sie in sich trägt – für die Freiheit, ihre eigene Bestimmung zu wählen."

Albrecht mustert Manfred noch einen Moment, und in seinen Augen liegt die unausgesprochene Zustimmung. „Möge die Macht unserer Vorfahren mit dir sein, Manfred. Du wirst sie brauchen, mehr als je zuvor."

Noch immer erschüttert von Albrechts Offenbarung über Brigittes Herkunft, bahnen sich Manfred und seine Gefährten den Weg zur Bibliothek des Palasts. Die düsteren, steinernen Wände des Korridors werfen gespenstische Schatten, und die Luft ist schwer von einer unheilvollen Stille, die nur durch das gelegentliche Knistern der Fackeln durchbrochen wird. Manfreds Herz schlägt schneller. Er weiß, dass Wilfrieds Berater, der berüchtigte Magier Gaius, ein entscheidender Verbündeter des Königs ist und mit Informationen über das Ritual, das Brigitte bindet, weit mehr weiß, als er jemals preisgegeben hat.

Als sie die hohe, verzierte Tür der Bibliothek erreichen, zögert Manfred einen Moment. Ein intensives Gefühl der Anspannung durchfließt ihn, als ob er sich dem Nest einer dunklen Schlange nähern würde. Er wirft Elisa, die neben ihm steht, einen entschlossenen Blick zu, und sie nickt ihm zu. Gemeinsam öffnen sie die Tür und betreten die riesige, von düsteren Regalen gesäumte Halle.

Im schwachen Schein einer einzelnen Kerze sitzt eine Gestalt inmitten der staubigen Bücher. Gaius, ein Mann von mittelgroßer Statur mit grau-schwarzem Haar und einem harten Blick, der selbst im Halbdunkel noch kalt und berechnend wirkt. Seine Augen mustern Manfred und seine Begleiter mit einem Ausdruck von kaum verhohlenem Amüsement.

„Ah, Manfred von Verloyn," sagt er mit einer leisen, spöttischen Stimme, als ob er ihn erwartet hätte. „Wie nett, dass Ihr Euch dazu entschieden habt, meine bescheidene Bibliothek zu besuchen. Ich hoffe, Ihr habt die alte Weisheit zu schätzen gelernt. Nicht, dass Ihr davon sonderlich beeindruckt wirken würdet."

Manfred verschränkt die Arme und erwidert kühl: „Ich habe kein Interesse an Euren Büchern, Gaius. Ich bin hier, um Antworten zu bekommen."

Gaius' Augen glitzern amüsiert. „Antworten, sagt Ihr? Ich hätte nicht gedacht, dass Ihr in dieser Angelegenheit tatsächlich so... naiv seid. Aber bitte, stellt Eure Fragen, solange Ihr es noch wagt."

Rainer, der Gaius mit verschränkten Armen und einem breiten Grinsen beobachtet, murmelt sarkastisch: „Man muss ihm lassen, dass er die Kunst des nichtssagenden Geredes perfekt beherrscht."

Gaius wirft Rainer einen scharfen Blick zu und schnippt beiläufig mit den Fingern, wodurch ein Regal im hinteren Teil des Raums zu zittern beginnt. „Ihr habt Euren Humor noch nicht verloren, Rainer. Aber lasst uns das doch auf einer ernsthafteren Ebene fortsetzen. Ich habe den Verdacht, dass Ihr keine Ahnung habt, womit Ihr Euch hier wirklich beschäftigt."

Manfred tritt einen Schritt vor und mustert Gaius mit einem durchdringenden Blick. „Ich weiß, dass Ihr Wilfried dabei unterstützt, Brigitte für ein Ritual zu missbrauchen. Ein Ritual, das ihn unbesiegbar machen soll. Aber die Frage ist, warum Ihr ihm dient. Was hat er Euch versprochen? Macht? Ewiges Leben?"

Ein unmerkliches Lächeln zuckt über Gaius' Lippen, und er lehnt sich zurück, als ob die ganze Konfrontation ein Amüsement für ihn wäre. „Ach, Manfred. Ihr denkt viel zu klein. Macht und Ewigkeit sind nur flüchtige Illusionen. Es geht um das Erreichen einer Vollkommenheit, die jenseits dessen liegt, was Ihr je verstehen könntet. Brigitte ist das Tor zu dieser Vollkommenheit."

Elisa, die Gaius scharf ins Auge fasst, spricht leise, ihre Stimme ein messerscharfer Kontrast zur sanften Dunkelheit. „Und Ihr glaubt wirklich, dass Ihr diese Macht kontrollieren könnt? Ihr seid nichts weiter als ein Spielball in Wilfrieds Händen, Gaius."

Gaius lacht leise, ein kaltes, gedämpftes Lachen, das von den Wänden der Bibliothek zurückgeworfen wird. „Ihr habt keine Vorstellung von der Tiefe dieses Spiels. Wilfried mag der König sein, aber selbst ein König braucht einen Berater, der ihm die Grenzen aufzeigt. Ich bin nicht sein Diener – ich bin sein Meister."

Manfred starrt Gaius an, das Gewicht der Worte sickert langsam in sein Bewusstsein. „Das bedeutet... Ihr wollt Brigitte für Euch selbst?"

Gaius erhebt sich langsam, seine Silhouette zeichnet sich im schwachen Licht bedrohlich ab. „Brigitte ist der Schlüssel. Wilfried ist nur ein Werkzeug, das ich benutze, um diesen Schlüssel in Bewegung zu setzen. Und wenn Ihr Euch mir entgegenstellt, Manfred, dann seid Ihr nicht nur ein Narr, sondern ein Toter."

Ein prickelndes Schweigen legt sich über den Raum, und Manfred kann die unterschwellige Drohung in der Luft spüren, wie eine unsichtbare Klaue, die bereit ist, ihn zu packen. Doch statt zu zögern, tritt er noch näher an Gaius heran, seine Stimme fest und furchtlos.

„Ihr habt Brigitte unterschätzt, Gaius. Und Ihr habt mich unterschätzt. Dieses Spiel, das Ihr glaubt, zu kontrollieren, wird nicht nach Euren Regeln enden."

Ein kaum merkliches Zucken verzieht Gaius' Mundwinkel, und seine Augen funkeln vor unheilvollem Vergnügen. „Ein schönes Schauspiel, Manfred. Doch am Ende werden Worte Euch nicht retten. Die Dunkelheit, die ich heraufbeschworen habe, wird Euch vernichten."

In diesem Moment macht Elisa einen Schritt nach vorn, und ihre Augen fixieren Gaius mit einer Intensität, die selbst ihn kurz aus dem Konzept zu bringen scheint. „Mögt Ihr in Eurer Dunkelheit verrotten, Gaius. Aber wir werden Euch zerschlagen, bevor Ihr noch einen Schritt weitergeht."

Gaius starrt sie einen Moment an, dann hebt er eine Hand, und ein leises Knistern der Magie erfüllt die Luft. Doch bevor er eine Geste vollführen kann, tritt Rainer zwischen die beiden, sein Schwert halb erhoben und ein zynisches Lächeln auf den Lippen. „Ich schlage vor, Ihr spart Euch das Spektakel. Wir wissen jetzt, was Ihr plant – und wir werden Euch aufhalten."

Gaius senkt die Hand und zieht sich zurück, seine Augen funkelnd vor Zorn, doch in seinem Ausdruck liegt auch eine Art düsterer Triumph. „Sehr gut. Dann sehen wir uns im letzten Akt dieses Spiels, meine Freunde. Bereitet Euch vor, den Preis der Torheit zu zahlen."

Mit einem letzten, harten Blick verlässt er die Bibliothek, seine Schritte hallen in den Korridoren wider, während Manfred und seine Gefährten zurückbleiben, die Last seines drohenden Schattens wie ein schweres Gewicht auf ihnen.

Manfreds Augen verengen sich, und er wendet sich an die anderen, seine Stimme fest und voller Entschlossenheit. „Jetzt wissen wir, dass nicht nur Wilfried unser Feind ist. Gaius spielt sein eigenes

174

Spiel, und das bedeutet, dass wir schneller handeln müssen. Wir haben keine Zeit mehr für Fehler."

Elisa nickt, ihre Stimme leise, aber bestimmt. „Dann lasst uns das Spiel wenden – bevor sie auch nur ahnen, dass wir die Kontrolle übernommen haben."

In einer versteckten, unterirdischen Kammer des Palasts versammeln sich Manfred, Elisa, Rainer und die wenigen treuen Gefährten des Widerstands. Der Raum ist erfüllt vom schwachen, bläulichen Licht der Fackeln, das über die steinernen Wände tanzt und gespenstische Schatten wirft. In der Mitte des Raums ist ein großer Kreis in den Boden gezeichnet, durchsetzt mit alten Symbolen und Runen, die Kraft und Schutz verkörpern sollen. Heute Nacht werden sie eine Zeremonie durchführen – eine letzte, entscheidende Vorbereitung, um Wilfrieds Macht etwas entgegenzusetzen.

Elisa steht in der Mitte des Kreises, ihre Hände fest um eine kleine Phiole geschlossen, die mit einer dunkelroten Flüssigkeit gefüllt ist. Ihre Augen sind geschlossen, und ihre Lippen bewegen sich lautlos, als ob sie die Worte eines uralten Gebets formte. Um sie herum stehen die anderen, stumm und angespannt, als ob jede Sekunde sich zu einer Ewigkeit dehnen würde.

Rainer bricht schließlich die Stille, seine Stimme so trocken wie immer, aber in seinen Augen liegt ein Funkeln, das nur schwer zu deuten ist. „Sagt mal, glaubt irgendjemand hier wirklich, dass eine uralte Zeremonie uns plötzlich zu unbesiegbaren Helden macht? Oder ist das nur ein weiterer dramatischer Auftritt, bevor wir uns in die Fänge des Todes stürzen?"

Manfred wirft ihm einen strengen Blick zu. „Wir haben keine Wahl, Rainer. Wenn dies auch nur den geringsten Schutz bringt, werden wir es nutzen. Es geht nicht um eine perfekte Verteidigung – es geht um eine Chance."

Rainer grinst und hebt die Hände, als ob er sich entschuldigen wollte. „Schon gut, schon gut. Ich bin nur der Meinung, dass wir die Show vielleicht ein bisschen zu sehr genießen. Aber bitte – lasst uns ein bisschen Magie beschwören."

Elisa öffnet die Augen und wirft ihm einen belustigten, wenn auch müden Blick zu. „Wenn du glaubst, dass Magie eine einfache Show ist, Rainer, dann verstehst du ihre Bedeutung nicht. Was wir hier beschwören, geht über einfache Schutzzauber hinaus. Diese Zeremonie verbindet uns auf einer tiefen, spirituellen Ebene. Es wird unsere Stärken vereinen und eine Barriere schaffen, die uns gegen Wilfrieds dunkle Magie schützen kann – zumindest für einen entscheidenden Moment."

Manfred nickt und geht in den Kreis, seine Hand ruht sanft auf dem Schwertgriff, als ob das Gewicht der bevorstehenden Schlacht auf ihm lastet. „Wir sind alle bereit. Diese Verbindung ist nicht nur ein Ritual – sie ist unser Versprechen aneinander. Heute Nacht schwören wir, dass niemand von uns allein ist."

Elisa erhebt die Phiole und öffnet sie vorsichtig, ein Tropfen der dunkelroten Flüssigkeit rinnt auf den Boden, wo er auf die Zeichen im Kreis trifft und wie ein Puls durch das Muster fließt. Ein flimmerndes Licht breitet sich aus, als ob die alten Runen durch das Blut erwachen würden, und eine leise, summende Energie erfüllt den Raum.

„Jeder von euch muss sein Blut geben," murmelt Elisa und reicht die Phiole zuerst Manfred. „Diese Magie funktioniert nur durch Bindung. Es ist eine uralte Kraft, die sich nicht einfach durch Worte beschwören lässt."

Manfred nickt und lässt einen Tropfen seines Bluts in die Phiole fallen, das rote Glühen wird heller und stärker, als ob die Macht in den Symbolen zu wachsen beginnt. Einer nach dem anderen geben auch die anderen ihr Blut, bis die Phiole schließlich an Elisa zurückkehrt.

Sie hebt sie erneut, und das Licht intensiviert sich, bis der Raum in einem schimmernden Schein getaucht ist. Ihre Stimme, nun kraftvoll und eindringlich, hallt durch den Raum. „Hiermit schwören wir, uns gemeinsam der Dunkelheit entgegenzustellen. Mögen die alten Geister uns führen, unsere Seelen schützen und uns die Kraft geben, das Böse zu besiegen. Wir sind durch Blut vereint – und werden durch diese Bindung siegen oder fallen."

Das Glühen des Kreises steigt an, und für einen Moment spüren alle eine Welle der Kraft, die durch sie hindurchfließt – eine Mischung aus Mut, Entschlossenheit und einem unerschütterlichen Vertrauen, das alle Zweifel und Ängste für einen Augenblick auszulöschen scheint. Es ist, als ob die Barrieren zwischen ihnen zerfallen und ihre Herzen im Gleichklang schlagen.

Rainer, immer noch beeindruckt von dem Licht, das ihre Gesichter in einem ungewohnten Ausdruck von Ernsthaftigkeit erscheinen lässt, murmelt mit einem spöttischen Grinsen: „Ich muss zugeben, das fühlt sich tatsächlich etwas... belebend an. Als ob wir wirklich eine Chance hätten."

Elisa senkt die Phiole, ihre Augen leuchten leicht, und ein seltenes Lächeln spielt auf ihren Lippen. „Selbst die größten Dunkelheiten fürchten das Licht, Rainer. Vielleicht braucht es manchmal nur einen Funken."

Manfred legt die Hand auf sein Herz und erwidert den Blick seiner Gefährten. „Wir haben uns entschieden, diesen Weg zu gehen. Und was auch immer kommt, wir gehen gemeinsam. Diese Bindung wird uns tragen."

Ein weiteres, kurzes Schweigen folgt, doch diesmal ist die Stille voller Entschlossenheit und Zusammenhalt. Sie wissen, dass das Ritual nur ein erster Schritt ist, eine Erinnerung an die Verbindung, die sie alle teilt und an das Versprechen, das sie zueinander gegeben haben.

⸻ ❧ ⸻

N ach dem Ritual herrscht tiefe Nacht im Widerstandslager. Die meisten Gefährten haben sich zurückgezogen, um vor dem bevorstehenden Angriff etwas Ruhe zu finden. Manfred jedoch bleibt wach, sein Blick in die Dunkelheit gerichtet, die die Mauern des Lagers umgibt. Gedanken an Brigitte und an das, was Albrecht über ihre Kraft gesagt hatte, kreisen unaufhörlich in seinem Kopf.

In diesem Moment hört er leise Schritte hinter sich. Elisa tritt aus dem Schatten und bleibt neben ihm stehen, ihr Gesicht von der Dunkelheit halb verborgen. Sie sieht ihn einen Moment lang schweigend an, als würde sie auf eine Einladung warten, zu sprechen.

„Keine Lust zu schlafen?" fragt Manfred schließlich und versucht, seine Stimme locker klingen zu lassen.

Elisa lächelt schwach, doch ihre Augen bleiben ernst. „Ich denke, wir beide wissen, dass es wenig Sinn hat, in dieser Nacht Schlaf zu suchen. Die Stille macht die Gedanken nur lauter."

Manfred nickt. „Stille ist der gefährlichste Gegner, nicht wahr? Sie zwingt uns, das anzusehen, was wir lieber verdrängen würden." Sein Blick ruht auf ihr, und er zögert einen Moment, bevor er weiter spricht. „Elisa... ich habe das Gefühl, dass du mehr über Brigitte und Wilfried weißt, als du bisher gezeigt hast."

Ein winziges Zucken in ihren Gesichtszügen verrät ihn, bevor sie sich wieder in ihrer kühlen Ruhe fasst. „Wilfried war einmal ein anderer Mann," sagt sie leise. „Nicht der blutgierige König, den du kennst. Früher suchte er nach Weisheit, nach Wegen, das Land zu schützen. Aber... Macht hat ihn verändert."

„Und dich auch," murmelt Manfred, sein Blick scharf auf ihr ruhend. „Du hast etwas mit ihm geteilt, was über die Loyalität einer Beraterin hinausgeht. Warum sonst würdest du ihn so gut kennen?"

Elisa seufzt, und einen Moment lang scheint ihr Gesicht so zerbrechlich wie ein Spiegelbild auf Wasser. „Du hast recht, Manfred. Ich habe Wilfried gekannt, besser, als mir heute lieb ist. Doch das war ein anderer Mann, und es ist lange her. Was ich damals fühlte, hat keine Bedeutung mehr, seit ich die Dunkelheit gesehen habe, in die er gestürzt ist."

Manfred schnaubt leise und schüttelt den Kopf. „Also kennst du das Spiel der Macht von innen heraus. Eine Verbindung, die so leicht nicht zu brechen ist. Warum also hilfst du uns wirklich?"

Ein Hauch von Schmerz blitzt in Elisas Augen auf, bevor sie antwortet. „Weil ich Wilfried verloren habe, Manfred. Ich habe die dunkle Magie, die ihn verschlungen hat, zu nah gesehen, als dass ich tatenlos zusehen könnte, wie er noch jemanden mit sich reißt. Und Brigitte..." Sie senkt den Blick. „Sie ist stärker, als sie selbst ahnt. Wilfried unterschätzt sie – und das könnte sein größter Fehler werden."

Ein schweigender Moment zieht sich zwischen ihnen, schwer von unausgesprochenen Wahrheiten und verdrängten Erinnerungen. Schließlich spricht Manfred, seine Stimme leise und fast sanft. „Und was ist deine Rolle in all dem, Elisa? Bist du hier, um Wilfried zu stürzen – oder um deine eigene Geschichte zu bereinigen?"

Sie lächelt schwach, und ihr Blick ist für einen kurzen Moment ehrlich, ohne die übliche Kälte und Distanz. „Vielleicht beides, Manfred. Manchmal gibt es keinen reinen Grund. Aber eines weiß ich sicher: Ich werde kämpfen, damit Brigitte eine Wahl hat, die mir damals verwehrt blieb."

Er legt eine Hand auf ihre Schulter, ein ungewohnter, fast zärtlicher Moment zwischen ihnen. „Dann hast du meine Dankbarkeit, Elisa. Und meine Achtung."

Sie senkt kurz den Kopf, fast als wollte sie eine Emotion verbergen, die sie selbst überrascht. „Ich hoffe nur, dass es am Ende ausreicht."

Eine kurze Stille breitet sich aus, dann spricht Elisa, fast in einem Flüstern. „Manfred… falls du es schaffst, Brigitte zu retten, versprich mir eines."

„Was immer du verlangst," erwidert er, seine Stimme fest.

„Lass sie wissen, dass ihre Stärke kein Fluch ist, sondern ein Geschenk. Dass sie kein Werkzeug für Macht sein muss, sondern eine Lichtquelle. Sie muss das verstehen, sonst wird Wilfrieds Schatten sie für immer verfolgen."

Manfred nickt ernst, und in seinem Blick liegt eine stille Entschlossenheit. „Das werde ich. Und ich werde dafür sorgen, dass niemand, nicht einmal Wilfried, jemals wieder versuchen wird, ihre Kraft zu missbrauchen."

Elisa lächelt schwach und tritt zurück in den Schatten, ihre Silhouette verschmilzt mit der Dunkelheit. „Dann hoffe ich, dass dein Versprechen dich stark genug macht für das, was kommt, Manfred."

In der Stille der Nacht bleibt er allein zurück, seine Gedanken bei Brigitte und dem unsichtbaren Band, das ihn und Elisa für einen kurzen Moment verbunden hat.

Kapitel 12

Manfred, Elisa und Rainer schleichen durch die kalten, steinernen Gänge des Palasts. Jeder Schritt hallt in der beklemmenden Stille wider, und das Gefühl einer unsichtbaren, bedrohlichen Präsenz liegt in der Luft. Sie nähern sich dem Herzstück von Wilfrieds dunkler Magie – seiner geheimen Laboratorium. In diesem Raum sollen sich die geheimnisvollen Artefakte befinden, die Brigitte gefangen halten und Wilfrieds grausame Experimente befeuern.

Vor ihnen erhebt sich eine massive, metallbeschlagene Tür, verziert mit seltsamen Symbolen und Runen, die bedrohlich im schwachen Licht schimmern. Elisa bleibt abrupt stehen und streckt eine Hand aus, um die Gruppe anzuhalten.

„Vorsicht. Die Tür ist mit einem Bann belegt," flüstert sie und untersucht die Runen mit einem angespannten Gesichtsausdruck. „Wilfried hat dafür gesorgt, dass niemand unbefugt eindringen kann."

Rainer schnaubt leise und hebt spöttisch eine Augenbraue. „Eine Falle, wie originell. Man könnte fast meinen, er hat geahnt, dass wir ihm einen nächtlichen Besuch abstatten. Oder glaubt er, dass seine Mächte allein uns aufhalten?"

Elisa ignoriert den Sarkasmus und schließt die Augen, ihre Finger beginnen eine feine Bewegung über die Runen zu vollziehen. Nach einem Moment öffnet sich die Tür mit einem leisen Knirschen, als ob sie nur widerwillig nachgibt.

Hinter der Tür breitet sich der Raum aus, gefüllt mit alchemistischen Apparaturen, Schriftrollen und seltsamen gläsernen Behältern, in denen dunkel schimmernde Flüssigkeiten pulsieren. An den Wänden hängen uralte Artefakte, deren Oberflächen von mysteriösen Symbolen bedeckt sind. Der Raum ist erfüllt von einem unheilvollen Glimmen – der Ausdruck von Macht und Wahnsinn, der in Wilfrieds Dunkelheit geflossen ist.

Manfreds Blick bleibt an einem Artefakt hängen, das in der Mitte des Raums thront: ein kleiner, silberner Kristall, in dessen Innerem ein seltsames, lebendiges Licht pulsiert. „Das muss einer der Schlüssel sein," murmelt er und nähert sich vorsichtig. „Diese Artefakte sind der Grund, warum Brigitte in Wilfrieds Fängen ist."

Elisa nickt und streckt eine Hand aus, als ob sie die Macht des Kristalls spüren könnte, bevor sie ihn berührt. „Ja, das ist uralte Magie – wahrscheinlich die Quelle, die ihn befähigt, ihre Kraft zu unterdrücken. Wilfried nutzt diese Artefakte, um die Essenz der Magie in Lebewesen zu extrahieren und sie sich selbst anzueignen."

„Faszinierend," murmelt Rainer und wirft Elisa einen ironischen Blick zu. „Ein Mann, der seine eigenen Freunde aussaugt, um mächtig zu werden. So viele Möglichkeiten für Inspiration."

Doch gerade als Manfred den Kristall anheben will, durchfährt ein eiskalter Schauer den Raum. Die Tür schlägt hinter ihnen zu, und plötzlich wird die Luft schwer, als ob ein unsichtbares Netz über sie geworfen wurde. Ein gespenstisches, dunkles Leuchten flutet die Wände, und ein tiefer, drohender Ton hallt durch den Raum.

„Eine Falle," zischt Elisa und macht einen Schritt zurück. „Wilfried hat das Labor mit einer magischen Sperre versehen. Wir haben seine Fallen ausgelöst."

Manfred schaut sich um, und seine Muskeln spannen sich, als eine unsichtbare Barriere sich um ihn legt und ihn festzuhalten scheint. „Also wollte er sicherstellen, dass niemand seine Geheimnisse stiehlt. Welch Überraschung."

Die dunklen Schattenschwaden in der Luft beginnen, sich zu formen, und erscheinen wie geisterhafte Gestalten, die über die Eindringlinge hereinbrechen wollen. Manfred hebt sein Schwert, bereit, gegen diese Schattenschergen zu kämpfen, doch Elisa packt ihn am Arm.

„Das ist keine einfache Magie, Manfred! Diese Wesen sind Teil des Schutzzaubers. Sie füttern sich mit unserer Angst und Schwäche."

Rainer lächelt grimmig und zieht ebenfalls sein Schwert. „Dann haben sie wohl Pech, dass wir nicht die Angst einflößenden Helden sind, für die sie uns halten."

Manfred nimmt einen tiefen Atemzug und konzentriert sich auf das Pulsieren des Kristalls in seiner Hand. „Wenn wir diesen Schutzzauber brechen wollen, müssen wir ihn gegen Wilfried selbst richten. Der Bann ist an seine Essenz gebunden – das bedeutet, wir können diese Macht zurück auf ihn lenken."

Elisa nickt und hebt die Hände, ein heller, blauer Schimmer umgibt sie, während sie die Energie des Banns fokussiert. „Ich werde den Bann in eine andere Richtung lenken, aber ich brauche eure Hilfe. Ihr müsst alle eure Stärke darauf konzentrieren."

Manfred und Rainer folgen ihrer Anweisung und sammeln all ihre verbliebene Energie. Das Licht, das Elisa umgibt, wird immer heller, während sie den Bann umformt und auf die dunklen Schatten zurücklenkt, die sich wie eine Welle gegen sie aufbäumen. Langsam, aber stetig beginnen die geisterhaften Wesen zu verblassen, ihre Formen lösen sich auf, als ob sie von innen heraus verzehrt würden.

„Fast geschafft," murmelt Elisa, ihre Stimme zitternd, als der Bann endlich bricht und das düstere Leuchten des Raums in einem grellen, letzten Aufblitzen erlischt. Ein tiefes Schweigen legt sich über den Raum, während die letzten Reste der Schatten sich in Luft auflösen.

Erschöpft, aber erleichtert, sinkt Manfred auf ein Knie und atmet schwer. „Das war knapp. Zu knapp. Wenn Wilfried weiß, dass wir hier sind, haben wir keine Zeit zu verlieren."

Elisa nickt, und in ihren Augen liegt ein Funke Erleichterung, aber auch neuer Entschlossenheit. „Wir haben einen entscheidenden Vorteil gewonnen. Doch wir müssen weiter, bevor Wilfried spürt, was wir ihm entrissen haben."

Rainer grinst und erhebt sich, sein Schwert lässig über die Schulter gelegt. „Also gut, auf zum nächsten Verrückten. Ich bin gespannt, welche makaberen Geheimnisse Wilfried sonst noch für uns bereithält."

Gemeinsam verlassen sie die düstere Kammer, das Artefakt sicher in Manfreds Händen – und der Entschluss, Wilfried zu besiegen, stärker als je zuvor.

***

Kaum haben Manfred, Elisa und Rainer die düstere Kammer verlassen, spüren sie die Präsenz weiterer Räume, die wie finstere Höhlen in die Wände des Palasts eingelassen sind. Ein schwaches, unheimliches Leuchten dringt aus einem der Nebengänge. Ohne ein Wort wechseln zu müssen, gehen die drei in die Richtung des Lichts, die Hand am Griff ihrer Waffen, bereit für das, was auch immer hinter diesen Wänden lauern mag.

Im Inneren des Raums erwartet sie ein Anblick des Grauens: An den Wänden sind schwere Eisenketten befestigt, und in ihnen hängen erschöpfte Gestalten – Magier, die Wilfried einst gefangen genommen hat, Opfer seiner grausamen Experimente. Ihre Gesichter sind blass und gezeichnet von der Qual der vergangenen Tage, und ihre Augen flackern kaum, als sie die Neuankömmlinge bemerken. Einige tragen Verbrennungen oder wunde Stellen auf der Haut, und die Luft ist erfüllt von einem Geruch nach verbrannter Magie.

Rainer, normalerweise ungerührt und sarkastisch, verzieht das Gesicht. „Willkommen im Herzen der Finsternis. Ein gemütlicher Kerker für Wilfrieds magische... ‚Freunde'. Scheinbar hat er den Begriff der Gastfreundschaft gründlich missverstanden."

Manfred tritt näher an einen der Gefangenen heran, einen alten Mann mit schlohweißem Haar und einem tiefen, aber müden Blick. Der alte Magier hebt den Kopf langsam, seine Augen flackern mit einem Funken Hoffnung.

„Ihr seid nicht... Wilfrieds Männer?" flüstert er heiser, seine Stimme gebrochen und rau. „Könnte es sein, dass... jemand uns wirklich retten will?"

Manfred nickt entschlossen. „Wir sind hier, um Wilfried zu stürzen. Aber um das zu schaffen, brauchen wir jede Hilfe, die wir bekommen können. Seid Ihr in der Lage, uns zu helfen?"

Ein gequältes Lächeln breitet sich auf dem Gesicht des alten Mannes aus. „Helfen... ich werde helfen, soweit meine Kräfte reichen." Er versucht aufzustehen, aber die Schwäche zwingt ihn zurück in die Ketten.

Elisa tritt vor und berührt die Fesseln, ihre Fingerspitzen leuchten kurz auf, und die schweren Ketten lösen sich mit einem leisen Klicken. „Lasst uns euch befreien. Mit ein wenig Magie könnte eure Kraft zurückkehren."

Einer nach dem anderen befreien sie die Magier, die sich schwach aufrichten und langsam zurück zu ihrer eigenen Magie finden. Ein jüngerer Gefangener, eine Frau mit dichtem, dunklem Haar, mustert Elisa und die anderen misstrauisch, bevor sie leise spricht. „Ihr müsst wissen, dass Wilfried für sein Ritual weitere Opfer vorbereitet. Er braucht unsere Essenz, um seine Macht zu vervollständigen – das ist der Zweck dieser Kammer."

Manfred nickt düster und sieht zu Elisa. „Also hält er die Magier als Energiequelle für seine dunklen Rituale. Je mehr Macht er sammelt, desto stärker wird der Bann, der Brigitte und jeden anderen in seiner Gewalt hält."

Die junge Magierin tritt vor, ihre Augen voller Entschlossenheit, trotz der sichtbaren Erschöpfung in ihren Zügen. „Ich kenne die Mechanismen, die er in dieser Kammer eingebaut hat. Seine Magie speist sich direkt aus den Artefakten, die er in einem unterirdischen Raum verborgen hält. Wenn ihr dort durchkommt und die Artefakte zerstört, wird seine Quelle zusammenbrechen."

Rainer schnaubt leise und murmelt ironisch: „Oh, klingt ganz einfach. Wir gehen in den Bauch des Monsters und ziehen einfach den Stecker. Und wer kümmert sich um Wilfried, während wir seine Spielzeuge zerschmettern?"

Der alte Magier hebt die Hand, seine Augen glänzen mit einer dunklen, aber festen Überzeugung. „Wir werden ihn ablenken. Wilfried wird es nicht erwarten, dass wir die Kraft haben, uns gegen ihn zu stellen. Seine eigene Arroganz wird sein größter Feind sein."

Manfred sieht die Gruppe an, und in seinem Blick liegt eine Mischung aus Hoffnung und Entschlossenheit. „Dann haben wir einen Plan. Während ihr euch um die Ablenkung kümmert, werden wir die Artefakte finden und zerstören. Wenn das funktioniert, wird Wilfried geschwächt, und wir haben eine Chance, Brigitte zu befreien."

Einer der älteren Magier tritt vor, ein Lächeln der Verbitterung auf den Lippen. „Es ist ein grausamer Plan – und vielleicht unser letzter. Aber wenn ich sterben muss, dann lieber im Kampf als in diesen Ketten."

Elisa nickt zustimmend, ihre Augen hart, aber warm. „Gut gesprochen. Dann lasst uns alles geben, was wir haben. Wilfried hat uns lange genug in der Dunkelheit gehalten – es ist Zeit, dass das Licht zurückkehrt."

Rainer zieht mit einem grimmigen Grinsen sein Schwert, schüttelt kurz den Kopf und wendet sich an die anderen. „Ich hoffe, ihr seid bereit für den großen Auftritt. Lasst uns Wilfried eine Nacht schenken, die er nie vergessen wird."

Die Gefangenen, noch schwach, aber mit wachsender Entschlossenheit, stellen sich hinter Manfred und die anderen, bereit, in den letzten Kampf zu ziehen.

————— ⟋⟍⟍ —————

In den kalten, steinernen Mauern von Wilfrieds finsterem Palast herrscht eine unheimliche Stille, nur durchbrochen von dem leisen Tropfen von Wasser, das irgendwo im Schatten auf den Boden fällt. Brigitte sitzt allein in der Kammer, die ihr als Gefängnis dient. Ihre Handflächen ruhen auf den eisigen Steinen, und ihre Gedanken kreisen um die Ereignisse, die sie hierher gebracht haben.

Es ist kaum eine Woche her, seit Wilfrieds Männer sie aus ihrem Heimatdorf entführt haben, und doch fühlt es sich an, als sei eine Ewigkeit vergangen. Die ersten Tage in Gefangenschaft waren gefüllt von endlosen Fragen, von Schrecken und Dunkelheit, von einer drohenden Verzweiflung, die sie zu erdrücken schien.

Wilfried selbst hatte sie in einer ihrer ersten Nächte aufgesucht, sein Gesicht von einem düsteren, grausamen Lächeln gezeichnet, das keinerlei Wärme kannte. Seine Augen waren kalt, und in seiner Stimme schwang ein Unterton, der ihr sofort klar machte, dass er nicht hier war, um zu verhandeln.

„Brigitte," hatte er gesagt, seine Stimme ein leises, seidenweiches Flüstern. „Du trägst eine Macht in dir, die du selbst nicht begreifst. Dein Blut... es ist das Erbe der uralten Magier, eine Essenz, die ich brauche, um mein Werk zu vollenden."

Brigitte hatte den Blick trotzig erhoben und seine Augen fest fixiert. „Wenn du glaubst, dass ich dir auch nur einen Funken meiner Kraft überlassen werde, dann täuschst du dich gewaltig."

Wilfried hatte leise gelacht, ein Geräusch, das in der Stille der Kammer widerhallte. „Oh, du glaubst, du hast eine Wahl? Diese

187

Macht gehört mir, ob du willst oder nicht. Und je mehr du dich wehrst, desto süßer wird es sein, dich zu brechen."

Doch in diesem Moment, während sein Schatten über ihr thronte, hatte Brigitte einen Entschluss gefasst. Wenn Wilfried glaubte, dass er sie kontrollieren konnte, dann hatte er ihr wahres Wesen noch nicht kennengelernt. Sie würde ihm genau das geben, was er erwartete – und dabei gleichzeitig ihre Kräfte in sich bewahren, wie ein verstecktes Feuer, das darauf wartete, entfacht zu werden.

Seitdem hatte sie seine Fragen beantwortet, hatte ihm in die Augen gesehen und die Furcht gezeigt, die er so gerne sehen wollte. Aber in ihrem Inneren schmiedete sie Pläne. Sie beobachtete ihn, lernte seine Schwächen kennen und spürte, dass er sie unterschätzte. Vielleicht war Wilfried mächtig – doch seine Arroganz war ein Schild, das ihn blind machte für die subtile Macht, die sie in sich trug.

Eines Nachts, während er wieder einmal vor ihr stand und seine Pläne ausbreitete, hatte sie es gewagt, eine Frage zu stellen. „Was wirst du tun, wenn du diese Macht erreicht hast? Was kommt dann, wenn die Dunkelheit dich verschlingt?"

Er hatte sie überrascht angesehen, als ob sie etwas Naives, fast Kindliches gefragt hätte. „Die Dunkelheit verschlingt niemanden, der sie versteht," hatte er geantwortet. „Die wahre Macht liegt nicht im Licht, sondern im Schatten. Es ist die Dunkelheit, die die Menschen wirklich beherrscht. Ein König, der dies begreift, ist unbesiegbar."

Brigitte hatte leise gelächelt, ein Ausdruck, der ihn sichtlich irritierte. „Vielleicht vergisst du dabei nur eines, Wilfried: Die Dunkelheit mag alles verschlingen, aber in den tiefsten Schatten gibt es immer einen Funken Licht. Und ein Funke genügt, um ein Feuer zu entfachen."

Sein Gesicht war bei diesen Worten zu einer Maske aus Zorn und Misstrauen erstarrt, und er hatte sich abgewandt. Doch Brigitte wusste, dass sie ihm einen Stachel ins Herz gesetzt hatte, einen Funken, den er fürchten musste.

Jetzt, in der Dunkelheit ihrer Kammer, hielt sie diesen Funken fest. Sie würde warten, geduldig wie das glimmende Licht in der tiefsten Nacht. Wenn Manfred wirklich auf dem Weg zu ihr war, würde sie bereit sein – bereit, den Kampf zu beenden, den Wilfried selbst heraufbeschworen hatte.

Während die Nacht über dem Palast hereinbricht, herrscht im Widerstandslager eine fieberhafte, angespannte Stille. In einer provisorischen Kammer, abseits der Wachen, haben sich Manfred, Elisa, Rainer und die neu befreiten Magier versammelt, um ihren finalen Angriff zu koordinieren. Die Stimmung ist elektrisierend; jeder Anwesende spürt, dass dies ihr letzter Kampf sein könnte – entweder der Sieg über Wilfrieds Terror oder das Ende all ihrer Hoffnung.

Manfred breitet die Karte des Palasts vor sich aus, die er von einem der Spione erhalten hat. Es ist eine grobe Skizze, aber sie enthält genug Details, um eine Strategie zu entwerfen. Die Magier stehen um ihn herum, ihre Gesichter gezeichnet von der Dunkelheit der letzten Tage, aber in ihren Augen glimmt eine Entschlossenheit, die durch keine noch so mächtige Magie gebrochen werden kann.

„Gut, hört zu," beginnt Manfred, seine Stimme ruhig und fest, doch mit einem Hauch von Spannung, der seine Entschlossenheit unterstreicht. „Unser Ziel ist es, die dunklen Artefakte zu zerstören, die Wilfried seine Macht verleihen. Damit schwächen wir den Bann, der Brigitte gefangen hält, und durchbrechen die Barriere, die uns von ihm trennt."

Elisa nickt, ihre Augen fokussiert auf die Karte, doch sie wirft Manfred einen schnellen Blick zu. „Wenn wir die Artefakte zerstören, wird Wilfried alles daransetzen, uns zu stoppen. Er weiß, dass sein ganzes Reich auf diesen dunklen Relikten basiert."

Rainer grinst sarkastisch und verschränkt die Arme. „Perfekt. Das bedeutet, wir haben seine volle Aufmerksamkeit. Was gibt es Schöneres, als einem überheblichen Tyrannen eine kalte Dusche der Realität zu verpassen?"

Ein älterer Magier, dessen Gesicht von Narben gezeichnet ist, spricht mit leiser Stimme: „Wir können uns um die Wachen kümmern und sie ablenken. Einige von uns beherrschen die Kunst der Illusionsmagie – genug, um Verwirrung zu stiften, während ihr die unterirdischen Kammern erreicht."

Manfred nickt und zeigt auf einen Punkt auf der Karte. „Hier ist der Zugang zur unterirdischen Kammer. Laut unseren Informationen wird sie schwer bewacht, aber wenn wir die Illusionsmagie einsetzen, haben wir eine Chance, dort unentdeckt einzudringen."

Die junge Magierin, die sie zuvor aus Wilfrieds Kerker befreit hatten, tritt vor und sieht Manfred fest an. „Es gibt nur ein Problem. Wir haben einen Verräter in unseren Reihen. Wilfried wusste von unserem Plan, noch bevor wir die Wachen überhaupt überlistet haben. Irgendjemand gibt ihm Informationen."

Ein eiskalter Schauer durchläuft den Raum, und alle Augen richten sich mit einem Mal aufeinander. In der angespannten Stille hört man das leise Summen der Magie in der Luft – jeder scheint in die Gesichter seiner Verbündeten zu blicken und nach den Spuren des Verrats zu suchen.

Rainer schnaubt und murmelt trocken: „Wen überrascht's? Ein Verräter im Widerstand – das ist ja fast schon ein Klassiker. Nun, dann müssen wir wohl doppelt aufpassen, dass uns niemand in den Rücken fällt."

Manfred presst die Lippen zusammen, seine Augen funkeln vor Zorn. „Egal, wer es ist – dieser Verräter wird sich heute Nacht nicht mehr verstecken können. Sobald wir uns in Bewegung setzen, wird jede falsche Bewegung auffallen. Und ich schwöre, ich werde keinen Verräter verschonen."

Elisa wirft ihm einen prüfenden Blick zu, bevor sie zu den Magiern spricht. „Hört zu. Ich weiß, dass einige von euch Wilfried fürchten, und das zu Recht. Aber wer heute Nacht seinen Verrat plant, sollte wissen, dass er auf das Schlimmste gefasst sein muss. Wir werden die Wahrheit ans Licht bringen, und Verräter werden nicht verschont."

Ein unbehagliches Schweigen legt sich über die Gruppe, doch die Entschlossenheit in ihren Gesichtern bleibt ungebrochen. Jeder von ihnen weiß, dass dies der Moment ist, um alles zu riskieren – und dass die kleinste Unsicherheit ihr Ende bedeuten könnte.

Schließlich ergreift Manfred das Wort, seine Stimme schneidet durch die Stille wie ein Schwert. „Gut. Der Plan steht. Sobald die Illusionen die Wachen abgelenkt haben, dringen wir zur Kammer vor und zerstören die Artefakte. Unsere Verbündeten draußen werden uns Deckung geben. Doch seid auf alles vorbereitet – Wilfried wird uns erwarten, und wir müssen schnell und entschlossen handeln."

Die Magier nicken, einige murmeln leise Worte der Zustimmung, und ein Funken von Mut flackert in ihren Augen auf. Jeder von ihnen weiß, dass der Erfolg dieser Mission der Schlüssel zur Freiheit ist – oder zu ihrem Ende.

Elisa sieht Manfred noch einmal fest an, ein Hauch von Sorge in ihrem Blick. „Bist du bereit? Wenn wir die Kammer erreichen, gibt es kein Zurück mehr."

Manfred legt ihr eine Hand auf die Schulter, und ein Moment des Verständnisses und der Verbundenheit geht zwischen ihnen hin und her. „Ich bin bereit. Und wenn heute Nacht die letzte ist, die wir erleben, dann will ich wissen, dass wir für das Richtige gekämpft haben."

Elisa nickt langsam, und ein schwaches, bittersüßes Lächeln spielt auf ihren Lippen. „Dann los. Der Schatten mag die Dunkelheit bringen, aber heute Nacht sind wir das Licht, das ihn bricht."

Ohne ein weiteres Wort wendet sich die Gruppe zur Tür und tritt in die dunklen Gänge hinaus. Die Spannung und das Adrenalin füllen die Luft, und jeder Schritt hallt wie ein Trommelschlag des bevorstehenden Schicksals wider. Der Aufstand hat begonnen – und der Schatten des Verrats schwebt wie ein Damoklesschwert über ihnen allen.

Kapitel 13

Manfred schleicht durch die kalten, dunklen Gänge des Palasts, seine Schritte so leicht wie Schatten. Jede Faser seines Körpers ist angespannt, seine Gedanken fokussiert auf das Ziel: Brigitte. Endlich, nach endlosen Nächten voller Pläne, Zweifel und Hoffnung, ist er ihr näher als je zuvor. Rainer und Elisa halten Wache draußen, und er weiß, dass sie ihm nur wenig Zeit geben können, bevor sie weiter müssen.

Endlich erreicht er die Tür zu der Kammer, in der Brigitte gefangen gehalten wird. Er atmet tief durch, als würde er sich auf einen Sprung in die Dunkelheit vorbereiten, und öffnet leise die Tür.

Der Raum ist kaum erleuchtet; nur ein schwaches Mondlicht dringt durch das schmale Fenster, doch es reicht aus, um Brigitte zu erkennen. Sie sitzt auf einem einfachen Bett aus Stein, ihr Gesicht von einer stillen Entschlossenheit gezeichnet, die selbst die Fesseln ihrer Gefangenschaft nicht brechen konnten. Als sie ihn bemerkt, weiten sich ihre Augen vor Überraschung – und Hoffnung.

„Manfred," flüstert sie, ihre Stimme kaum mehr als ein Hauch, voller Unglauben und Erleichterung zugleich. „Bist du es wirklich?"

Er tritt näher, das Herz schwer von all den Tagen der Trennung und Sorge. „Ja, Brigitte. Ich bin hier, um dich zu holen."

Sie steht auf, und für einen Moment vergessen sie die Gefahr, das dunkle Ritual, das drohend über ihnen schwebt. Ihre Hände finden sich wie von selbst, und das leise Klirren der Ketten, die ihre Handgelenke umschließen, bringt Manfred zurück in die bittere Realität.

„Ich wusste, dass du kommen würdest," sagt sie leise und sieht ihm tief in die Augen. „Ich habe jeden Tag darauf gewartet, dass du endlich hier bist."

„Und ich habe jeden Tag daran gedacht, wie ich dich befreien kann," antwortet er, und in seinen Augen glimmt ein unbändiger Wille. „Wilfried wird dich nicht länger festhalten. Ich werde alles tun, um dich aus diesem Albtraum zu befreien."

Doch Brigitte legt ihm sanft eine Hand auf die Wange, und in ihrem Blick liegt eine Mischung aus Liebe und Warnung. „Manfred, du verstehst nicht. Wilfried plant etwas Größeres, etwas viel Dunkleres. Es geht nicht nur um meine Gefangenschaft. Er braucht meine Kraft, um ein Ritual durchzuführen – eines, das ihm Macht über die gesamte Welt der Magie verschaffen soll."

Manfreds Gesicht verfinstert sich. „Dann werde ich dieses Ritual stoppen. Selbst wenn ich dafür alles riskieren muss."

Brigitte schüttelt den Kopf, und in ihren Augen liegt eine Entschlossenheit, die ihn kurz sprachlos macht. „Nein, du verstehst nicht. Wilfrieds Ritual ist an eine Prophezeiung gebunden. Nur mein Blut kann die letzten Schritte des Rituals vollenden – und er wird alles tun, um mich zu zwingen."

Manfred zieht sie fest in seine Arme, als wollte er sie vor der ganzen Welt beschützen. „Brigitte, hör mir zu. Ich lasse das nicht zu. Wir werden einen Weg finden, seine Pläne zu vereiteln, und du wirst frei sein."

Sie schließt die Augen und lehnt sich an ihn, ihre Stimme ist ein Flüstern, gefüllt mit einer Mischung aus Hoffnung und Angst. „Ich vertraue dir, Manfred. Aber wir dürfen keine Fehler machen. Wilfried wird alles tun, um uns zu stoppen."

Ein Geräusch hinter der Tür lässt beide zusammenzucken. Schritte hallen durch den Gang – schwere, entschlossene Schritte, die keinen Zweifel daran lassen, dass es sich um Wilfrieds Wachen handelt. Manfred löst sich von Brigitte und drückt ihr schnell einen Kuss auf die Stirn.

„Ich muss gehen, bevor sie mich entdecken. Aber ich werde zurückkommen, Brigitte. Das verspreche ich dir."

Brigitte erwidert seinen Blick, und in ihren Augen liegt eine Flamme, die die Dunkelheit zu durchbrechen scheint. „Ich weiß, Manfred. Und ich werde hier sein, bereit zu kämpfen."

Er wendet sich zur Tür, sein Herz schwer und voller Sehnsucht, doch die Entschlossenheit, Brigitte zu befreien, gibt ihm die Kraft, den Raum zu verlassen. In Gedanken ist er bereits bei ihrem nächsten Wiedersehen, bei dem Moment, in dem sie endlich zusammen in Freiheit sein können.

Doch bevor er die Tür schließt, trifft sich ihr Blick ein letztes Mal, ein stilles, unausgesprochenes Versprechen.

Die Luft im kleinen, steinernen Verhörraum ist drückend. Manfred steht mit verschränkten Armen und finsterem Blick vor dem gefangenen Spion, dessen Hände an den Lehnen eines schweren Stuhls gefesselt sind. Die Flammen der Fackeln werfen flackernde Schatten auf die rauen Wände, und das schwache Licht lässt die Gestalt des Mannes blass und elend erscheinen. Er hat die Kapuze tief ins Gesicht gezogen und vermeidet es, Manfreds durchdringenden Blick zu erwidern.

Rainer lehnt lässig an der Wand und mustert den Gefangenen mit einem Ausdruck, der irgendwo zwischen Spott und gelangweilter Neugier liegt. „Weißt du," beginnt er leise, „wenn du heute Nacht nicht kooperierst, werde ich dich morgen schon wieder vergessen haben. So funktioniert mein Gedächtnis. Ich merke mir nur die hilfreichen Leute."

Der Spion blickt auf, ein schwaches Lächeln spielt auf seinen Lippen, als hätte er schon viele ähnliche Drohungen gehört. „Was wollt ihr wissen? Ihr denkt wohl, ihr könnt Wilfrieds Pläne durchkreuzen? Ihr habt keine Vorstellung davon, was euch erwartet."

Manfred beugt sich vor und sieht dem Mann tief in die Augen, jede Spur von Geduld ist aus seinem Gesicht verschwunden. „Erzähl uns, was Wilfried vorhat – alles, was du weißt. Oder glaub mir, du wirst wünschen, du hättest geredet."

Der Spion schnaubt leise, fast amüsiert. „Warum sollte ich? Wilfried hat Macht, wie ihr sie euch nicht vorstellen könnt. Ich habe nichts zu verlieren."

Elisa tritt vor, ihre Augen funkeln kalt, als sie dem Gefangenen einen festen Blick zuwirft. „Vielleicht hast du nichts zu verlieren, aber du könntest dir einiges ersparen. Sag uns, was Wilfrieds nächster Schritt ist."

Ein Moment des Schweigens vergeht, dann hebt der Spion das Kinn leicht an und spricht leise, mit einem Hauch von Arroganz. „Wilfried plant das Ritual in der Nacht des Neumonds. Brigitte ist der Schlüssel – ihr Blut, um genau zu sein. Sie ist die letzte in der Linie der uralten Magier, und wenn ihr Blut vergossen wird, wird Wilfried eine Macht erreichen, die eure kleinen Rebellionen wie Kinderspiele erscheinen lässt."

Manfreds Miene verfinstert sich, und seine Hände ballen sich zu Fäusten. „Wann und wo findet das Ritual statt? Sprich, oder du wirst es bereuen."

Der Spion senkt den Kopf, und ein seltsames, fast triumphierendes Lächeln breitet sich auf seinen Lippen aus. „Ihr habt keine Ahnung, was ihr gegen euch aufbringt. Selbst wenn ich es euch sage, werdet ihr zu spät kommen."

Rainer tritt näher, sein Ton sanft und sarkastisch zugleich. „Ach, ich liebe es, wenn Leute wie du große Reden schwingen. Es ist wie

196

das Vorspiel zu einem Festmahl – nur endet es nie so gut für euch, wie ihr glaubt."

Plötzlich hebt der Spion den Kopf, und ein böses Funkeln liegt in seinen Augen. „Ich werde nichts mehr sagen. Ihr könnt mich nicht aufhalten, und ich würde eher sterben, als euch Wilfrieds Pläne preiszugeben."

Bevor Manfred oder die anderen reagieren können, murmelt der Spion etwas Unverständliches, und seine Augen verdrehen sich. Ein kalter Schauer durchfährt den Raum, als eine dunkle Energie sich um seinen Körper legt und ihn zu verzehren beginnt. Manfred macht einen Schritt zurück, als er erkennt, dass der Mann im Begriff ist, einen Zauber der Selbstzerstörung auszulösen – eine letzte Maßnahme, um Wilfrieds Geheimnisse zu bewahren.

Innerhalb von Sekunden verschwindet das Leben aus den Augen des Spions, und sein Körper sackt in sich zusammen. Ein leises, dunkles Knistern erfüllt den Raum, während seine Gestalt im Schatten verschwindet.

Elisa schüttelt den Kopf, ihr Gesicht hart und voller Zorn. „Wilfried sorgt dafür, dass niemand seine Pläne durchkreuzt, nicht einmal seine eigenen Männer."

Manfred stößt einen leisen Fluch aus, seine Augen funkeln vor Entschlossenheit. „Wir müssen jetzt schneller handeln. Wir wissen, dass das Ritual in der Nacht des Neumonds stattfinden wird. Das gibt uns nur wenige Tage."

Rainer zuckt die Schultern, sein Lächeln ironisch und kühl. „Also, ein Rennen gegen die Zeit. Na, das ist doch mal ein spannender Auftakt. Ich hoffe nur, dass Wilfried weiß, dass er gerade die falschen Gegner unterschätzt hat."

Manfred nickt knapp. „Dann lasst uns die anderen zusammentrommeln. Wir haben keine Sekunde zu verlieren."

Das flackernde Licht des Feuers beleuchtet die versammelten Gesichter im Raum – eine Mischung aus Anspannung, Entschlossenheit und der Gewissheit, dass die kommenden Tage über ihr aller Schicksal entscheiden werden. Manfred steht am Kopf des Tisches, seine Augen wandern von einem Gesicht zum anderen, als wolle er das Gewicht seiner Worte in die Herzen der Anwesenden brennen.

Rainer lehnt sich lässig gegen den Tisch, seine Hände verschränkt und ein schiefes Grinsen auf den Lippen. „Also, lasst mich das zusammenfassen: Unser Freund Wilfried hat sich in den Kopf gesetzt, unsterblich zu werden, und braucht dafür Brigittes Blut. Wenn wir also ein klein wenig zu spät kommen, wird er sich zur wohl gefährlichsten Plage der Geschichte aufschwingen. Klingt doch eigentlich gar nicht so übel, oder?"

Manfreds Stirn legt sich in Falten, und er schüttelt langsam den Kopf. „Rainer, wenn das dein Versuch war, die Sache leichter zu machen, dann hast du kläglich versagt. Das ist kein Spiel. Das Ritual wird die Dunkelheit entfesseln – und wenn Wilfried das vollendet, wird es keine Möglichkeit mehr geben, ihn aufzuhalten."

Elisa beugt sich vor, ihre Stimme schneidend. „Es ist nicht nur Wilfried, der zur Bedrohung wird. Jeder, der mit ihm sympathisiert oder seine dunklen Mächte nutzen will, wird damit Zugriff auf Kräfte erhalten, die diese Welt in Chaos stürzen könnten. Wir müssen diesen Albtraum beenden, bevor er beginnt."

Ein leises Raunen geht durch die Anwesenden, und einige der Soldaten tauschen unsichere Blicke aus. Einer der älteren Krieger, ein erfahrener Kommandant namens Gregor, erhebt sich und sieht Manfred fest an. „Mit allem Respekt, Herr – was genau ist unser Plan? Ein frontaler Angriff auf Wilfrieds Palast? Wir alle wissen, dass er uns erwartet. Er wird auf alles vorbereitet sein."

Manfred nickt, ein düsterer Ausdruck liegt auf seinem Gesicht. „Ich weiß. Und deshalb brauchen wir einen Plan, der ihn überrascht.

Ein frontaler Angriff wird Wilfried in Alarmbereitschaft versetzen, aber er wird nicht damit rechnen, dass wir bereits währenddessen seine Artefakte und Rituale ins Visier nehmen."

Rainer zuckt die Schultern und wirft Gregor einen überheblichen Blick zu. „Na also, Gregor. Denkst du etwa, wir stürmen einfach rein und rufen ‚Überraschung!', während wir durch die Vordertür marschieren?"

Gregor verzieht das Gesicht, seine Lippen zu einer harten Linie gepresst. „Spottet nur, wenn es euch Spaß macht. Aber wir haben einen klaren Vorteil: Wilfried denkt, dass wir in der Defensive sind. Er erwartet nicht, dass wir offensiv vorgehen. Doch dafür müssen wir mit Präzision und Geschwindigkeit handeln."

Manfred klopft mit der Faust auf den Tisch. „Genau. Wir nutzen unsere beste Verteidigung als Angriff. Während Wilfried sich auf die Ablenkung konzentriert, wird ein kleines, erfahrenes Team in die unterirdischen Kammern eindringen und die Artefakte zerstören. Das wird seine Kräfte destabilisieren und das Ritual unterbrechen."

Elisa nickt. „Aber das bedeutet, dass das Ablenkungsteam alles geben muss, um Wilfried beschäftigt zu halten. Er darf nicht einmal ahnen, dass wir auf seine Schwachstellen zielen."

Eine junge Kriegerin, die neben Gregor sitzt, hebt skeptisch eine Augenbraue. „Und was passiert, wenn das Team scheitert und Wilfried uns entdeckt? Was, wenn die Artefakte nicht so leicht zu zerstören sind?"

Manfreds Blick bleibt fest. „Dann bleibt uns immer noch die letzte Option: Wilfried direkt konfrontieren und ihn in die Knie zwingen. Aber ich vertraue darauf, dass jeder von euch seinen Teil des Plans ausführt."

Ein Moment der Stille legt sich über den Raum, das Gewicht der Aufgabe scheint auf den Schultern jedes Einzelnen zu lasten. Dann erhebt sich Rainer, sein ironisches Lächeln bleibt, aber in seinen Augen glimmt ein Funken, den man bei ihm selten sieht. „Ich sag's mal so: Wenn das hier das letzte große Abenteuer meines Lebens wird, dann nehme ich lieber einen Haufen von Wilfrieds besten Schergen mit, bevor ich aufgebe."

Manfreds ernster Blick wird weicher, und er legt eine Hand auf Rainers Schulter. „Du bist nicht allein, Rainer. Niemand von uns. Wir alle sind in diesem Kampf vereint."

Die Anwesenden nicken, die Entschlossenheit in ihren Augen wächst, und selbst die jüngeren Krieger wirken gefestigt. Das Schicksal liegt in ihren Händen – und trotz der Dunkelheit und der drohenden Gefahr sind sie bereit, bis zum Ende zu kämpfen.

Manfred atmet tief durch und erhebt sich. „Also gut, Freunde. Morgen Abend, bei Einbruch der Dunkelheit, werden wir Wilfrieds Reich betreten und dem Wahnsinn ein Ende setzen. Das ist unsere Chance, die Dunkelheit zu besiegen – und eine Zukunft ohne Schrecken zu sichern."

Ein Raunen der Zustimmung geht durch den Raum, und Manfred sieht die Entschlossenheit in den Gesichtern seiner Verbündeten. Die Zeit des Redens ist vorbei; morgen wird die Entscheidung fallen.

D er Abend ist hereingebrochen, und das Lager liegt in einer ruhigen, beinahe feierlichen Stille. Das Feuer knistert leise, und die Funken tanzen in die Dunkelheit, als ob sie die Spannung in der Luft widerspiegeln. Die Männer und Frauen bereiten sich in der Stille auf das vor, was sie erwartet. Es ist die Ruhe vor dem Sturm – und jeder spürt die Schwere des Moments.

Manfred sitzt am Rand des Feuers, eine Hand auf den Griff seines Schwerts gelegt, als würde die Berührung allein ihm Kraft verleihen. Neben ihm lehnt Rainer, das Gesicht halb von den Schatten verdeckt, aber mit einem entspannten, fast lässigen Ausdruck in den Augen.

„Also, morgen ist der große Tag," murmelt Rainer leise und lässt einen Stein durch seine Finger gleiten. „Und was glaubst du, mein Freund? Gewinnen wir oder gehen wir glorreich unter?"

Manfred lächelt schwach, ein Hauch von Bitterkeit in seinen Zügen. „Ich weiß nur, dass ich morgen alles tun werde, um Brigitte zu retten. Sie ist das Einzige, was zählt. Alles andere... spielt keine Rolle."

Rainer schüttelt den Kopf und lässt das Grinsen nicht aus seinem Gesicht verschwinden. „Ach, die ewige Romantik. Glaubst du wirklich, das hier endet wie ein Märchen?"

„Nicht wie ein Märchen, Rainer," antwortet Manfred leise, sein Blick in die Dunkelheit gerichtet. „Aber ich hoffe, dass wir beide – dass alle von uns – etwas hinterlassen können, das wertvoll ist. Etwas, das mehr ist als eine weitere Schlacht."

Ein Moment der Stille folgt, bevor Rainer laut auflacht. „Was für poetische Worte! Ich wusste nicht, dass du auch ein Philosoph bist. Nun, dann sollten wir besser hoffen, dass unsere kleine Philosophie-Exkursion morgen nicht in Flammen aufgeht."

In diesem Moment setzt sich Elisa zu ihnen ans Feuer, ihre Augen auf die tanzenden Flammen gerichtet. „Wenn ihr beide hier fertig seid, philosophische Weisheiten zu tauschen," sagt sie trocken, „könnte ich vielleicht auch eine Portion davon vertragen. Aber vielleicht nicht mit so viel Pessimismus, Rainer."

Er zuckt die Schultern, sein Gesicht zeigt das gewohnte, ironische Lächeln. „Pessimismus? Ich nenne das Realismus, liebe Elisa. Immerhin stehen wir morgen vor einem Wahnsinnigen, der seine eigene Armee magischer Schattenwesen hat."

Elisa legt Manfred eine Hand auf die Schulter, und ihr Blick wird weich, ein seltenes Lächeln umspielt ihre Lippen. „Vergiss nicht, dass du nicht allein kämpfst, Manfred. Wir alle stehen morgen an deiner Seite. Und wir alle wissen, was auf dem Spiel steht."

Manfred sieht sie an, und ein warmer Ausdruck schleicht sich in seine Augen. „Danke, Elisa. Ohne euch wäre ich schon längst verloren."

Die drei sitzen noch eine Weile schweigend da, jeder in seine Gedanken versunken. Dann, fast unmerklich, senkt sich ein Gefühl des Friedens über sie, als ob die Nacht selbst sie noch einmal umarmen wollte, bevor die Dunkelheit des Krieges beginnt.

Rainer hebt sein Schwert und sieht in die Dunkelheit, ein ernstes Funkeln in seinen Augen. „Also dann. Auf morgen, meine Freunde. Mögen wir triumphieren – oder glorreich untergehen."

Manfred und Elisa heben ihre Schwerter in einem stillen Schwur, die Klinge im Schein des Feuers glänzend.

Kapitel 14

Der erste Lichtschein des Morgens liegt über der Stadt wie ein Schleier, als die Rebellen beginnen, sich lautlos zu bewegen. Die engen Gassen sind erfüllt von einer unheimlichen Stille, als sich Manfreds Verbündete ihren Positionen nähern. Jeder Schritt, jede Bewegung ist sorgfältig kalkuliert, und die Anspannung ist greifbar, wie ein Sog, der die Luft zum Knistern bringt.

Manfred selbst steht an der Spitze seiner Gruppe, die Augen wachsam auf die Mauern gerichtet. Neben ihm schärft Rainer mit einem ironischen Grinsen sein Schwert, als würde er gleich zu einem Fest eingeladen und nicht in eine Schlacht gegen einen dunklen König. „Also, heute ist der Tag. Denkt daran, Kinder – keine Heldenmut-Touren und keine Dummheiten. Wir wollen hier lebendig rauskommen."

„Deine Worte des Muts sind wie immer rührend, Rainer," murmelt Manfred, sein Blick jedoch angespannt und fokussiert. „Sobald wir die erste Barrikade durchbrochen haben, gibt es kein Zurück mehr."

In diesem Moment gibt Elisa ein leises Zeichen, und wie auf ein unhörbares Kommando setzen sich die ersten Rebellen in Bewegung. Sie schieben schwere Wagen vor sich her, beladen mit Heu und Holz, die sie hastig entzünden. Das erste Feuer bricht aus, und eine dichte Rauchwolke steigt in den Himmel, ein Zeichen, das in der ganzen Stadt zu sehen ist – der Beginn des Aufstands.

In einer Straße weiter unten schlägt die erste Wache Alarm, und in kürzester Zeit sind die Straßen von Kampfeslärm erfüllt. Rebellen mit gezückten Waffen stürmen auf die Soldaten los, und die ersten magischen Angriffe werden entfesselt. Blitze zucken durch die Luft, und Funken sprühen, als die Angriffe auf die Rüstungen der Wachen prallen.

Manfred und seine Gruppe kämpfen sich durch die ersten Verteidigungslinien. Der Klang von Stahl auf Stahl und das Knallen von Magie erfüllen die Luft, als sie sich durch die Reihen der Verteidiger kämpfen. Elisa schießt einen feurigen Lichtstrahl auf eine Gruppe Wachen, die wie Marionetten in den Flammen vergehen.

Plötzlich taucht eine Gruppe dunkler Magier auf, gekleidet in tiefschwarze Roben, ihre Hände leuchten in einem unheilvollen Licht. Die Magier murmeln eine Reihe von Beschwörungsformeln, und aus dem Nichts erscheinen Schattenwesen, die sich um die Rebellen winden und ihnen den Atem rauben.

„Ah, wie charmant," murmelt Rainer, während er eines der Schattenwesen mit einem schnellen Schwerthieb zerteilt. „Wilfried schickt uns eine persönliche Einladung in die Unterwelt. Wie... rücksichtsvoll."

Manfred wirft ihm einen grimmigen Blick zu, während er einen weiteren Angreifer niederstreckt. „Wir haben keine Zeit für deinen Sarkasmus, Rainer. Die Magier sind unser Hauptproblem – sie müssen ausgeschaltet werden."

Rainer grinst, sein Schwert in der Hand wie eine Verlängerung seines sarkastischen Geistes. „Dann werde ich wohl der erste sein, der sich um sie kümmert." Mit einem schnellen Satz stürzt er sich auf einen der Magier und durchbricht dessen Verteidigung mit einem gezielten, präzisen Schlag.

In diesem Moment passiert jedoch etwas Unerwartetes. Aus einer der dunklen Seitengassen tritt eine Gestalt hervor, gehüllt in eine Robe, das Gesicht verborgen unter einer tiefen Kapuze. Mit einem knappen Wink seiner Hand entfesselt er eine gewaltige Energiewelle, die die Rebellen zurückwirft und die Reihen für einen Moment zum Erliegen bringt.

Manfred richtet sich auf, das Gesicht voller Zorn und Entschlossenheit, als ihm die Schwere der Situation bewusst wird. „Wer ist das?" flüstert er, seine Augen fixiert auf die Gestalt, die sich nun direkt vor ihm in die Schlacht stellt.

Doch die Antwort bleibt ihm verwehrt. Der Unbekannte hebt eine Hand, und aus der Erde brechen Wurzeln hervor, die sich um die Beine der Rebellen winden und sie festhalten. Elisa, die hinter Manfred steht, erkennt sofort, dass dies keine gewöhnliche Magie ist.

„Das ist dunkle Naturmagie," murmelt sie, ihr Gesicht eine Maske der Anspannung. „Nur ein erfahrener Magier könnte solche Kräfte besitzen. Dieser Mann ist gefährlich."

In der folgenden Sekunde entspinnt sich ein Kampf zwischen den Rebellen und den finsteren Mächten des Unbekannten. Manfred wirft sich mit aller Kraft gegen die Wurzeln, die sich um seine Beine gewickelt haben, während Elisa einen weiteren Feuerzauber entfesselt, der die Wurzeln zum Verschwinden bringt. Doch der Unbekannte scheint darauf vorbereitet zu sein und weicht mit einem blitzschnellen Schritt zur Seite aus.

„Wer bist du?" ruft Manfred, seine Stimme hart und drängend. „Zeig dein Gesicht und kämpfe wie ein Mann!"

Die Gestalt lacht, ein kaltes, unheimliches Lachen, das durch die Straßen hallt. Dann hebt der Unbekannte langsam seine Kapuze und offenbart sein Gesicht – ein vertrautes, verräterisches Gesicht, das Manfred den Atem raubt.

„Wie ich sehe, überrascht es dich," sagt der Mann, sein Gesicht ein zynisches Grinsen. „Aber niemand kommt gegen Wilfried an, nicht einmal ein verlorener Ritter wie du, Manfred. Vielleicht solltest du die Sinnlosigkeit deines kleinen Aufstands endlich einsehen."

Ein eisiges Schweigen legt sich über die Szene, das nur von den Geräuschen der Kämpfenden im Hintergrund durchbrochen wird. Manfreds Herz hämmert in seiner Brust, während die Erkenntnis ihm schwer auf den Schultern lastet: Der Feind ist näher, als er je vermutet hätte.

Doch bevor er sich von der Überraschung erholen kann, erhebt sich ein weiterer Zauber in der Luft, und der Kampf flammt erneut auf, erbitterter und gefährlicher als zuvor.

— ⁂ —

M anfred starrt in das Gesicht des Mannes vor ihm, und ein dunkler Schatten legt sich über seine Augen, als er die volle Bedeutung dieser Begegnung begreift. Der Verräter ist niemand anderes als Gregor – der erfahrene Krieger und Kommandant, den Manfred immer an seiner Seite glaubte. Gregors Lippen ziehen sich zu einem spöttischen Lächeln, als er Manfreds Unglauben sieht.

„Du wirkst überrascht, Manfred," sagt Gregor mit einem schneidenden Lächeln. „Aber hast du wirklich geglaubt, dass sich alle Menschen blindlings in deinen tapferen Feldzug stürzen würden? Einige von uns haben längst erkannt, dass der wahre Sieg nur mit Wilfried möglich ist."

Rainer tritt mit gezogenem Schwert an Manfreds Seite und zischt: „Na wunderbar. Unser hochgeschätzter Kommandant, ein Verräter. Hätten wir uns auch sparen können, dich hierher mitzunehmen, Gregor."

Gregor zuckt die Schultern, vollkommen unbeeindruckt von der Anklage. „Was für ein großes Wort, ‚Verrat'. Ich nenne es Überleben. Wilfried bietet das, was ihr nicht könnt: Macht, Sicherheit, eine Zukunft ohne Kampf."

Manfreds Zorn brodelt unter seiner stoischen Fassade. „Eine Zukunft unter der Fuchtel eines Tyrannen, Gregor? Dafür verkaufst du alles, was wir aufgebaut haben? Du hättest es wenigstens versuchen können, deinen Stolz zu wahren."

„Stolz?" Gregors Lachen hallt höhnisch durch den Thronsaal. „Stolz bringt keinen Ruhm, Manfred. Stolz wird dich und deine jämmerliche kleine Armee umbringen. Aber ich? Ich werde überleben. An Wilfrieds Seite."

Rainers Augen verengen sich, und er spricht mit einem fast amüsierten Ton: „Also gut, alter Freund. Dann wirst du uns also alle verraten, um das Leben eines unterwürfigen Hundes zu führen? Klingt nach einem inspirierenden Karriereziel, Gregor. Möchtest du vielleicht noch ein letztes Mal erklären, warum das eine so brillante Idee war?"

Gregor schüttelt den Kopf und hebt die Hände, als wolle er Frieden anbieten. „Ihr versteht es einfach nicht. Diese Welt gehört den Mächtigen, denjenigen, die bereit sind, Opfer zu bringen. Ihr kämpft für eine Illusion von Freiheit, während Wilfried das wahre Ziel vor Augen hat. Ihr seid nichts weiter als... Staub."

Elisa, die bisher schweigend dem Wortgefecht zugehört hat, tritt vor, und ihre Augen blitzen gefährlich. „Genug geredet, Gregor. Du bist bereit, alles zu opfern, nur um deine Haut zu retten. Aber das ist kein Überleben, das ist Feigheit."

„Feigheit?" Gregor sieht sie mit kalten Augen an. „Feigheit ist, wenn man zu spät merkt, dass der Kampf verloren ist."

In diesem Moment hebt er die Hände und murmelt eine dunkle Beschwörung, seine Stimme ein Flüstern aus reiner Bosheit. Ein Strudel dunkler Magie breitet sich um ihn herum aus, und aus den Schatten erscheinen Wesen, schwarze Schemen, die den Raum umhüllen und Manfreds Gruppe in eine Wand der Dunkelheit einschließen.

Manfred hebt sein Schwert, seine Augen voller Entschlossenheit. „Dann sei es so, Gregor. Wenn du für die Dunkelheit kämpfst, werde ich das Licht verteidigen – bis zum letzten Atemzug."

Gregor antwortet nicht. Stattdessen entfesselt er eine Welle dunkler Energie, die sich wie eine Lawine auf die Gruppe zubewegt. Manfred und die anderen weichen zurück, doch die Wucht des Angriffs trifft sie mit brutaler Kraft.

Elisa und Rainer kämpfen sich durch die wabernde Dunkelheit, ihre Bewegungen präzise und tödlich. Doch Gregor weicht jedem Schlag mit übermenschlicher Geschmeidigkeit aus, seine dunkle Magie schützt ihn wie ein unsichtbarer Schild.

„Glaubt ihr wirklich, ihr habt auch nur die geringste Chance?" höhnt Gregor und schickt eine weitere Welle von Schatten auf sie zu.

Doch in diesem Moment gelingt es Manfred, eine Schwachstelle in Gregors Verteidigung zu erkennen. Mit einem schnellen, gezielten Stoß durchdringt sein Schwert den Schutzschild und trifft Gregor am Arm. Ein Aufschrei, halb aus Schmerz, halb aus Überraschung, entweicht dem Verräter, und für einen Moment flackert die Dunkelheit.

„Du... wirst das bereuen, Manfred," knurrt Gregor, Blut tropft von seiner Wunde. Doch die Entschlossenheit in Manfreds Augen lässt keinen Zweifel daran, dass er bereit ist, diesen Verrat ein für alle Mal zu beenden.

Mit einem letzten, verzweifelten Schrei entfesselt Gregor all seine verbliebene Kraft in einem Flammenstrahl, der sich wild durch den Raum windet und die Wände des Thronsaals zum Beben bringt. Manfred und die anderen ducken sich, doch der Angriff trifft Rainer an der Schulter und wirft ihn zu Boden.

Elisa kniet sich zu ihm und zieht ihn mit einem scharfen Blick zurück in die Deckung. „Bleib bei mir, Rainer."

Doch in einem letzten, verzweifelten Aufbäumen zündet Gregor eine mächtige Explosion seiner dunklen Magie – und Manfred stößt sich nach vorn, nutzt die Gelegenheit und rammt Gregor mit aller Wucht das Schwert ins Herz.

Gregors Augen weiten sich, der Ausdruck auf seinem Gesicht wechselt von Zorn zu Unglauben, dann zu einem gequälten Lächeln. „Also... so endet es?"

„So endet es," flüstert Manfred, sein Gesicht eine Maske aus Schmerz und Entschlossenheit.

Gregor sinkt zu Boden, und seine letzten Worte verhallen in der Dunkelheit des Thronsaals.

Die bedrückende Stille des Thronsaals ist erfüllt von der Nachwirkung des erbitterten Kampfes. Gregors lebloser Körper liegt regungslos am Boden, und Manfred lässt sein Schwert sinken, während er tief Luft holt. Doch er kann sich keine Ruhe gönnen. Der Verrat ist aufgedeckt, aber die wahre Mission liegt noch vor ihm: Brigitte zu retten.

Rainer, schwer atmend und die Hand auf die Schulter gepresst, tritt zu Manfred und grinst trotz des Schmerzes. „Nun, das war ein glanzvoller Auftritt unseres Lieblingsverräters. Wie viel Zeit haben wir jetzt wohl, bevor Wilfried merkt, dass seine schattenhafte Festung bröckelt?"

„Weniger, als uns lieb ist," murmelt Elisa. Sie blickt Manfred an, ihre Augen voller Entschlossenheit und Dringlichkeit. „Die Wachen werden schnell sein, sobald sie von Gregors Scheitern erfahren. Wir müssen Brigitte jetzt finden."

Manfred nickt und wendet sich ohne zu zögern der dunklen Wendeltreppe zu, die zur finsteren Turmspitze führt. „Dann verschwenden wir keine Zeit mehr."

Zusammen eilen sie die Stufen hinauf, die nur von schwachem Fackellicht erleuchtet werden. Das Wummern ihrer Stiefel auf den Steinstufen vermischt sich mit ihrem Atem, der schwer und angespannt ist. Manfred spürt ein seltsames Gefühl des Unwirklichen – als ob jede Stufe ihn nicht nur näher zu Brigitte, sondern auch zu einem unausweichlichen Schicksal führt.

Endlich erreichen sie eine schwere, eiserne Tür, die mit schwarzen, filigranen Runen bedeckt ist. Manfred erkennt die Zeichen sofort: Magische Siegel, die keine Berührung von außen zulassen. Er wendet sich zu Elisa, die bereits eine Hand hebt, ihre Finger beginnen, in sanftem Licht zu leuchten.

„Das ist ein altes Schutzsiegel," murmelt sie, während sie die Handflächen auf die Tür legt. „Ich kann es durchbrechen, aber es wird... einige Sekunden dauern."

Rainer schnaubt leise, das Schwert gezückt. „Dann beeil dich, Elisa. Ich habe nicht vor, hier eine Lektion in Magie zu erhalten, während Wilfrieds Schergen uns den Rücken perforieren."

Ein leises, triumphierendes Lächeln schleicht sich auf Elisas Gesicht. „Geduld, Rainer. Magie ist eine Kunst, kein Axtschlag."

Doch gerade, als das Siegel zu schwinden beginnt, hallt ein Geräusch von schweren Schritten die Treppe hinauf. Manfred wirft einen schnellen Blick über die Schulter – eine Gruppe von Wilfrieds Wachen nähert sich, und ihre Rüstungen glitzern unheilvoll im Fackellicht.

„Rainer, die Wachen!" flüstert Manfred scharf.

„Ach, endlich etwas Unterhaltung," murmelt Rainer trocken, während er seine Klinge hebt und sich bereit macht. Er stellt sich schützend vor Elisa und Manfred und wartet, bis die Wachen auf der letzten Stufe ankommen.

Mit einem Grinsen, das beinahe erschreckend ist, wirft sich Rainer auf die ersten Wachen, ein stählerner Wirbel aus blitzenden Klingen und beißenden Kommentaren. „Na, Jungs? Wusste gar nicht, dass die Schule der Dunkelheit auch Kinder in den Kampf schickt!"

Elisa konzentriert sich weiter auf die Tür, ihre Magie strömt durch das Siegel, das allmählich schwächer wird und schließlich mit einem leisen Knirschen verschwindet.

„Die Tür ist offen!" ruft Elisa und dreht sich zu Manfred. „Geh zu ihr – schnell!"

Manfred zögert nicht und stürmt in den Raum. Das Innere des Turmzimmers ist von einer unheimlichen, blutroten Aura erhellt, und in der Mitte steht Brigitte, an eine hohe Säule gefesselt. Ihre Augen sind geschlossen, und eine seltsame, magische Barriere schimmert um sie herum, eine glühende, lebendige Energie, die wie ein schützender Panzer wirkt – oder wie eine Gefängnismauer.

„Brigitte!" Manfred stürzt auf sie zu und streckt die Hand nach ihr aus, doch das Feld schimmert und stößt ihn zurück. Es brennt in seiner Hand wie eine kalte Flamme, eine dunkle Macht, die sich ihm entgegenstellt.

Brigittes Augen öffnen sich langsam, und ein Hauch von Erleichterung glimmt in ihrem Blick, als sie Manfred sieht. „Du bist gekommen," flüstert sie, ihre Stimme kaum mehr als ein Hauch, aber erfüllt von Hoffnung und tiefer Erleichterung.

„Nichts auf der Welt hätte mich aufhalten können," antwortet er, und seine Hand ballt sich zur Faust, als er die Barriere betrachtet. „Aber dieses verdammte Feld... Wie können wir es durchbrechen?"

Brigitte schüttelt schwach den Kopf. „Wilfried hat es mit einem Zauber versiegelt, den nur sein Blut lösen kann. Es ist eine Barriere, die sich selbst nährt... solange er lebt."

In diesem Moment erscheint Elisa in der Tür, ihr Blick ernst, als sie die Situation erfasst. „Manfred, wenn Wilfrieds Blut das Siegel bricht, bleibt uns nur eine Möglichkeit: Wir müssen ihn direkt besiegen. Das Feld wird vergehen, wenn sein Bann gebrochen ist."

Rainer, der mit einem blutverschmierten Gesicht in die Kammer tritt, hört die Worte und grinst erschöpft. „Also gut. Ein kleiner

Spaziergang durch Wilfrieds persönliche Hölle und eine Klinge ins Herz des Schurken – das ist genau die Art Plan, die mir gefällt."

Manfred beugt sich zu Brigitte und legt seine Hand sanft auf ihre Wange. „Halte durch. Wir kommen zurück – und dann bist du frei."

Brigitte nickt schwach, ihre Augen glitzern vor Tränen, aber ihr Blick ist fest. „Sei vorsichtig, Manfred. Wilfried wird alles tun, um euch aufzuhalten."

Er drückt ihre Hand ein letztes Mal und wendet sich dann mit entschlossenem Schritt zur Tür. Zusammen mit Rainer und Elisa verlässt er das Turmzimmer und geht den Weg zurück in das Herz von Wilfrieds Reich, der nun nur noch eine Bedeutung hat: das Ende eines dunklen Herrschers und die Befreiung jener, die durch ihn leiden mussten.

Der Sturm der Gefühle – Liebe, Zorn, Entschlossenheit – lodert in ihren Herzen und lässt keinen Zweifel an ihrem nächsten Schritt: den letzten Kampf gegen Wilfried.

⎯⎯⎯⎯ ⚬❧⚬ ⎯⎯⎯⎯

Die Atmosphäre im Flur ist gespannt, als Manfred, Rainer und Elisa sich durch die finsteren Korridore des Turms bewegen. Sie wissen, dass jeder Schritt, den sie machen, ein Risiko birgt, dass jede Ecke ein weiteres Hindernis birgt – und doch treibt sie die Entschlossenheit an, Wilfried zu finden und das Schicksal des dunklen Königs zu besiegeln.

Doch kaum haben sie die nächste Wendung genommen, spüren sie, wie die Luft um sie her merklich kälter wird. Ein Hauch von Magie, alt und bösartig, durchzieht den Raum, und die Wände scheinen zu flüstern – dunkle, dröhnende Worte, die ihnen die Schritte schwermachen.

Rainer bleibt abrupt stehen, seine Hand instinktiv an der Waffe, und murmelt leise: „Nun, das ist ja bezaubernd. Ein herzlicher Empfang vom Hausherrn höchstpersönlich."

212

Manfred verengt die Augen und mustert die Wände, die von bläulichem Licht durchzogen sind, das sich zu bewegen scheint wie das Geflacker von Seelenflammen. „Es ist eine Falle," murmelt er düster. „Eine magische Barriere, die dafür sorgt, dass niemand lebend durchkommt."

„Oh, das hatte ich mir schon gedacht," flüstert Elisa mit einem Hauch von Sarkasmus und tritt vorsichtig vor, ihre Augen angespannt und fokussiert. „Die Frage ist nur: Wie kommen wir hier wieder heraus, ohne als Schattensilhouetten auf diesen Wänden zu enden?"

Sie hebt die Hand, um die Barriere zu analysieren, doch in dem Moment, als ihre Finger die bläuliche Energie berühren, schließt sich ein Kreis aus glühendem Licht um sie. Die Barriere vibriert und leuchtet heller, als würde sie sich aufladen, und sie alle spüren, wie die Magie stärker wird, als könnte sie jeden Moment explodieren.

Rainer lacht trocken, sein Gesicht zeigt das übliche ironische Lächeln. „Ach, Elisa, großartig – wenn du uns umbringen wolltest, hättest du es wenigstens vorher ankündigen können."

Doch Elisa ignoriert ihn, ihre Augen fest auf das magische Muster gerichtet. „Es ist keine einfache Falle. Das ist eine uralte Kraft, eine Art Rückkopplungszauber. Wenn wir sie nicht überwinden, wird sie uns voneinander trennen und uns dann zerstören, indem sie unsere eigene Energie gegen uns richtet."

Manfreds Blick wird ernst. „Also, was schlägst du vor?"

Elisa zögert, ihr Gesicht konzentriert. „Die einzige Möglichkeit ist, dass einer von uns die Barriere bricht, indem er die gesamte magische Energie absorbiert. Aber das wird denjenigen für eine Weile außer Gefecht setzen – vielleicht sogar länger."

Rainer schnaubt. „Na, das klingt ja schon fast zu einfach, um wahr zu sein. Und wer von uns wird das wohl sein? Derjenige, der es am besten wegsteckt, schätze ich?"

Doch noch bevor jemand antworten kann, tritt Manfred einen Schritt vor, seine Augen ruhig und entschlossen. „Ich werde es tun. Wir haben keine Zeit für lange Diskussionen. Wenn ich es nicht schaffe... dann bringt den Kampf zu Ende."

Elisa öffnet den Mund, um zu protestieren, doch sie sieht den Ausdruck in seinen Augen und versteht, dass es keinen Sinn hat. Sie kennt Manfred gut genug, um zu wissen, dass er seine Entscheidung längst getroffen hat.

„Gut, Manfred," sagt sie leise, ein Hauch von Besorgnis in ihrer Stimme. „Aber versprich mir, dass du nicht aufgibst. Wir können es uns nicht leisten, dich zu verlieren."

Er nickt knapp und hebt die Hände, um die Barriere zu berühren. In dem Moment, als seine Finger das glühende Licht durchdringen, durchströmt ihn eine überwältigende Kraft, und er spürt, wie seine Energie gegen die Magie ankämpft, die ihn zu durchdringen scheint. Die Barriere pulsierte, ein zähnefletschendes, lebendiges Ding, das mit Manfreds Energie spielt, als wäre er nur ein weiterer Funke in einem gigantischen Feuerwerk.

Sein Körper erzittert, und er fühlt, wie sein Bewusstsein schwächer wird, die Dunkelheit sich ihm nähert. Doch er kämpft weiter, hält sich an der letzten Kraft fest, die er noch hat. Mit einem letzten, verzweifelten Aufbäumen bricht er die Barriere – und in dem Moment, als das Licht erlischt, sinkt er auf die Knie, seine Atmung flach und unregelmäßig.

Rainer und Elisa eilen zu ihm, beide in ihrem üblichen Stil: Rainer mit einer Mischung aus Sorge und ärgerlichem Spott, und Elisa mit echter Besorgnis. „Das war wohl ein bisschen mehr, als du erwartet hast, was?" murmelt Rainer, seine Stimme bemüht lässig, doch in seinen Augen liegt etwas Tieferes.

Manfred nickt schwach und zwingt sich zu einem Lächeln. „Ja... vielleicht ein bisschen. Aber... wir haben die Barriere durchbrochen, oder?"

Elisa legt ihm eine Hand auf die Schulter, und ihre Stimme ist sanft. „Ja, Manfred, das hast du. Aber du brauchst jetzt Ruhe. Rainer und ich bringen das zu Ende – für dich und für Brigitte."

Manfred schüttelt den Kopf, und sein Blick ist klar und entschlossen, auch wenn sein Körper schwach ist. „Nein... das ist nicht das Ende. Es gibt noch einen Kampf, und ich werde nicht zulassen, dass ihr alleine geht."

Rainer schnaubt, ein schwaches Lächeln auf den Lippen. „Das ist wohl die störrischste Seite an dir, Manfred. Selbst am Rande der Erschöpfung spielst du den Helden. Na schön – aber wenn wir das hier überleben, schulde ich dir eine Lektion im Ausruhen."

Zusammen helfen sie ihm auf die Beine, und Manfred stützt sich auf sie, während sie den Weg fortsetzen. Der Sturm in ihren Herzen ist ungebrochen, und obwohl sie die Narben dieser Nacht tragen werden, wissen sie, dass sie es durchstehen werden – für Brigitte, für das Königreich und für die Freiheit.

<hr />

D ie Stille nach dem letzten Aufeinandertreffen ist fast greifbar, wie ein zitternder Hauch, der über die Wände des Thronsaals weht. Manfred, Elisa und Rainer, erschöpft, verwundet und voller Adrenalin, stehen im flackernden Schein der Fackeln, die das schwache, rote Licht auf die finsteren Mauersteine werfen.

Manfred atmet schwer, sein Schwert noch immer in der Hand. Der letzte Rest von Wilfrieds Armee ist besiegt, aber der Sieg hinterlässt einen bitteren Nachgeschmack. Brigitte ist gerettet, doch sie liegt bewusstlos in einer Nische des Thronsaals, während Elisa sich sanft über sie beugt und ihre Kräfte nutzt, um ihre Wunden zu heilen.

Rainer bricht das Schweigen und sieht Manfred mit einem typischen, halb ironischen Lächeln an. „Nun, da hast du es also geschafft, großer Held. Du hast den bösen König besiegt und die schöne Prinzessin gerettet. Und, fühlt sich das alles so erfüllend an, wie du es dir vorgestellt hast?"

Manfreds Gesicht zeigt nur eine schwache Andeutung eines Lächelns, seine Augen blicken jedoch hart und nachdenklich. „Erfüllend? Vielleicht... vielleicht nicht. Aber ich weiß, dass es nötig war. Wilfrieds Dunkelheit konnte nicht weiter wachsen. Wir mussten ihn stoppen – auch wenn der Preis hoch ist."

Rainer schnaubt und kratzt sich an der Stirn, als ob er an einem besonders zynischen Gedanken festhält. „Das sagst du jetzt. Aber denk dran, in ein paar Wochen sitzt du wieder auf deinem alten, verstaubten Baronsstuhl und befehligst deine braven Bauern. War das wirklich der Preis wert?"

Manfred sieht ihn ernst an, doch in seinen Augen blitzt etwas Herausforderndes. „Ich habe die Wahl getroffen, für diejenigen zu kämpfen, die keine Stimme haben, Rainer. Ich weiß, dass du das verstehst. Warum sonst hast du überhaupt gekämpft?"

Rainer gibt ein kurzes, bitteres Lachen von sich und zuckt mit den Schultern. „Vielleicht, weil ich dich noch ein letztes Mal leiden sehen wollte, wer weiß? Aber jetzt mal ernsthaft: Ich bin bei dir, Manfred. Auch wenn ich es selten zugebe – es war die richtige Entscheidung. Vielleicht die einzige Entscheidung."

In diesem Moment regt sich Brigitte, und ihre Augen öffnen sich langsam. Sie sieht Manfred an, und ein Lächeln breitet sich über ihr Gesicht, schwach, aber voller Erleichterung. „Manfred... du hast es geschafft."

Er kniet sich zu ihr, nimmt ihre Hand und erwidert ihren Blick voller Zuneigung. „Ich habe dir versprochen, dich zu retten, Brigitte. Nichts konnte mich aufhalten."

Elisa erhebt sich und wirft den beiden einen leicht sarkastischen Blick zu. „Entschuldigt, wenn ich euer romantisches Wiedersehen störe, aber wir sollten wirklich überlegen, wie wir hier herauskommen. Ich glaube kaum, dass die verbleibenden Kräfte Wilfrieds uns einen Heldenempfang bereiten werden."

Manfred steht langsam auf, hilft Brigitte dabei, sich ebenfalls zu erheben, und wendet sich an die anderen. „Elisa hat recht. Wir sind hier nicht sicher, und Wilfrieds Festung ist vielleicht zerstört, aber seine verbliebenen Schergen werden uns sicherlich nicht ohne weiteres gehen lassen."

Rainer klopft sich staubig den Umhang ab und zieht einen Mundwinkel ironisch nach oben. „Na wunderbar, also noch ein bisschen mehr Spaß, bevor wir nach Hause gehen. Ich hoffe, du hast die Energie für noch ein paar Schwertschläge, mein edler Baron?"

Manfred lächelt leicht, der Glanz des Kampfes in seinen Augen schimmert immer noch. „Solange ich noch einen Atemzug habe, Rainer."

Die Gruppe macht sich auf den Weg, den Thronsaal hinter sich lassend. Die Dunkelheit ist nicht ganz verschwunden, und Schatten lauern in den Ecken der alten Festung. Doch etwas ist anders – die drückende Bedrohung ist gewichen, und ein Hauch von Hoffnung erfüllt die Luft.

Manfred hilft Brigitte, während sie durch die verwinkelten Gänge gehen, und ihre Finger berühren sich dabei wie zufällig, doch für beide ist dieser kleine Kontakt ein Versprechen auf die Zukunft. Als sie die große Eingangshalle erreichen, wird das fahle Licht der Morgendämmerung sichtbar, das durch die Risse in den uralten Wänden fällt.

Sie bleiben stehen, blicken in die neue, friedlich wirkende Welt und atmen die kühle, frische Luft ein. Rainer bricht das Schweigen, seine Stimme trocken und voller müder Ironie: „Also, das war's dann? Keine dramatische Explosion, kein letzter Fluch des Bösen? Ich bin fast enttäuscht."

Elisa lächelt, ein sanftes, wehmütiges Lächeln, und legt ihre Hand auf Rainers Schulter. „Nicht jede Geschichte endet mit einem

Knall, Rainer. Manchmal ist der wahre Triumph das Schweigen nach dem Kampf."

Manfred nickt langsam, und seine Stimme ist leise, als ob er mehr zu sich selbst spricht. „Das Schweigen... und die Freiheit, die wir zurückgewonnen haben."

Sie treten aus der Festung heraus, und die ersten Sonnenstrahlen treffen ihr Gesicht. Der Krieg ist vorüber, die Dunkelheit ist besiegt – doch die Welt hat sich verändert, und sie selbst haben sich verändert. Der Preis für den Sieg war hoch, und die Narben werden bleiben, doch das Versprechen auf eine bessere Zukunft ist in jedem von ihnen lebendig.

Rainer schüttelt sich die letzten Reste des Staubs ab und sieht Manfred mit einem Grinsen an. „Gut, also was jetzt? Eine Taverne, ein Bier, ein halbwegs erträgliches Bett? Ich denke, das haben wir uns verdient."

Manfred nickt, doch seine Augen ruhen auf Brigitte, und ein sanftes Lächeln breitet sich auf seinem Gesicht aus. „Vielleicht... aber es gibt noch vieles, das vor uns liegt."

Elisa, die die beiden beobachtet, hebt die Augenbrauen und murmelt leise: „Oh, großartig. Die Liebe hat über die Dunkelheit gesiegt. Wusste gar nicht, dass ich in einem Balladenlied lebe."

Manfred lacht leise, das erste freie Lachen seit Tagen, und legt eine Hand auf Elisas Schulter. „Komm, Elisa. Die Welt braucht Geschichten, an die man glaubt – und vielleicht sind wir diejenigen, die sie erzählen müssen."

Mit diesen Worten, erfüllt von einem Hauch Hoffnung und der Gewissheit, dass sie etwas Größeres überlebt haben, machen sie sich auf den Weg zurück, jeder Schritt ein Schritt in die Freiheit, in eine Welt, die sie neu erschaffen haben.

Kapitel 15

Die dicken, staubigen Seiten des alten Buches knistern leise, während Brigitte, Manfred und Elisa mit ernsten Blicken darüber gebeugt sind. Sie sitzen im schwach beleuchteten Studierzimmer von Brigittes Vater, umgeben von düsteren Schriften und Symbolen, die ein Wissen verheißen, das schon längst vergessen schien. Ein unheimlicher Hauch zieht durch den Raum, als ob die Worte selbst, die das Buch enthält, lebendig wären und ihnen das Blut in den Adern gefrieren lassen.

Elisa bricht schließlich das Schweigen, ihre Stimme ein leises Flüstern: „Also, das ist es... das geheimnisvolle, alte Prophezeiungsbuch, von dem uns all die Jahre nur in Legenden erzählt wurde. Ziemlich unscheinbar, wenn man bedenkt, dass es den Schlüssel zu Wilfrieds Macht enthält."

Brigitte streicht vorsichtig über die Schriftzeichen, ihre Finger zittern leicht. „Die Legenden erzählen, dass es ein Geheimnis bewahrt, das so dunkel und mächtig ist, dass es das Gleichgewicht der Welt zerstören könnte. Wilfried hat sich schon immer nach solcher Macht gesehnt. Er glaubt, dass dieses Wissen ihn unsterblich machen kann."

Manfred, der mit einem besorgten Ausdruck neben ihr steht, wirft einen skeptischen Blick auf die altmodischen Zeichen. „Unsterblichkeit? Ewig leben und über ein Königreich aus Dunkelheit herrschen? Da klingt ja fast romantisch, wenn man auf Gänsehaut und Schauer steht."

Elisa hebt eine Augenbraue und lächelt sarkastisch. „Romantisch? Eher wie ein albtraumhafter Alptraum. Manche Träume sollten besser nie wahr werden, Manfred."

Brigitte murmelt weiter, die Stirn in Konzentration gefurcht, während sie die Seite umblättert und beginnt, das verschlungene Netz aus Zeichen und Formeln zu entziffern. Ihre Stimme ist angespannt und leise, fast als ob die Worte, die sie ausspricht, eine unsichtbare Kraft heraufbeschwören könnten.

„Die Prophezeiung... spricht von einem Erben uralter Blutlinien. Einem Erbe der Magie, dessen Kraft so rein ist, dass sie die Schattenwelt in sich aufsaugen und das Dunkle mit dem Licht vereinen kann." Sie hält inne und schluckt schwer, als ob ihr erst jetzt die Bedeutung dieser Worte bewusst wird. „Und dieser Erbe bin ich."

Manfred sieht sie entsetzt an, seine Augen weiten sich. „Das bedeutet... Wilfried will dich nicht nur als Geisel. Er braucht dich für das Ritual, um seine unsterbliche Macht zu entfesseln."

Brigittes Blick ist fest, ihre Augen funkeln vor Entschlossenheit, auch wenn ein Hauch von Furcht darin liegt. „Ja. Er glaubt, dass mein Blut den letzten Schlüssel darstellt, um die Fesseln der Zeit zu durchbrechen und sich selbst zum König über Leben und Tod zu machen."

Elisa schüttelt den Kopf, ein bitteres Lächeln auf den Lippen. „Nun, das klingt ja wirklich wie ein dramatischer Plan. Erschreckend, dass sich diese Wahnsinnigen immer ausgerechnet solche Ideen einfallen lassen."

Brigitte lächelt schwach, ihre Finger ruhen auf dem alten Buch, als ob sie Trost in seiner Anwesenheit suchen würde. „Es gibt jedoch einen kleinen, aber wichtigen Aspekt, den Wilfried offenbar übersehen hat. Die Prophezeiung besagt auch, dass die Macht des Erben nur durch den eigenen Willen und die Entscheidung, das Dunkle zu akzeptieren oder zu vernichten, entfesselt werden kann. Ich muss ihn also bewusst unterstützen – und das werde ich nie tun."

Manfred greift nach Brigittes Hand und drückt sie sanft, seine Stimme fest. „Dann müssen wir Wilfried aufhalten, bevor er dich zwingen kann, diese Wahl zu treffen."

„Aber wir müssen vorsichtig sein," murmelt Elisa. „Wilfried wird wissen, dass wir auf das Geheimnis der Prophezeiung gestoßen sind. Ab diesem Moment wird er noch erbitterter kämpfen – das heißt, wir haben keine Zeit zu verlieren. Wir müssen alles vorbereiten, um ihm entgegenzutreten, und jeden verborgenen Verbündeten mobilisieren."

Brigitte blättert vorsichtig weiter und murmelt leise: „Das Buch spricht auch von einer mächtigen Schutzmagie, die genutzt werden kann, um den Erben zu stärken und ihn vor dunklen Einflüssen zu bewahren. Vielleicht können wir das Ritual umkehren und Wilfrieds Einfluss schwächen, wenn wir diese Magie aktivieren."

Manfred nickt, seine Augen glitzern vor Entschlossenheit. „Dann haben wir eine Waffe – und einen Plan. Wir müssen jeden unserer Verbündeten zusammenrufen und uns auf das vorbereiten, was uns erwartet."

Ein schweres Schweigen legt sich über den Raum, jeder von ihnen spürt die Last des bevorstehenden Kampfes auf seinen Schultern. Doch in diesem Moment der Stille, als das Geheimnis der Prophezeiung in ihren Köpfen nachhallt, finden sie in einander die Stärke, die sie brauchen, um das Unvermeidliche zu akzeptieren.

„Dann ist es entschieden," sagt Manfred leise, seine Stimme fest und ruhig. „Wir haben eine Chance, Wilfried ein für alle Mal zu besiegen – und Brigitte, wir werden dich beschützen, koste es, was es wolle."

Brigitte schließt das Buch, und ihre Hand ruht auf dem Einband, als würde sie das Geheimnis, das sie gerade entschlüsselt hat, für einen letzten Moment in sich aufnehmen. Sie sieht Manfred in die Augen, und ein sanftes Lächeln breitet sich auf ihrem Gesicht aus.

„Ich vertraue euch. Und gemeinsam werden wir das Dunkle ein für alle Mal verbannen."

———— ⁊◌⁊ ————

Die Abenddämmerung legt sich schwer über das Lager, während die verbündeten Krieger, Magier und Flüchtlinge zusammenkommen, ihre Gesichter erleuchtet vom rötlichen Schimmer des verblassenden Tageslichts. Das Lager summt vor Aktivität: Waffen werden geschärft, Schutzzauber über die Verteidigungswälle gelegt, und Blicke voller Furcht und Entschlossenheit treffen sich im Schein der Fackeln.

Manfred steht auf einem kleinen Hügel, von wo aus er das ganze Lager überblicken kann. Neben ihm wartet Elisa, das Gesicht voller Spannung, die Hände ineinander verschränkt. Ihre Augen wandern ständig zu Brigitte, die in einem kleinen, provisorischen Zelt sitzt und sich auf das Schutzritual vorbereitet.

„Selbst jetzt scheint sie die Ruhe selbst zu sein," murmelt Elisa leise und schüttelt den Kopf. „Ich wäre schon längst am Ende meiner Nerven."

„Du hast sie in den letzten Tagen oft unterschätzt," antwortet Manfred mit einem leichten Lächeln. „Sie ist stärker, als du denkst."

„Na, wenn du das sagst," erwidert Elisa trocken. „Aber, um ehrlich zu sein, hoffe ich, dass sie uns diese Stärke auch noch morgen beweisen kann."

Rainer stößt zu ihnen, eine Tasche voller Wurfdolche über der Schulter. Er hebt einen davon mit einem ironischen Lächeln. „Und, wo sind die großen Worte, unser Herr Anführer? Bereit, ein paar heldenhafte Reden zu schwingen, bevor wir in den sicheren Tod marschieren?"

Manfred seufzt und sieht Rainer an, in dessen Augen ein Funken des üblichen, bissigen Humors liegt. „Weißt du, manchmal frage ich mich wirklich, ob du überhaupt verstehst, wie ernst die Lage ist."

Rainer zwinkert ihm zu. „Aber natürlich verstehe ich das, mein lieber Manfred. Nur ist das Leben ohne einen Hauch von Galgenhumor schließlich nur halb so erträglich."

In diesem Moment tritt Brigitte aus ihrem Zelt, das Gesicht konzentriert und doch ruhig, wie ein Sturm, der sich in ihrem Inneren zusammenbraut. Sie sieht Manfred und die anderen an und tritt mit festen Schritten zu ihnen, in den Händen das uralte Buch, das sie seit Tagen studiert.

„Es ist soweit," sagt sie leise, aber ihre Stimme klingt stark und bestimmt. „Das Ritual wird mir Schutz gewähren, aber der Kampf hängt von uns allen ab. Ich kann Wilfrieds Kräfte nicht ganz unterdrücken, doch ich kann sie schwächen."

Rainer lächelt schief und gibt ihr einen Dolch. „Nun, dann können wir ja alle beruhigt sterben, nicht wahr? Ich meine, nichts kann schiefgehen, wenn du in unser aller Köpfen einen Funken Hoffnung pflanzt, der gegen Wilfrieds Wahnsinn ankämpft."

Brigitte erwidert das Lächeln, aber in ihren Augen liegt eine Spur von Melancholie. „Wenn ich es schaffe, ihm das Gleichgewicht zu nehmen, werdet ihr eure Fähigkeiten brauchen, um ihn zu besiegen. Aber seid vorsichtig – Wilfried ist bereit, jeden Trick zu nutzen, um uns auseinanderzubrechen."

Elisa tritt einen Schritt näher und spricht leise. „Brigitte, ich weiß, was du durchmachen musst, und ich will nur, dass du weißt: Du bist nicht allein. Was auch immer geschehen mag, wir stehen hinter dir."

Manfred greift nach Brigittes Hand und drückt sie fest. „Wir sind in diesem Kampf vereint, Brigitte. Für uns gibt es kein Zurück mehr. Die Welt, für die wir kämpfen, ist eine ohne Angst, ohne Finsternis. Wir werden siegreich sein."

Brigitte erwidert den Druck seiner Hand, und für einen kurzen Moment sind die Worte unnötig. Sie teilt seine Entschlossenheit und spürt die Stärke, die von ihm auf sie übergeht.

Die Dämmerung wandelt sich in die tiefe Schwärze der Nacht, und das Lager scheint sich zu beruhigen. Die Krieger sitzen nun in kleinen Gruppen beieinander, einige sprechen leise, andere schärfen ihre Waffen, während einige Magier Schutzzauber üben. Manfred sieht auf seine Gefährten und fühlt die Verantwortung schwer auf seinen Schultern lasten, doch in ihrer Entschlossenheit findet er Trost.

Die letzte Besprechung des Plans findet im Licht einer großen Fackel statt. Die wichtigsten Verbündeten sind versammelt: Krieger und Anführer, jeder mit einem Ausdruck auf dem Gesicht, der zwischen Furcht und Hoffnung schwankt.

„Unsere Strategie ist einfach," beginnt Manfred, sein Blick fest. „Brigitte und ich werden Wilfried direkt konfrontieren. Während er sich auf uns konzentriert, wird Elisa mit ihren Magiern seine Verteidigung von außen schwächen."

Elisa nickt knapp und zeigt auf die Lagepläne. „Meine Leute und ich werden ein Ablenkungsmanöver starten. Die Wachen Wilfrieds werden uns für die Hauptbedrohung halten, während ihr unbemerkt vordringen könnt. Sobald wir die äußere Verteidigungslinie durchbrochen haben, müsst ihr zuschlagen."

Rainer schnaubt und schüttelt den Kopf. „Also, wir drei mitten im Zentrum der Finsternis, direkt unter Wilfrieds Nase. Klingt absolut lebensmüde. Ich mag es."

Manfred ignoriert Rainers Kommentar und fährt fort. „Brigitte, du wirst dich so nah wie möglich an Wilfried heranwagen, um das Ritual zu vollenden, das seine Kräfte neutralisiert. Doch die Dauer wird begrenzt sein – wir haben nur ein kurzes Zeitfenster, um ihn zu schlagen, bevor er sich wieder erholt."

Brigitte nickt. „Ich bin bereit. Egal, was passiert, wir dürfen nicht zurückweichen."

Ein letzter Moment des Schweigens senkt sich über die Gruppe, und jeder spürt das Gewicht des bevorstehenden Tages. Rainer zieht einen Schluck aus seinem Flachmann und bietet ihn Manfred an. „Ein letzter Trinkspruch, bevor wir die Welt retten?"

Manfred lächelt leicht und nimmt einen Schluck. „Auf ein neues Morgen."

Die Gruppe nickt, und ein Gefühl von Zusammenhalt und Zuversicht durchströmt sie. Morgen, wenn der Morgen graut, wird alles entschieden sein – ein Leben in Freiheit oder das Ende in der Dunkelheit.

Die Verbündeten verteilen sich, um ihre letzten Vorbereitungen zu treffen, jeder in Gedanken versunken. Manfred und Brigitte stehen für einen Moment allein, das Gewicht der bevorstehenden Schlacht lastet auf ihnen wie eine dunkle Wolke.

Brigitte sieht Manfred an, und ihre Augen sind voller Zärtlichkeit und Melancholie. „Was auch immer geschieht, Manfred, ich möchte, dass du weißt, dass ich glücklich bin, hier an deiner Seite zu stehen."

Er hebt ihre Hand und küsst sie sanft. „Wir werden das überstehen, Brigitte. Ich werde dich nicht verlieren."

Die Nacht ist still, und die Sterne funkeln wie stumme Zeugen ihres Versprechens.

Manfred und die wichtigsten Verbündeten stehen um einen improvisierten Tisch, über den eine Karte von Wilfrieds Festung ausgebreitet ist. Das leise Knistern der Fackeln ist das einzige Geräusch in der kalten Nacht, und die Gesichter der Anwesenden sind ernst, jeder mit dem unausgesprochenen Wissen, dass dies ihre letzte Chance sein könnte, das Königreich vor der Dunkelheit zu bewahren.

Rainer blickt auf die Karte, die Linien und Markierungen, die ihre geplanten Routen darstellen, und schüttelt leicht den Kopf. „Also, ich bin ja nicht gerade der Typ für langatmige Pläne, aber das hier sieht wirklich aus wie ein Rezept für einen besonders heroischen Tod."

Elisa legt den Zeigefinger auf die äußeren Verteidigungsposten und ignoriert Rainers Bemerkung mit einem leicht genervten Blick. „Wie schon gesagt, wir teilen uns in zwei Gruppen auf. Die erste Gruppe – das sind Rainer und ich mit den Magiern – sorgt für eine Ablenkung und durchbricht Wilfrieds äußere Verteidigungslinien. Diese Truppen sind schwer bewacht und gut geschützt, also brauchen wir all unsere Kräfte, um durchzukommen."

Rainer hebt eine Augenbraue. „Großartig. Also sollen wir die Höllenhunde an der Leine Wilfrieds die ganze Zeit beschäftigen, damit Manfred und Brigitte den roten Teppich bis in den Thronsaal bekommen."

Manfred antwortet mit einem Hauch Sarkasmus. „Wenn ich es richtig verstehe, ist das genau das, was dein Talent für gefährliche Situationen verlangt. Stell es dir einfach vor: Ein letzter großer Auftritt. Ich dachte, das wäre nach deinem Geschmack."

Rainer schnaubt und legt eine Hand auf die Brust. „Natürlich, Manfred, natürlich. Wenn es jemandem das Leben retten kann, opfere ich gerne meine spöttischen Kommentare und meinen guten Geschmack in Witzen. Aber erwarte bitte keine Rachegedichte über mich."

Brigitte, die bisher schweigend zugehört hat, tritt einen Schritt vor und sieht jeden einzelnen im Raum mit einem ernsten, festen Blick an. „Wir alle wissen, worum es hier geht. Die Dunkelheit, die Wilfried entfesseln will, wird das Königreich für immer zerstören. Ich werde die innere Barriere durchbrechen und Wilfrieds Macht blockieren, aber nur für einen kurzen Moment. Dieser Moment ist alles, was wir haben, um ihn zu besiegen."

Elisa legt eine Hand auf Brigittes Schulter, und in ihrem Blick liegt ein Hauch von Respekt. „Wenn du deine Rolle im Plan erfüllst,

Brigitte, dann schaffen wir das. Aber sobald du den Zauber wirkst, wirst du selbst verletzlich sein. Vergiss das nicht."

Manfred zieht Brigitte sanft beiseite, ihre Hände berühren sich für einen Moment, und ein stiller Austausch von Blicken gibt beiden die Stärke, die sie brauchen. „Wir gehen gemeinsam, Brigitte," flüstert er leise. „Ich lasse dich nicht allein – in keinem Moment dieses Plans."

Rainer, der das beobachtet, schnaubt und grinst spöttisch. „Ach, diese tragische Romanze. Kann es überhaupt eine größere Motivation für einen Kampf geben als eine vor sich hinschmelzende Liebe? Wirklich inspirierend."

Brigitte schenkt ihm ein ironisches Lächeln. „Lass dich bloß nicht davon inspirieren, Rainer. Würde man je erleben, dass du dir solche Mühe für jemanden machst?"

Rainer zieht die Augenbrauen hoch und antwortet mit einem spöttischen Glitzern in den Augen. „Oh, glaubt mir, ich mache das nur, weil das alles zu einem sehr unterhaltsamen Märchen werden könnte – vorausgesetzt, wir überleben das hier."

Elisa unterbricht mit einem strengen, fast mütterlichen Ton. „Gut, dann ist alles klar: Wir starten bei Tagesanbruch. Rainer und ich sichern die Außenposten, und sobald die Verteidigungslinie durchbrochen ist, führt Manfred Brigitte in die Festung. Wir haben nicht mehr als ein paar Minuten, bevor Wilfried merkt, was vor sich geht."

Ein leises Nicken geht durch die Runde, und für einen Moment herrscht Stille. Jeder spürt die Schwere der bevorstehenden Schlacht, die unausgesprochene Angst, die nur in den stillen Blicken der Krieger sichtbar wird.

Manfred erhebt sich schließlich, sein Blick wandert über seine Freunde und Verbündeten, als ob er ihre Gesichter für immer einprägen möchte. „Dann bereitet euch vor. Das ist unser Moment. Morgen beenden wir das Dunkel, das über uns hängt."

Mit diesen Worten lösen sich die letzten Anspannungen, und jeder begibt sich zu seiner Ausrüstung, um die letzten Vorbereitungen zu treffen. Manfred bleibt einen Moment zurück und sieht Brigitte an, seine Augen voller Emotionen, die er kaum in Worte fassen kann.

„Brigitte... wenn wir das überstehen, dann... dann wird alles anders sein."

Brigitte legt eine Hand auf seine Wange, ihre Berührung warm und voller Zuversicht. „Wenn wir das überstehen, dann erwartet uns eine Zukunft, die wir beide neu gestalten können. Aber bis dahin kämpfen wir – und wir kämpfen zusammen."

Die beiden schweigen, während die Nacht sie umhüllt, und im Hintergrund hört man das leise Klirren von Rüstungen und das Knistern der Fackeln, die das Lager in ein warmes, flackerndes Licht tauchen.

———— ❦ ————

Die Nacht hat das Lager in eine gespenstische Stille gehüllt. Die Sterne, die über ihnen glitzern, wirken wie stumme Wächter über das Schicksal, das sie alle erwartet. Manfred sitzt am Rand des Lagers, das Schwert über die Knie gelegt, die Hände leicht zitternd, aber entschlossen. Brigitte gesellt sich leise zu ihm, und für einen Moment sitzen sie einfach schweigend nebeneinander, den schweren Atem der bevorstehenden Schlacht in der Brust.

„Schlafen wäre wohl eine kluge Idee," murmelt Brigitte und streicht eine Strähne ihres Haares hinter das Ohr. „Aber ich nehme an, dass keiner von uns wirklich ruhig schlafen kann."

Manfred lächelt schief und sieht sie an. „Ruhe ist für Leute, die keine dunklen Herrscher besiegen müssen. Aber ja, ich verstehe, was du meinst. Gedanken kreisen einfach zu schnell."

„Gedanken über alles, was passieren könnte? Oder über das, was du morgen mit Wilfried tun wirst?" Brigitte sieht ihn forschend an, und in ihrem Blick liegt eine tiefe Wärme, eine stille Zuneigung, die durch die Worte schwer fassbar ist.

„Vielleicht beides," murmelt er leise, sein Blick auf den Boden gerichtet. „Aber was mir am meisten durch den Kopf geht, ist, wie es wäre... wenn wir das wirklich überstehen. Wie es wäre, eine Welt ohne Wilfrieds Dunkelheit zu sehen."

Brigitte legt ihre Hand sanft auf seine und drückt sie. „Diese Welt wird es geben, Manfred. Wir werden sie erschaffen, und sie wird uns gehören."

Aus dem Dunkel schleicht sich Rainer heran, das Gesicht gewohnt spöttisch, aber seine Augen verraten eine Spur von Besorgnis. „Oh, was sehe ich da? Die beiden Helden, die das Königreich retten und dabei tiefgründige, romantische Gespräche führen? Na schön, also wenn es noch kitschiger wird, gehe ich lieber ein Schattenwesen umarmen."

Brigitte lacht leise, ein Lachen voller Erschöpfung, aber auch voller Hoffnung. „Oh, Rainer, komm schon. Vielleicht möchtest du deine sensible Seite zeigen, bevor wir morgen in die Schlacht ziehen?"

Rainer schnaubt. „Sensible Seite? Ich? Bitte. Ich kämpfe nur, weil mir jemand die Taverne in Aussicht gestellt hat. Wenn wir überleben, lade ich euch alle ein. Aber erwartet nicht, dass ich poetische Reden schwinge."

Elisa gesellt sich zu ihnen und rollt mit den Augen, ihre Stimme von einem leichten Lächeln begleitet. „Rainer, irgendwann wird dir vielleicht jemand wirklich glauben, dass du nur für das Bier kämpfst. Und das wäre die größte Enttäuschung deines Lebens, nicht wahr?"

„Ha! Also, wer auch immer das glaubt, sollte den Kopf untersuchen lassen." Er setzt sich neben die Gruppe und zieht einen kleinen Flachmann aus seiner Tasche, den er großzügig an die anderen weitergibt.

Manfred nimmt einen Schluck und reicht ihn dann an Brigitte. „Auf das Morgen, das kommen wird," sagt er leise, seine Stimme erfüllt von einer Ruhe, die selbst ihn überrascht.

Brigitte hebt den Flachmann und schaut in die Runde. „Auf das Morgen – und auf das, was uns alle verbindet. Auf jeden einzelnen von uns."

Sie trinken schweigend, die Gedanken jeder und jedes Einzelnen schwirren wie unstete Geister umher, bis Elisa die Stille bricht und sich mit einem ernsten Blick an alle wendet.

„Wir haben alles vorbereitet," beginnt sie. „Unsere Schutzzauber sind stark, unsere Verbündeten entschlossen. Doch trotzdem – das hier wird der schwerste Kampf unseres Lebens. Wilfried kennt keine Gnade, und seine Magie ist mächtiger, als wir ahnen können."

„Ein fesselnder Monolog, Elisa," murmelt Rainer mit gespielter Begeisterung. „Hast du das aus einem Heldenepos gestohlen?"

Elisa seufzt und schlägt ihm spielerisch auf den Arm. „Ich versuche nur, euch daran zu erinnern, dass wir alle alles geben müssen – und dass wir es zusammen schaffen können."

Die vier blicken in die Dunkelheit, und ein Gefühl der Verbundenheit durchzieht sie. Morgen wird alles anders sein, und sie wissen, dass dieser letzte Moment der Ruhe wie ein kostbares Juwel in ihrer Erinnerung bleiben wird.

Manfred steht auf und reicht Brigitte die Hand, und gemeinsam treten sie einen Schritt in die Dunkelheit hinaus, die Festung von Wilfried in der Ferne, verborgen hinter Nebeln und Schatten, aber morgen in greifbarer Nähe.

Kapitel 16

Der Morgen bricht mit einem düsteren, blutroten Himmel an, und das Lager der Rebellen wird von einer fieberhaften Energie durchzogen. Manfred zieht sich den Lederriemen seines Schwertes fester um den Oberkörper, während die Krieger um ihn herum ihre letzten Vorbereitungen treffen. Von den Zinnen der Festung Wilfrieds, die sich wie ein drohendes Monstrum über das Tal erhebt, weht ein dumpfes, fast gespenstisches Heulen herüber.

Rainer kommt auf ihn zu, ein spöttisches Grinsen im Gesicht, aber seine Augen verraten den Ernst der Lage. „Na, bereit, das Schloss des Schreckens zu stürmen und dabei in einem letzten Akt heldenhafter Verzweiflung alles zu riskieren? Klingt fast, als hätten wir gar keine andere Wahl."

Manfred sieht ihn ruhig an und erwidert mit einem leichten Lächeln. „Nun, wenn ich mich zwischen einem glorreich tragischen Tod und dem ewigen Leben in Wilfrieds Schatten entscheiden müsste, würde ich sagen, dass ich lieber der erste bin, der die Tore aufbricht."

Rainer lacht, doch in seinem Blick blitzt Sorge auf. „Gut, gut, wir werden ja sehen, ob dein Mut so lange anhält, wie du denkst." Dann hebt er sein Schwert und gibt das Signal, und die Menge setzt sich in Bewegung.

Die Truppen bewegen sich wie eine Welle durch das Tal, und Manfred führt sie an, seine Schritte fest und unnachgiebig, das Ziel vor Augen – die massiven, stählernen Tore der Festung. Über ihnen blitzt ein Funken blauen Lichts auf, und eine Explosion der Magie fegt über die Rebellen wie ein kalter, alles durchdringender Nebel.

„Bleibt zusammen!" ruft Manfred, seine Stimme stark und ruhig. „Wir brechen die Verteidigungslinie durch und stürmen das Tor! Für das Königreich und für die Freiheit!"

Ein dröhnender Schrei erfüllt die Luft, als die Kämpfer die Festung erreichen. Die Rebellen stürmen vorwärts, Schwerter in den Händen und Entschlossenheit in den Augen, während Wilfrieds Krieger, gehüllt in schwarze Rüstungen, wie Schatten aus der Festung strömen, die Angreifer zu treffen.

Manfred hebt sein Schwert und schlägt sich einen Weg durch die erste Welle der Wachen. Die Luft ist erfüllt vom metallischen Klang der Schwerter und den Schreien der Kämpfenden. Über ihm am Himmel explodieren Kugeln dunkler Magie, als Wilfrieds Magier ihren tödlichen Fluch herabregnen lassen. Doch Manfred und seine Gefährten kämpfen sich unermüdlich voran.

Elisa, die im Hintergrund steht und ihre Magie konzentriert, schließt die Augen und streckt die Hände aus. Ihre Finger beginnen zu glühen, als sie einen mächtigen Zauber formt, der die Angriffe der schwarzen Magier abwehrt. „Rainer, ich halte ihnen den Rücken frei. Aber es ist jetzt an der Zeit, dass ihr das Tor einnehmt!"

Rainer, der nicht weit von ihr entfernt kämpft, grinst in ihrem typischen spöttischen Stil und schreit zu Manfred: „Hast du das gehört? Sie lässt uns die Drecksarbeit machen, während sie sich im Schutz ihrer magischen Glitzerwelt versteckt!"

Manfred erwidert nichts und wirft ihm nur ein schiefes Grinsen zu, bevor er sein Schwert gegen die schweren Holz- und Metalltore schmettert. Ein donnerndes Krachen hallt durch das Tal, als die Rebellen das Tor angreifen, Schläge und Hiebe, die von verzweifelter Entschlossenheit angetrieben werden. Schließlich, nach mehreren Angriffen, splittert das Holz, und das Tor gibt nach.

Mit einem letzten, heftigen Ruck stürzen die Tore auf, und die Rebellen strömen in die Festung. Doch dort erwartet sie ein Anblick, der selbst den tapfersten Kämpfer erschaudern lässt: ein Heer aus finsteren, stummen Wachen, die wie eine unheilvolle Wand vor ihnen steht, die Gesichter in undurchdringlicher Finsternis verborgen.

Manfred, in vorderster Reihe, atmet tief durch und hebt sein Schwert. „Das ist es, was uns erwartet? Gut. Dann lasst uns ihnen zeigen, warum sie uns fürchten sollten."

Rainer schnaubt und hebt ebenfalls sein Schwert, seine Augen funkelnd vor Entschlossenheit. „Nun, wenn das alles ist, was er hat, dann sollten wir uns beeilen. Es gibt bestimmt Wichtigeres als diese armseligen Kreaturen."

Doch kaum hat er den Satz beendet, wirft sich die erste Welle von Wachen auf die Rebellen, und ein wilder Kampf entbrennt. Stahl klirrt auf Stahl, und das Brüllen der Kämpfer wird von der unheimlichen Stille der dunklen Wachen verschlungen. Manfred kämpft sich durch die Reihen, seine Bewegungen schnell und präzise, sein Blick fokussiert auf das Herz der Festung.

Plötzlich erscheint eine weitere Gestalt auf einem der Balkone, gekleidet in einen langen, düsteren Umhang, das Gesicht verhüllt – Wilfrieds persönlicher Hofmagier. Seine Hände beginnen, magische Gesten zu vollführen, und dunkle Flammen züngeln aus seinen Fingern, bevor sie wie Pfeile auf die Rebellen niederprasseln.

Elisa erkennt die Gefahr und konzentriert sich, ihre Finger zeichnen flimmernde Muster in die Luft. Ein leuchtender Schild erscheint über den Rebellen und wehrt die Flammen ab, aber sie weiß, dass dies nur der Anfang eines langen, erbitterten Duells sein wird.

Mit entschlossenem Blick tritt sie dem Magier entgegen, hebt die Hände und schickt eine Welle aus blauer Energie auf ihn zu. Der Hofmagier fängt den Angriff ab und wirft einen höhnischen Blick auf sie. „Glaubst du wirklich, dass deine kleinen Zauber gegen die Macht des dunklen Königs bestehen können?"

Elisa verzieht die Lippen zu einem Lächeln, ihre Augen blitzen vor Wut und Entschlossenheit. „Lass es uns herausfinden."

Ihre Hände beginnen, komplizierte Muster in die Luft zu zeichnen, während sie eine weitere Welle magischer Energie heraufbeschwört. Ein tosender Lichtstrahl trifft den Magier, der jedoch einen finsteren, schattenhaften Schild aufbaut und die Attacke abfängt.

Die beiden stehen sich inmitten des Chaos gegenüber, ihre magische Kraft einander messend, während die Rebellen und die Wachen um sie herum weiterkämpfen. Es ist ein gefährliches Gleichgewicht, und jeder weiß, dass nur einer von ihnen siegreich hervorgehen kann.

Währenddessen kämpft sich Manfred durch die Reihen der Wachen und blickt immer wieder auf den Turm in der Mitte der Festung – Brigittes Gefängnis. Er weiß, dass er dorthin gelangen muss, koste es, was es wolle.

———— ❧ ————

Inmitten des blutigen Kampfes erhebt sich ein wilder, tobender Wirbel aus Magie und Dunkelheit. Elisa steht fest, die Hände vor sich ausgebreitet, während sie gegen den unheilvollen Hofmagier Wilfrieds antritt, der auf einem Steinvorsprung über der Menge thront. Ein höhnisches Lächeln spielt auf seinen Lippen, als er die Dunkelheit zu einer Waffe formt, die sich um ihn windet und mit jedem Schlag droht, Elisas Verteidigung zu durchbrechen.

„Was ist los, kleine Hexe?" höhnt der Magier, seine Stimme ein schneidender Klang über das Kriegsgetümmel. „Dein Funkeln kann meine Dunkelheit nicht einmal durchdringen. Hast du wirklich geglaubt, mit deinen kümmerlichen Kräften zu mir durchzudringen?"

Elisa kneift die Augen zusammen und fühlt den Zorn in sich aufsteigen. „Du wirst überrascht sein, was diese ‚kümmerlichen' Kräfte bewirken können."

Sie hebt die Hände, und die Luft um sie herum flimmert vor Energie. Ein heller Lichtstrahl bricht aus ihren Fingern hervor und jagt mit einem ohrenbetäubenden Knall auf den Magier zu. Doch er hebt gelassen die Hand, und die Energie prallt gegen eine unsichtbare Mauer, als ob sie nichts weiter als ein Windstoß wäre.

Er lacht spöttisch. „Licht ist nichts ohne Schatten. Und die Dunkelheit gehört mir."

Elisa konzentriert sich, und sie spürt, wie die Anstrengung an ihren Kräften zehrt, doch sie gibt nicht nach. Sie lässt ihre Hände rotieren, erschafft flimmernde Muster, die zu einem kraftvollen Angriff verschmelzen, während der Hofmagier eine Welle pechschwarzer Schatten gegen sie entsendet. Die beiden Mächte prallen mit einem gleißenden Blitz aufeinander, und für einen Moment scheint es, als würde der Boden selbst unter dem Gewicht dieser gegensätzlichen Kräfte erbeben.

Mit jeder neuen Welle aus Licht und Schatten verlieren die Kämpfenden um sie herum ihre Orientierung, taumeln und starren gebannt auf das magische Duell. Die Kämpfer bleiben wie versteinert stehen, die Schwerter in der Hand, gefangen von den strahlenden und düsteren Energien, die sich über ihnen ausbreiten.

„Du hast wirklich keine Ahnung, womit du dich anlegst," zischt der Hofmagier und hebt beide Hände, um eine Wolke aus tiefschwarzer Energie zu formen, die wie ein lebender Schatten auf Elisa zuschießt. „Die Macht Wilfrieds wird dich verschlingen!"

Elisa spürt die Gefahr in jeder Faser ihres Körpers, doch statt zurückzuweichen, stürzt sie sich mit einem stummen Schrei in die dunkle Energie und entfesselt eine letzte, alles umfassende Flammenwelle, die aus ihrem Innersten strömt. Das Licht bricht wie ein brennender Stern hervor, durchbricht die Dunkelheit und trifft den Magier mit voller Wucht.

Ein ohrenbetäubender Aufschrei entfährt ihm, und die Schatten, die ihn umgeben, beginnen zu zerfallen. Für einen Moment scheint es, als würde sein Körper in der Luft schweben, bevor er langsam nach hinten fällt und in der Dunkelheit verschwindet. Die Schatten lösen sich auf, und die Dunkelheit, die den Hofmagier umgeben hat, schwindet wie Nebel im Morgenlicht.

Elisa sinkt auf die Knie, keuchend und erschöpft, doch in ihren Augen blitzt der Triumph. Sie hat ihren Gegner besiegt, und sie weiß, dass dieser Sieg ein Wendepunkt im Kampf ist. Die Rebellen ringsum blicken zu ihr, als hätten sie gerade ein Wunder gesehen, und für einen Moment ist die Stille der Sieg.

Doch nur für einen Moment. Ein schneidender Schrei durchdringt die Luft, und die Wachen Wilfrieds stürzen sich wieder auf die Rebellen. Elisa hebt sich mühsam auf die Füße und sieht Rainer, der durch die Menge zu ihr eilt, das Gesicht eine Mischung aus Erleichterung und ungeduldigem Spott.

„Elisa, du solltest dir wirklich mal ein Hobby suchen, das weniger explosiv ist," sagt er und greift nach ihrem Arm, um sie zu stützen. „Du siehst aus, als hättest du gerade gegen den Teufel persönlich gekämpft."

Sie lächelt schwach und lässt sich von ihm aufrichten. „Wenn ich das wäre, dann wäre ich wohl in bester Gesellschaft, nicht wahr?"

Rainer grinst und hilft ihr auf die Beine. „Ich hätte nie gedacht, dass ich das sagen würde, aber du hast gerade bewiesen, dass Magie mehr als nur glänzende Effekte haben kann."

Elisa klopft den Staub von ihrem Mantel und antwortet mit einem Lächeln, das trotz ihrer Erschöpfung eine stille Genugtuung ausdrückt. „Na, dann hoffe ich, dass du das zu schätzen weißt, Rainer."

Er wirft ihr einen ironischen Blick zu. „Schätzen? Du meine Güte, ich werde es als Legende weitertragen – die tapfere Magierin, die uns allen den Hintern gerettet hat."

Elisa lacht leise, ihr Blick fällt auf den Turm im Hintergrund. „Aber das ist noch nicht das Ende. Manfred und Brigitte sind noch da drin, und Wilfried selbst wartet auf uns. Unsere letzte Chance liegt jetzt in ihren Händen."

Rainer nickt, und in seinen Augen liegt ein Funke von Ernsthaftigkeit, der nur selten in seinem Gesicht zu finden ist. „Dann lass uns hoffen, dass sie wissen, was sie tun. Ansonsten war das hier die dramatischste Fehlinvestition meiner Lebenszeit."

Mit einem letzten Blick auf den gefallenen Magier und die sich zurückziehenden Schatten folgt Rainer Elisa, die sich entschlossen auf den Turm zubewegt, die letzte Hoffnung auf einen Sieg fest in ihren Herzen.

———— ⚬✿⚬ ————

Die Festung erzittert unter den letzten Angriffen, und das unheilvolle Dröhnen der magischen Barrieren hallt durch die steinernen Korridore. Manfred und Rainer, inzwischen von Kampfspuren und Staub gezeichnet, bahnen sich ihren Weg durch das Labyrinth dunkler Gänge. Sie wissen, dass sie den höchsten Turm erreichen müssen – Brigittes Gefängnis und zugleich das Herz von Wilfrieds Macht.

„Wie zur Hölle sieht der Kerl überhaupt in diesen düsteren Gängen, ohne sich das Bein zu brechen?" murmelt Rainer, als sie eine steile Treppe hochstürmen.

Manfred wirft ihm ein kurzes, trockenes Lächeln zu. „Ich nehme an, dunkle Herrscher besitzen einen gewissen Orientierungssinn im Dämmerlicht. Üb schon mal – du könntest ihn eines Tages brauchen."

Rainer verdreht die Augen, greift fester zum Schwert und bleibt abrupt stehen, als sie oben auf der Treppe auf eine Gruppe der Elitesoldaten Wilfrieds stoßen. Die Krieger tragen pechschwarze Rüstungen, die selbst das Licht der Fackeln verschlucken. Ihre Augen glühen rot unter den dunklen Visieren, und jeder Atemzug scheint ein leises Knurren hervorzubringen.

„Ach, das wird immer besser," murmelt Rainer und hebt das Schwert. „So viel zur heldenhaften Abkürzung."

Manfred schnaubt und macht sich kampfbereit. „Bereit, ein wenig Angst und Schrecken zu verbreiten, Rainer?"

„Angst und Schrecken? Für diese Typen?" Rainer zwinkert und lacht. „Ich dachte, ich sollte lieber Charme und Verführung einsetzen, um an ihnen vorbeizukommen."

„Das könnte funktionieren," grinst Manfred. „Aber lass mich wissen, wenn der Plan fehlschlägt."

Ohne weitere Vorwarnung stürmen die beiden auf die Soldaten zu, die ihre Klingen mit gnadenloser Präzision schwingen. Der Kampf ist hart, die Gegner gut ausgebildet, und jeder Angriff, den Manfred und Rainer starten, scheint von einem Schwall dunkler Energie zurückgeworfen zu werden.

Manfred blockt einen Hieb und wirft einen Blick zu Rainer, der, selbst inmitten eines wilden Kampfes, immer noch sein unnachgiebiges Lächeln behält. „Noch immer für den Charme-Plan?"

„Fragt mich nach dem zweiten Gliedmaßenverlust," keucht Rainer zurück und verpasst einem der Wachen einen schneidenden Hieb. „Momentan bin ich ziemlich sicher, dass diese Jungs nur für Klingen empfänglich sind."

Schließlich, nach einem erbitterten Gefecht, schaffen sie es, die Elitesoldaten niederzuringen. Die letzten schwarzen Krieger fallen, und das schallende Echo ihrer Rüstungen auf dem Steinboden erfüllt den Raum mit einem düsteren Klang.

Rainer lässt das Schwert sinken und wischt sich den Schweiß von der Stirn. „Na, das war ja beinahe eine Einladung zur nächstbesten Taverne. Hast du dich genug amüsiert, oder brauchen wir noch mehr dieser kleinen ‚Übungen'?"

Manfred klopft ihm anerkennend auf die Schulter. „Genug gejammert, Rainer. Unser Ziel ist oben im Turm – Brigitte wartet."

„Und das ist wohl der einzige Grund, warum wir noch atmen," murmelt Rainer und folgt Manfred, der sich in schnellen Schritten weiter in Richtung der Treppen zum Turm bewegt.

Die beiden erreichen schließlich die massiven Türen, die zum Turm führen. Manfred legt die Hand an den eisernen Türgriff, doch in dem Moment spürt er eine sanfte Erschütterung hinter der Tür, ein leises Knistern, wie das Summen eines magischen Schutzschildes.

Rainer hebt eine Augenbraue. „Ich nehme an, die Begrüßungszeremonie läuft bereits? Vielleicht hätte ich doch den charmanten Weg wählen sollen."

„Dies ist das Letzte, was zwischen uns und Brigitte steht," sagt Manfred entschlossen. „Bereit, Rainer?"

Rainer grinst schief und hebt sein Schwert. „War ich jemals etwas anderes als bereit, mein Freund?"

Mit vereinten Kräften schieben sie die Türen auf und betreten das Herzstück der Festung.

———— ❧ ————

Als die schweren Türen mit einem dumpfen Knarren aufschwingen, öffnet sich vor ihnen der dunkle Turmsaal. Inmitten dieses kalten, steinernen Raums, nur von ein paar flackernden Fackeln beleuchtet, sitzt Brigitte auf einem steinernen Podest, in ein silbriges Licht gehüllt, das von einem Zauberkreis auf dem Boden ausgeht. Ihre Augen sind geschlossen, als wäre sie in einer Art Trance gefangen.

Manfred hält für einen Moment inne, unfähig, den Blick von ihr zu lösen. Endlich, nach allem, was sie durchgestanden haben, ist sie hier – und doch ist sie unerreichbar, eingekreist von finsterer Magie, die sich wie ein Netz um sie spannt.

Rainer klopft ihm sanft auf die Schulter und grinst schief. „Was, keine dramatische Ansprache? Keine heldenhaften Worte, bevor du dich ins Unglück stürzt? Ich bin schwer enttäuscht, mein edler Baron."

„Sei still, Rainer," murmelt Manfred, sein Blick noch immer fest auf Brigitte gerichtet. „Du kannst später deinen Sarkasmus ausleben – wenn wir hier lebend rauskommen."

Mit einem tiefen Atemzug tritt er in den Raum und geht langsam auf das Podest zu, das Licht des magischen Kreises glitzert an seiner Rüstung. „Brigitte," flüstert er, als ob das bloße Aussprechen ihres Namens sie aus ihrer Trance lösen könnte.

Langsam öffnen sich ihre Augen, und sie schaut zu ihm herüber. Ein schwaches Lächeln huscht über ihr Gesicht, und für einen kurzen Moment scheint die Dunkelheit des Raumes zurückzutreten, überwältigt von der stillen Kraft in ihrem Blick.

„Manfred... du hast es geschafft," sagt sie leise, ihre Stimme von einem Hauch Erleichterung und Sorge umhüllt.

Er tritt an die Kante des Zauberkreises heran und streckt die Hand nach ihr aus, doch sobald seine Finger das magische Licht berühren, zuckt er zurück. Eine unsichtbare Barriere hält ihn zurück, und ein leises Knistern von dunkler Magie breitet sich über den Boden aus.

„Wilfrieds Werk," murmelt Brigitte, ihre Stimme kaum mehr als ein Flüstern. „Er hat diesen Kreis erschaffen, um mich hier zu halten und meine Kräfte zu nutzen. Ich... ich kann ihn nur brechen, wenn ich mich entscheide, die Kraft in mir zu entfesseln."

Manfred sieht sie besorgt an, seine Augen voller Zweifel. „Aber wenn du die dunkle Magie in dir entfesselst, was wird dann aus dir? Du könntest..."

Brigitte hebt eine Hand, ihre Stimme nun fester und voller Entschlossenheit. „Es gibt keinen anderen Weg, Manfred. Wilfried hat mich hier festgehalten, weil er wusste, dass ich die Macht besitze, seine eigene zu überwinden. Wenn ich ihm entkommen will, muss ich sie nutzen – und damit auch das Dunkle akzeptieren, das in mir schlummert."

Rainer, der bisher im Hintergrund stand, tritt vor und verschränkt die Arme. „Na, wenn das nicht die dramatischste Entscheidung des Abends ist. Entweder du wirst zur größten Bedrohung oder zur größten Hoffnung. Keine leichte Wahl, Brigitte."

Brigitte lächelt schwach und sieht Manfred in die Augen, in denen eine Mischung aus Angst und Zuneigung liegt. „Manfred, egal, was geschieht... ich möchte, dass du weißt, dass meine Entscheidung für dich ist. Für uns. Für die Freiheit, die wir suchen."

Manfred greift fest nach ihrem Blick, und ohne zu zögern, streckt er die Hand erneut aus, lässt sich von der magischen Barriere nicht mehr abschrecken. „Dann tue es, Brigitte. Entfessle die Macht, die du hast – und wir werden gemeinsam mit dem Ergebnis leben."

Mit einem tiefen Atemzug schließt Brigitte die Augen und konzentriert sich auf die Energie in ihrem Inneren. Ein dunkles Glühen beginnt um sie zu flimmern, und das Licht des Kreises wird zunehmend von einer Mischung aus hellem Licht und dunklen Schatten durchzogen. Sie hebt die Hände, und die Barriere um sie herum knistert, als ob sie zerbricht.

Doch kaum hat sich die Magie entfaltet, dringt ein dunkles, tiefes Lachen durch den Raum, ein Klang, der die Luft in eine eisige Stille hüllt. Wilfried steht am anderen Ende des Raumes, seine

Augen von einem unheilvollen Glühen erfüllt, als er die Szene vor sich betrachtet.

„Wirklich berührend," sagt er spöttisch, seine Stimme wie kaltes Eisen. „Die große Hoffnung auf Rettung, die ihre wahre Natur enthüllt. Aber du verstehst es nicht, Brigitte – je mehr du diese Macht nutzt, desto mehr wirst du mir ähneln. Du bist nicht besser als ich, und am Ende wirst du dich selbst zerstören."

Manfred stellt sich vor Brigitte und zieht sein Schwert, seine Augen fest auf Wilfried gerichtet. „Wenn du glaubst, dass du sie bezwingen kannst, dann versuch es. Aber ich werde dich nicht noch einmal gewinnen lassen."

Wilfried lacht, ein Laut voller verächtlicher Freude, und hebt die Hände. Ein Wirbel aus Dunkelheit und Schatten umgibt ihn, bereit, seine gesamte Macht gegen sie zu entfesseln. „Dann soll das hier euer Ende sein. Die Liebe und das Licht – und all die lächerliche Hoffnung, die ihr mit euch bringt."

Doch bevor Wilfried seinen Zauber vollenden kann, breitet Brigitte ihre Arme aus, und aus ihrem Inneren bricht ein strahlendes Licht hervor, das die Dunkelheit Wilfrieds zurückdrängt. Ihre Augen leuchten nun in einem unnatürlichen Glanz, und ihre Stimme ist eine Mischung aus Kraft und Sanftheit. „Nein, Wilfried. Du wirst uns nicht brechen."

Wilfried schreit vor Zorn und stürzt sich auf sie, doch Brigitte hält die Hände in Richtung seines Angriffs ausgestreckt, und ein Energiestrahl trifft ihn mit voller Wucht. Er taumelt zurück, das Gesicht vor Schmerz verzerrt, und für einen Moment scheint es, als könnte die Dunkelheit, die ihn umgibt, ihre Macht verlieren.

In einem verzweifelten Versuch, sich zu verteidigen, greift Wilfried erneut an, doch Brigitte bleibt fest und strahlt ein Licht aus, das seine Magie zu verschlingen scheint. Mit einem letzten Aufschrei der Verzweiflung wird Wilfried zurückgeworfen, die Dunkelheit zerfällt um ihn herum, und der Saal ist erfüllt von einem gleißenden Licht, das die Schatten für immer vertreibt.

Als das Licht allmählich verblasst, stehen nur noch Manfred und Brigitte, erschöpft, aber in Sicherheit, während die Fackeln im Raum still vor sich hin flackern.

Manfred sieht Brigitte an, sein Gesicht voller Erleichterung und tiefer Zuneigung. „Du hast es geschafft. Du hast ihn besiegt."

Brigitte lächelt schwach, ihre Hände zittern leicht, aber in ihren Augen liegt ein Ausdruck von Frieden. „Wir haben es geschafft, Manfred. Jetzt... können wir endlich frei sein."

In diesem Moment scheint die Last der vergangenen Kämpfe von ihnen zu fallen, und während sie sich in die Arme schließen, wissen sie, dass sie die Dunkelheit überwunden haben – nicht nur um ihrer selbst willen, sondern für alle, die auf ihre Freiheit gehofft haben.

Kapitel 17

D er Thronsaal ist in kaltes, blaues Licht getaucht, das die Schatten an den Wänden tanzen lässt. Das Zentrum des Raumes ist von einem finsteren Kreis aus schwarzer Magie umgeben, und Wilfried steht inmitten dieses Wirbels aus Dunkelheit und Macht. Seine Augen glühen mit einem kränklichen Rot, und ein hämisches Lächeln umspielt seine Lippen, als er seine Hände hebt und die Energie um sich sammelt.

Brigitte steht gefangen im Zentrum des Kreises, ein ungewollter Teil seines grausamen Rituals. Ihre Kräfte werden wie durch unsichtbare Fäden von Wilfrieds dunkler Magie angezapft, und ein unsichtbares Band spannt sich zwischen ihnen, zerrend und fordernd, als würde er ihre eigene Essenz in sich aufnehmen.

„Du weißt gar nicht, welche Macht du mir gerade verleihst, Brigitte," raunt Wilfried mit eisiger Stimme. „Die Magie, die in deinem Blut fließt, ist älter als jede Ordnung, mächtiger als jede Herrschaft. Durch dich werde ich unsterblich – ein König über Licht und Schatten."

Brigitte versucht, sich loszureißen, doch der Bann ist zu stark. Ihre Augen suchen Manfred, der am Rand des Kreises steht, verzweifelt einen Weg suchend, um zu ihr vorzudringen. Der Ausdruck in seinen Augen ist entschlossen, und trotz der finsteren Energie, die sie umgibt, sieht sie in ihm die Hoffnung.

Wilfried lacht, ein kalter, herzloser Klang. „Ach, der tapfere Held, der seine Geliebte retten will. Wie rührend. Aber du bist zu spät. Der Kreis ist geschlossen, und mit jeder Sekunde wird ihre Kraft zu meiner."

„Das ist noch nicht vorbei," zischt Manfred und hebt sein Schwert, das Licht der Fackeln glitzernd auf der scharfen Klinge. „Deine Macht ist nur so stark, wie die Furcht, die du anderen einflößt. Und ich habe keine Angst vor dir."

„Oh, wirklich?" Wilfried erhebt eine Hand, und eine unsichtbare Welle dunkler Magie trifft Manfred wie ein Schlag. Er taumelt zurück, das Schwert klirrend zu Boden fallend, doch er gibt nicht nach. Er hebt den Kopf und steht erneut auf, seine Augen fest auf Wilfried gerichtet.

„Du hast keine Ahnung, wozu Brigitte und ich in der Lage sind," sagt er mit fester Stimme und tritt entschlossen in den Kreis, obwohl die finstere Energie um ihn herumschwirrt und seine Bewegungen erschwert. „Du hast nur ihre Stärke genutzt, aber ihre wahre Macht kannst du nicht kontrollieren."

Wilfried zieht eine Augenbraue hoch, belustigt. „Was für leere Worte. Ihr Liebenden glaubt wirklich, dass eine naive Verbindung zwischen euch stärker ist als uralte, dunkle Magie? Lächerlich."

Doch in diesem Moment beginnt der Bannkreis um sie herum zu schwanken, die Schatten lösen sich ein wenig, als ob eine unbekannte Kraft die Kontrolle übernehmen würde. Brigitte konzentriert sich, und ihre Augen glühen auf – nicht in dunkler, sondern in silberner, reiner Energie.

„Ich bin mehr als das Werkzeug deiner Macht, Wilfried," sagt sie, ihre Stimme fest und voller Entschlossenheit. „Die Kraft in mir kann ich selbst bestimmen. Und ich werde dich nicht gewinnen lassen."

Manfred tritt weiter in den Bannkreis, seine Hand greift nach ihrer, und in dem Moment, in dem sich ihre Finger berühren, durchströmt eine Welle aus Energie den Saal. Die Verbindung zwischen ihnen wird spürbar, und ihre gemeinsamen Kräfte beginnen, Wilfrieds dunkle Magie zurückzudrängen.

Wilfried starrt die beiden ungläubig an. „Was... was tut ihr da?"

„Etwas, das du niemals verstehen wirst," sagt Manfred ruhig, die Hand fest um Brigittes Finger geschlossen. „Die Macht der Liebe mag für dich unbedeutend sein, aber sie ist eine Kraft, die weder Zeit noch Raum begrenzt. Und damit werden wir dich besiegen."

Der dunkle König beginnt zu zittern, als er spürt, wie die Verbindung zwischen ihm und Brigitte zu schwanken beginnt. Die Schatten um ihn herum flackern, und das rote Glühen in seinen Augen verliert an Intensität. Doch bevor er sich zurückziehen kann, breitet Brigitte ihre Arme aus, und ein Lichtstrahl bricht aus ihr hervor, durchzieht die Dunkelheit und trifft Wilfried mit voller Wucht.

Der König schreit auf, seine Hände pressen sich an die Seiten seines Kopfes, als würde ihn die Kraft zerschmettern. „Das könnt ihr nicht tun! Ich bin der Herrscher! Ich bin... unsterblich!"

„Nicht mehr," murmelt Brigitte und konzentriert ihre Energie, das Licht durchflutet den Raum und verbrennt die Schatten, die Wilfried umgeben.

───────── ⚬❦⚬ ─────────

Wilfrieds Schrei hallt durch den Saal, das Echo seiner Verzweiflung vermischt sich mit dem Knistern der Magie, die wie ein unkontrollierbares Gewitter durch die Luft flirrt. Brigitte, ihre Augen immer noch in silbrigem Licht glühend, hält Manfreds Hand fest. Die beiden stehen wie eine Insel des Lichts inmitten der Dunkelheit, während Wilfrieds Schatten sich wütend auf sie stürzen.

„Glaubt ihr wirklich, dass das ausreichen wird?" Wilfried erhebt seine Arme und eine dichte Welle aus schwarzer Magie schießt auf Brigitte zu. Die Energie trifft sie wie ein Schlag, doch anstatt zurückzuweichen, verstärkt sie nur ihre Verbindung zu Manfred. Ein silberner Schild bildet sich um die beiden, abweisend und stark, eine klare Herausforderung gegen Wilfrieds Kräfte.

„Lass es gut sein, Wilfried," sagt Brigitte, ihre Stimme voller Macht und Entschlossenheit, die sie selbst überrascht. „Ich werde dich nicht länger die Dunkelheit in mir nutzen lassen."

Wilfried lacht kalt. „Du sprichst, als hättest du eine Wahl! Die Dunkelheit in dir IST ein Teil von dir, Brigitte. Denkst du wirklich, du kannst das leugnen? Einmal entfesselt, bleibt diese Kraft für immer dein. Akzeptiere es endlich!"

Manfred sieht Wilfried fest an, seine Augen voller Verachtung. „Das ist dein größter Irrtum, Wilfried. Du glaubst, dass die Dunkelheit stärker ist als alles andere. Aber sie ist nur mächtig, wenn sie in einem einsamen Herzen existiert. Brigitte und ich – wir sind stärker, weil wir uns gemeinsam der Dunkelheit entgegenstellen."

Wilfrieds Lächeln erlischt, und in seinen Augen liegt eine Wut, die er kaum kontrollieren kann. Er hebt erneut die Hände, und dieses Mal scheint die Dunkelheit selbst wie ein Lebewesen zu sein, das sich hungrig um ihn windet und dann wie ein gewaltiger Sturm auf die beiden zurast.

Doch Brigitte schließt ihre Augen, ihre Hände fest in Manfreds, und aus ihrem Innersten strömt eine alte, beinahe uralte Macht hervor. Eine Magie, die tiefer reicht als die Dunkelheit selbst und die Luft um sie herum wie eine lebende Flamme durchdringt. Manfred spürt, wie die Energie durch ihn strömt, und gemeinsam kanalisieren sie diese Kraft, die gegen Wilfrieds Fluch aufbricht.

Wilfrieds Angriff prallt ab, und sein Ausdruck wandelt sich von Wut zu blankem Entsetzen. „Das... das ist unmöglich!" keucht er und tritt einen Schritt zurück. „Niemand sollte in der Lage sein, mich zu stoppen!"

„Wir sind mehr als nur jemand," entgegnet Manfred ruhig. „Wir sind vereint, und unsere Liebe ist stärker, als du es dir jemals vorstellen könntest."

Wilfried spuckt vor Zorn. „Diese lächerlichen, schwachen Worte von Liebe und Hoffnung... ich werde sie alle in Schutt und Asche legen!" Er sammelt die gesamte Dunkelheit in seinen Händen und bereitet einen letzten Angriff vor, einen Angriff, der alles, was sich ihm in den Weg stellt, zerstören soll.

Doch bevor er seinen Zauber entfesseln kann, bricht ein neues Licht in den Raum. Am Eingang des Saals steht ein Mann – Brigittes Vater, der alte Magier und Wächter. Seine Augen sind hart und sein Gesicht von tiefer Entschlossenheit gezeichnet.

„Genug, Wilfried!" ruft er, und seine Stimme hallt wie ein Donner durch den Raum. „Du hast lange genug mit der Dunkelheit gespielt. Es ist Zeit, diesem Wahnsinn ein Ende zu setzen."

Brigitte wendet sich überrascht zu ihm um. „Vater... warum bist du hier?"

„Weil es mein Kampf ebenso ist wie deiner," antwortet er, und ein Anflug von Trauer liegt in seinen Augen. „Es war meine Pflicht, dich zu beschützen, Brigitte. Aber nun ist es an mir, die Verantwortung für die Dunkelheit zu übernehmen, die durch unsere Familie fließt."

Er tritt in den magischen Kreis und legt eine Hand auf Brigittes Schulter, während er sie sanft anblickt. „Meine Tochter, ich habe dir die Last des Blutes überlassen, aber nun ist es an der Zeit, dass ich dir die Kraft übergebe, die dir zusteht. Es ist deine, und durch dich wird sie stärker sein als je zuvor."

Mit diesen Worten schließt er die Augen, und eine leuchtende Energie strömt von ihm auf Brigitte über, als würde er einen Teil seiner eigenen Lebenskraft an sie weitergeben. Sie spürt die Wucht dieser Energie, die Wärme und die Liebe, die darin steckt, und ihre eigene Macht wächst ins Unermessliche.

Wilfried schreit auf, als er sieht, wie die vereinte Macht von Brigitte und ihrem Vater seine Dunkelheit langsam verdrängt. „Nein! Das kann nicht sein! Ich bin der König, ich bin die Dunkelheit selbst!"

Brigitte öffnet die Augen, die nun voller Entschlossenheit und Macht leuchten. „Du warst nie mehr als ein Sklave deiner eigenen Furcht, Wilfried. Aber diese Macht, die ich besitze, ist frei."

Mit einem letzten, alles umfassenden Strahl aus silbernem und goldenem Licht treffen die vereinten Kräfte von Brigitte, Manfred und ihrem Vater Wilfried mit voller Wucht.

Als das gleißende Licht den Raum erfüllt, scheint die Zeit für einen Moment stillzustehen. Wilfrieds Schattenkräfte werden in alle Richtungen zerfetzt, und sein Schrei hallt durch den Saal, bevor er in einem letzten Echo verhallt. Sein Körper wird von der Macht zerschmettert, und für einen kurzen Augenblick steht er starr vor Schock, bevor er zu Boden fällt und nur noch die kläglichen Überreste seiner einstigen Macht zurückbleiben.

Brigitte lässt das Licht um sich versiegen und dreht sich zu ihrem Vater um, der ihr mit einem liebevollen, jedoch erschöpften Lächeln gegenübersteht. Seine Augen sind schwer, als würde jede Sekunde ihn mehr kosten, als er tragen kann. Das Leuchten, das er auf sie übertragen hat, beginnt, seine eigene Lebenskraft zu verzehren.

„Vater...", flüstert sie und greift nach ihm. Ihre Stimme ist eine Mischung aus Erleichterung und Furcht, in ihr hallt das Wissen nach, dass dies ein Abschied ist.

Albrecht, ihr Vater, streicht ihr sanft über die Wange und lächelt. „Meine Tochter, ich wusste immer, dass du zu Größerem bestimmt bist, als ich es je sein könnte. Du hast etwas erreicht, wozu ich nie in der Lage war – du hast deine Dunkelheit angenommen, ohne dich von ihr beherrschen zu lassen."

Brigitte kämpft mit den Tränen und schüttelt den Kopf. „Nein, Vater... bleib bei mir. Wir können endlich frei sein, ohne das Erbe, das uns gebunden hat. Wir... wir könnten von vorne beginnen."

Albrecht sieht sie an, und in seinem Blick liegt eine tiefe, unausgesprochene Trauer. „Brigitte, ich bin das Band, das dich an diese Dunkelheit gekettet hat. Ich habe die Last des Blutes zu lange in mir getragen. Es ist Zeit, dass ich es loslasse – für dich, für uns."

Er richtet sich auf, und Manfred, der die Szene mit düsterem Respekt verfolgt, tritt respektvoll einen Schritt zurück, wissend, dass dies ein Moment zwischen Vater und Tochter ist, ein Abschied, der in dieser Dunkelheit unausweichlich scheint.

„Albrecht...", beginnt Manfred, doch Albrecht hebt die Hand, seine Augen fest und voller Entschlossenheit.

„Manfred," sagt er leise, „du bist der Richtige, um an ihrer Seite zu stehen. Hüte sie, und vor allem... erinnere sie daran, dass die Dunkelheit, die sie besiegt hat, auch in dir liegt. Ihr beide – nur gemeinsam seid ihr stärker als das, was euch droht. Vergiss das niemals."

Manfred nickt ernst, seine Hand fest um den Schwertgriff geschlossen, doch sein Blick ist voller Zuneigung und Versprechen. „Ich werde sie beschützen, Albrecht. So wie du es für sie getan hast."

Mit einem letzten, zärtlichen Blick auf seine Tochter schließt Albrecht die Augen, und seine Gestalt beginnt, sich in ein flimmerndes Licht aufzulösen. Ein leises, friedliches Lächeln liegt auf seinem Gesicht, als seine Energie in Brigittes Körper übergeht und sie in ein warmes, gleißendes Licht hüllt.

Brigitte kann den Schmerz des Verlustes nicht unterdrücken und flüstert leise: „Vater... danke."

Sein Geist verschmilzt mit ihrer eigenen Kraft, und sie spürt, wie die Macht in ihr anwächst, doch an diesem Punkt kann sie nichts anderes empfinden als die Trauer, den endgültigen Verlust des Mannes, der sie stets beschützt hatte.

Wilfrieds Magie ist verflogen, seine dunklen Kräfte zerschlagen. Doch als das Licht von Brigittes Vater erlischt und Albrecht endgültig verschwindet, kehrt Stille in den Saal ein. Nur Manfred, Brigitte und die Überreste des gefallenen Königs bleiben zurück. Brigitte atmet schwer, die immense Kraft, die ihr Vater ihr hinterlassen hat, pulsiert wie eine glühende Flamme in ihren Adern. Sie fühlt sich, als könnte sie mit einem Wort Berge versetzen – und doch lastet die Trauer auf ihr wie eine dunkle Wolke.

Manfred tritt an ihre Seite, legt eine Hand auf ihre Schulter, seine Berührung sanft, und flüstert: „Du hast ihm Frieden geschenkt, Brigitte. Es war das Einzige, was er sich für dich gewünscht hat."

Sie nickt stumm, ihre Augen glitzern von ungeweinten Tränen. „Ich weiß, Manfred... aber jetzt – jetzt müssen wir sicherstellen, dass sein Opfer nicht umsonst war."

Plötzlich ertönt ein bedrohliches Rascheln. In einer dunklen Ecke des Raumes richtet sich eine Gestalt auf: Wilfried, geschwächt, aber voller wütendem Zorn. Seine Augen brennen noch immer, jetzt jedoch von etwas, das jenseits des Wahnsinns liegt – pure, unnachgiebige Rachsucht.

„Ihr dachtet, das wäre das Ende?" Er hustet, Blut läuft über sein Kinn, doch er erhebt sich schwankend auf die Beine. „Die Dunkelheit kann nicht besiegt werden, ihr Narren. Ihr könnt mich vielleicht verwunden, doch ich bin das Königreich der Schatten. Ich werde mich niemals beugen!"

Manfred packt sein Schwert fester, bereit, jeden letzten Funken Widerstand niederzuschlagen. Doch Brigitte hebt die Hand, hält ihn zurück und tritt entschlossen vor.

„Wilfried, du hast mein Leben kontrollieren wollen, hast meine Kräfte gestohlen, mein Volk unterdrückt und meine Familie zerstört. Doch du hast etwas nicht verstanden: Die Dunkelheit mag in unserem Blut liegen, aber wir bestimmen, wie wir sie nutzen."

Ein leichtes, sarkastisches Lächeln zieht sich über ihre Lippen. „Du hast dich entschieden, ein Monster zu werden. Ich entscheide mich, dich zu besiegen."

Wilfried hebt zittrig die Hände und beginnt, das letzte bisschen Energie, das ihm noch bleibt, zu sammeln. Doch Brigitte, in einem Moment völliger Klarheit, kanalisiert die Macht, die ihr Vater ihr hinterlassen hat. Die Flamme in ihr wird zu einem brennenden Sturm, einer unbändigen Welle aus Licht und Schatten, die sich vereinen, als sie ihre Kräfte auf den König richtet.

Ein letzter, alles entscheidender Angriff entfacht sich zwischen ihnen – Licht gegen Dunkelheit, Hoffnung gegen Verzweiflung. Brigitte bündelt die Macht und entlässt sie in einem einzigen, strahlenden Stoß, der Wilfried erfasst und durch die finstere Halle fegt. Seine Schreie vermischen sich mit dem Knistern der Magie, bis das Echo seiner Stimme langsam verebbt und nichts als Stille zurückbleibt.

Als das Licht verblasst, bleibt nichts mehr von Wilfried übrig – nur Schatten, die in die Dunkelheit verbannt wurden, aus der sie einst gekommen waren. Brigitte sinkt erschöpft auf die Knie, ihre Kräfte erschöpft, aber ihr Herz erfüllt von einem Frieden, den sie nie für möglich gehalten hatte.

Manfred kniet sich neben sie, legt seinen Arm um ihre Schultern und zieht sie sanft zu sich. „Es ist vorbei, Brigitte. Du hast es geschafft."

Sie sieht ihn an, ein schwaches Lächeln umspielt ihre Lippen. „Wir haben es geschafft, Manfred. Gemeinsam."

Er neigt sich zu ihr, ihre Stirnen berühren sich, und in diesem Moment scheint die Welt um sie herum zu verschwinden. Die Dunkelheit hat sie nicht besiegt, und die Liebe, die sie teilen, ist stärker als jede Macht, die Wilfried jemals gekannt hat.

Der Saal, einst ein düsteres Reich der Schatten, ist nun ruhig und friedlich, und die beiden Liebenden bleiben im Zentrum dieser

Stille, wissend, dass sie gemeinsam die Dunkelheit besiegt haben – und dass ihre Zukunft, so ungewiss sie auch sein mag, ein Licht besitzt, das keine Schatten je löschen können.

Kapitel 18

Der Thronsaal, einst erfüllt von Dunkelheit und Furcht, ist jetzt ein Ort der Stille und Verwüstung. Der Boden ist übersät mit den Spuren des Kampfes – zerbrochene Schwerter, Rüstungteile und das unverkennbare Dunkelgrau der Asche, die von Wilfrieds Magie hinterlassen wurde. Das Licht, das durch die zerbrochenen Fenster fällt, wirkt trügerisch friedlich und malt goldene Streifen auf die Ruinen.

Manfred, den Schwertgriff locker in der Hand, steht inmitten des Chaos und lässt den Blick über den Saal schweifen. Neben ihm liegt ein Schild, zerkratzt und verbogen, ein stummes Zeugnis der Brutalität, die hier geherrscht hat. Er atmet tief ein und hebt das Schwert, das ihm in diesem Moment schwerer als je zuvor erscheint.

Rainer tritt mit einem müden Lächeln zu ihm. „Nun, wenn das nicht die glorreichste Verwüstung ist, die ich je gesehen habe."

Manfred schnaubt und wirft ihm einen schrägen Blick zu. „Glorreich? Ich wünschte, ich könnte das auch so sehen."

Rainer zuckt mit den Schultern, eine leichte Ironie in seinem Blick. „Na ja, glorreich genug, dass wir zumindest noch leben. Und wenn das keine Feier wert ist, dann weiß ich auch nicht."

Inmitten der Trümmer erhebt sich eine Gestalt, und Brigitte tritt in den Saal, eine Mischung aus Erschöpfung und stiller Würde auf ihrem Gesicht. Sie mustert die Zerstörung mit ernsten Augen, aber es liegt auch ein Ausdruck des Friedens in ihrem Blick. Endlich, nach all den Opfern, scheint die Dunkelheit besiegt.

Manfred geht auf sie zu und legt sanft eine Hand auf ihre Schulter. „Es ist vorbei, Brigitte."

Sie nickt langsam, aber ihr Blick bleibt nachdenklich. „Ja, aber zu welchem Preis? Die Narben, die dieser Ort trägt, sind tief, und sie werden lange brauchen, um zu heilen."

Rainer grinst leicht und tritt einen Schritt näher. „Narben sind doch nur die Geschichten, die uns das Leben selbst in die Haut schreibt. Seht es mal so: Wir haben jetzt genug Geschichten, um die nächste Generation zu beschäftigen."

Brigitte schmunzelt, aber ihr Lächeln ist schwach, und ihre Augen wandern über die verbliebenen Soldaten, die sich langsam im Saal versammeln, einige von ihnen verwundet, erschöpft, aber am Leben. Jeder Einzelne ein Überlebender, jeder mit eigenen Narben, die weit über das Körperliche hinausgehen.

Langsam tritt Brigitte in die Mitte des Raumes und sieht die Männer und Frauen an, die für sie, für das Königreich und für die Freiheit gekämpft haben. Sie hebt die Hände und spricht leise, ihre Stimme ist sanft, doch kraftvoll genug, um jeden Winkel des Raumes zu füllen.

„Ich danke euch allen," sagt sie, und ihre Worte sind von ehrlicher Zuneigung durchdrungen. „Ihr habt gekämpft, als alles verloren schien. Ihr habt nicht aufgegeben, und deshalb können wir heute hier stehen. Jeder von euch hat das Gesicht der Dunkelheit gesehen und dennoch weitergekämpft."

Ein junger Soldat, die Stirn noch blutig, hebt die Hand und fragt zögernd: „Und was jetzt, meine Lady? Wie geht es weiter?"

Brigitte wirft einen Blick zu Manfred, der ihr einen ermutigenden Nicken gibt. „Wir bauen wieder auf," sagt sie fest. „Dieser Krieg hat uns mehr genommen, als wir je wiederbekommen können. Doch was wir haben, ist der Mut, das Vertrauen in uns selbst und in die, die an unserer Seite stehen."

Es folgt eine kurze Stille, und dann, einer nach dem anderen, beginnen die Überlebenden zu nicken, und ein Gefühl von Hoffnung und Entschlossenheit beginnt, die Erschöpfung zu überdecken.

— ❧ —

Nachdem die Überlebenden sich gesammelt haben, beginnt die schwierige Aufgabe, die Verwundeten zu versorgen. Die Halle, die einst Ort düsterer Zeremonien war, wird zu einem improvisierten Lazarett. Verletzte Kämpfer liegen auf Decken ausgebreitet, und das Gemurmel von Stimmen mischt sich mit dem gedämpften Klagen und dem Geräusch von Verbänden, die angelegt werden.

Brigitte kniet neben einem Schwerverletzten und schließt die Augen. Eine sanfte Wärme geht von ihren Händen aus, und ein schwaches, silbernes Licht glüht auf, während ihre Magie den Schmerz des Mannes lindert und die Wunden zu heilen beginnt. Ihr Gesicht ist voller Konzentration, und obwohl ihre eigenen Kräfte erschöpft sind, gibt sie, was sie kann.

Ein anderer Heiler, ein älterer Magier mit grauem Bart und einem feinen Lächeln, sieht sie anerkennend an. „Lady Brigitte, ihr habt die Gabe der Heilung nicht verloren, trotz allem, was ihr durchgemacht habt."

Brigitte lächelt leicht, obwohl ihre Augen schwer sind. „Es ist die letzte Magie, die mir bleibt. Und wenn ich sie nutzen kann, um anderen zu helfen, dann ist sie wohl gut investiert."

Der alte Magier nickt und beugt sich über einen anderen Verwundeten, während Brigitte sich weiter bewegt und mit jedem geheilten Kämpfer ein kleines Stück ihrer eigenen Stärke wiederfindet. Die Dankbarkeit in den Augen der Soldaten, das leise Murmeln von „Danke" – all das gibt ihr Mut, weiterzumachen.

Manfred beobachtet sie aus der Ferne, das Gesicht voller stiller Bewunderung. Rainer tritt neben ihn und stützt sich auf sein Schwert. „Sie hat wirklich keinen Funken Aufgeben in sich, oder? Selbst jetzt, nach allem."

Manfred lacht leise. „Würdest du ihr das raten? Aufzugeben?"

Rainer verdreht die Augen. „Nur wenn ich ein sehr schnelles Pferd in der Nähe hätte. Das Mädchen ist härter als Stahl. Sie könnte dir mitten im Krieg eine Predigt über Liebe und Mut halten, und du würdest ihr glauben."

Manfred nickt nachdenklich und sieht weiter zu, wie Brigitte geduldig jedem Verwundeten hilft. „Das ist es, was sie stark macht. Sie kämpft, um zu heilen, nicht um zu zerstören."

Während die Heilung voranschreitet, treten mehrere andere Magier hinzu, Männer und Frauen mit sanften Gesichtern und festen Händen. Sie vereinen ihre Kräfte, lassen Licht und Wärme über den Raum fluten, bis selbst die schwersten Wunden zu heilen beginnen. Der Raum, der eben noch voller Schmerz und Verlust war, beginnt, von neuem Leben erfüllt zu werden.

In einer Ecke liegt eine junge Frau mit einem tiefen Schnitt an der Stirn, und als Brigitte sich zu ihr beugt, erkennt sie das Gesicht der Kriegerin. Es ist eine ihrer ältesten Freundinnen, Marie, die ihr in so vielen Kämpfen zur Seite gestanden hat. Brigittes Augen weiten sich, und sie legt ihre Hand sanft auf Maries Wange.

„Marie... ich hatte solche Angst, dich verloren zu haben," flüstert sie, und die Erleichterung in ihrer Stimme ist unüberhörbar.

Marie öffnet schwach die Augen, ein müdes Lächeln umspielt ihre Lippen. „Ach, Brigitte, ich habe noch nie einen Kampf aufgegeben. Und ich lasse dich doch nicht allein hier zurück."

Brigitte lacht leise und kämpft mit den Tränen. „Gut. Dann erwarte ich, dass du bei den Aufbauarbeiten genauso engagiert bist wie im Kampf."

Marie zieht die Stirn kraus und lächelt verschmitzt. „Nur, wenn du mir das richtige Werkzeug gibst. Ich bin gut mit dem Schwert, aber frag mich nicht nach Ziegeln."

Rainer, der das Gespräch belauscht hat, zwinkert Brigitte zu. „Also, Brigitte, du scheinst schon Pläne für uns alle zu haben. Falls du vergessen hast, wir sind Soldaten, keine Bauarbeiter."

Brigitte erhebt sich, ihre Wangen leicht gerötet, aber in ihren Augen liegt ein glühender Entschluss. „Wir alle haben Wunden, Rainer. Manche sind sichtbar, andere nicht. Das hier ist unsere Chance, etwas Gutes zu schaffen – für uns und für all jene, die sich nach Frieden sehnen."

Manfred nickt und legt eine Hand auf Rainers Schulter. „Also los, Rainer. Hör auf, dich zu beschweren, und mach dich nützlich. Wenn Brigitte uns alle überlebt, können wir zumindest sicherstellen, dass sie nicht allein den Aufbau stemmen muss."

Rainer seufzt dramatisch und hebt das Schwert, als würde er gleich erneut in die Schlacht ziehen müssen. „Na schön, wenn das Königreich wieder aufgebaut werden soll, dann nur unter meiner strengen Anleitung. Ich werde eine Legion von Baumeistern anführen und sicherstellen, dass jede Mauer stabil genug ist, um die Welt zu überdauern."

Brigitte lacht, ihre Stimme klingt klar und voller Leben. „Dann vertrau ich dir, Rainer. Aber sei dir sicher: Ich werde jede Mauer persönlich überprüfen."

Nach Stunden voller Heilung und Organisation zieht sich Brigitte erschöpft zurück, begleitet von Manfred. Gemeinsam gehen sie durch die Korridore des Schlosses, die nun seltsam leer und leise wirken. Die Dunkelheit, die einst alles durchdrungen hatte, ist verschwunden und hat nichts als Stille hinterlassen. Schließlich erreichen sie das alte Archiv des Schlosses, einen Raum voller

Bücher, Pergamente und staubiger Regale, die von vergessenen Geheimnissen und längst verblichenen Wahrheiten erzählen.

Manfred blickt sich um, hebt eine Augenbraue und grinst leicht. „Ein bisschen unordentlich für einen bösen König, findest du nicht? Ich hatte mir irgendwie... mehr Dämonenschriftrollen und verbotene Artefakte vorgestellt."

Brigitte lächelt, ihre Augen funkelnd, und streicht sanft über die alten Bände. „Vielleicht war Wilfried eher der Typ, der seine Geheimnisse im Verborgenen hielt. Ich bezweifle, dass er seine dunkelsten Pläne einfach in der ersten Reihe zur Schau stellen würde."

Manfred zieht ein vergilbtes Pergament aus einem der Regale und betrachtet es skeptisch. „Hmm... ‚Rezept für eine unbezwingbare Armee'... und ich dachte, du hättest immer mein Herz und mein Schwert gebraucht."

Brigitte wirft ihm einen schelmischen Blick zu. „Ach, meinst du, ich könnte auf dich verzichten? Aber vielleicht ist es nie schlecht, ein paar Geheimnisse in der Hinterhand zu haben."

Während sie scherzen, stolpert Brigitte über ein altes, unscheinbares Buch, dessen Ecken abgenutzt und dessen Einband mit kryptischen Symbolen verziert ist. Die Symbole leuchten schwach auf, als sie das Buch aufschlägt, und sie spürt sofort, dass es eine andere Art von Magie ist, als die, die sie bisher kannte. Es ist eine Magie, die älter, reiner und doch unendlich gefährlicher wirkt.

„Manfred... sieh dir das an," flüstert sie und zeigt ihm eine Passage. Die Worte wirken wie aus einer alten, vergessenen Sprache, doch mit jedem Blick auf die Seiten scheinen sie sich selbst zu übersetzen und ein uraltes Geheimnis preiszugeben.

„Das ist... ein Prophezeiungstext," murmelt Manfred und liest über ihre Schulter hinweg. „Er spricht von einer Macht, die jenseits aller Königreiche liegt, einer Gefahr, die einmal entfesselt, kein Königreich verschonen wird."

Brigitte nickt, ihre Stirn in Falten gelegt. „Es ist, als hätte Wilfried die Dunkelheit nicht nur wegen seiner Gier nach Macht beschworen. Dieser Text hier... er spricht von etwas, das noch größer ist. Etwas, das selbst die Dunkelheit überdauern könnte."

Manfred legt eine Hand auf ihre Schulter und sieht sie besorgt an. „Denkst du, dass er etwas geweckt hat, das noch immer hier lauert? Vielleicht eine Macht, die tiefer reicht als alles, was wir bisher gesehen haben?"

Brigitte schweigt einen Moment, ihre Gedanken wirbeln wie ein Sturm. „Es ist möglich. Aber was noch gefährlicher ist, ist die Tatsache, dass Wilfried vielleicht nur der Anfang war. Wenn das, was hier beschrieben wird, eine reale Bedrohung ist, dann war er nur das Werkzeug, das die Tür geöffnet hat."

Sie legt das Buch vorsichtig zurück ins Regal, als würde sie damit die alten Kräfte respektieren, die in den Seiten verborgen sind. „Vielleicht sollten wir diesen Ort... schließen. Es gibt Dinge, die selbst wir nicht in die Welt hinaustragen sollten."

Manfred nickt zustimmend, und gemeinsam gehen sie zu den alten, schweren Türen des Archivs. „Wir werden Wachen aufstellen, um sicherzugehen, dass niemand hier Zugang hat," sagt er entschlossen. „Aber was wir wissen, das bleibt."

Bevor sie das Archiv verlassen, wendet Brigitte sich noch einmal um, ihr Blick wandert über die Regale und das Wissen darin. „Wilfrieds Prophezeiung – sie spricht davon, dass nur ein ‚reines Herz' diese Dunkelheit bändigen kann. Ich frage mich, ob wir dieses reine Herz je finden werden."

Manfred legt einen Arm um sie und zieht sie sanft zur Seite, seine Stimme ist leise und voller Zuversicht. „Vielleicht müssen wir es nicht suchen. Vielleicht wird es dann erscheinen, wenn die Welt es wirklich braucht."

Mit einem letzten Blick auf das uralte Wissen schließen sie die Tür des Archivs hinter sich, das leise Klicken des Schlosses hallt durch den Gang und hinterlässt ein Gefühl der Abschottung, als hätten sie eine unsichtbare Grenze zwischen dem Jetzt und der drohenden Zukunft gezogen.

Doch beide wissen, dass dies kein Ende ist.

Am nächsten Morgen versammeln sich die Anführer der Überlebenden und Verbündeten im großen Saal, der trotz der zerstörten Mauern und rauchgeschwärzten Balken eine gewisse Würde ausstrahlt. Brigitte und Manfred sitzen am Kopf des langen Tisches, während Rainer neben ihnen eine Karte der umliegenden Länder ausrollt und mit einer Mischung aus Erschöpfung und sarkastischem Humor auf die Lücken und Risse in der Karte starrt.

„Also, wenn wir ehrlich sind," beginnt Rainer mit einem ironischen Schmunzeln, „gibt es jetzt weniger Königreiche, um die wir uns Sorgen machen müssen. Wilfried war mit seinen Ambitionen wirklich... effizient."

Einige der versammelten Offiziere lachen leise, ein Lachen, das die Spannung im Raum ein wenig lockert. Doch Brigittes Gesicht bleibt ernst.

„Es gibt keine ‚kleinen' Königreiche mehr, über die wir hinwegsehen können," sagt sie mit fester Stimme. „Wilfrieds Einfluss mag gebrochen sein, aber seine Dunkelheit hat die Erde selbst verseucht. Unsere Aufgabe ist noch lange nicht vorbei."

Manfred nickt und fügt hinzu: „Wilfried hat Spuren hinterlassen, die wir noch nicht verstehen. Und auch wenn die Dunkelheit gebannt scheint, wissen wir alle, dass solche Mächte nie völlig verschwinden. Es ist unsere Pflicht, diesen Ländern nicht nur Frieden, sondern auch Sicherheit zurückzugeben."

Ein älterer Offizier mit grau meliertem Haar, der bisher stumm zugehört hat, erhebt das Wort. „Aber wie sollen wir das bewerkstelligen? Unsere Truppen sind ausgelaugt, die Menschen haben mehr verloren, als wir ihnen zurückgeben können. Und der Wiederaufbau... das wird Jahre dauern."

Rainer hebt eine Hand, als wolle er eine flammende Rede halten. „Ganz einfach! Wir packen alle zusammen an, schwingen ein paar Hämmer und bauen Mauern, die selbst die Götter beeindrucken. Ich schlage vor, wir fangen direkt morgen an."

Der Offizier starrt ihn an, ungläubig und mit hochgezogener Augenbraue. Doch dann nickt er schmunzelnd. „Vielleicht brauchen wir tatsächlich ein wenig von diesem... Enthusiasmus."

Brigitte sieht Rainer an, ihre Augen funkeln. „Vielleicht hast du ausnahmsweise recht, Rainer. Wenn wir wollen, dass diese Länder wieder blühen, müssen wir zusammenarbeiten. Jeder Einzelne, der hier sitzt – jeder, der das überlebt hat."

Ein anderer Kommandant, ein junger Mann mit Narben im Gesicht und einem Hauch von Resignation, schüttelt den Kopf. „Aber selbst mit unserer vereinten Kraft – wo sollen wir anfangen? Es sind nicht nur Burgen und Mauern, die zerstört wurden. Die Dunkelheit hat die Herzen der Menschen berührt. Sie haben das Vertrauen in uns verloren."

Brigitte lehnt sich vor und spricht mit einer Stimme, die leise, aber unerschütterlich ist. „Dann zeigen wir ihnen, dass sie uns wieder vertrauen können. Wir werden vorangehen – in den Dörfern, in den Städten, überall. Es wird Zeit brauchen, aber wir werden dieses Land nicht einfach sich selbst überlassen."

Manfred legt eine Hand auf ihre und schaut in die Runde. „Und wenn wir je wieder den Schatten spüren, den Wilfried hier gelassen hat – dann wissen wir, wo wir Antworten finden. Wir haben das Wissen und die Kräfte, die im Archiv schlummern. Das wird unser letzter Weg sein, sollte alles andere versagen."

Die Offiziere und Kommandanten sehen sich an, die Entscheidung schwer auf ihren Gesichtern, doch langsam beginnt sich eine einhellige Entschlossenheit auszubreiten. Ein Funke Hoffnung flammt auf, leise, aber stark.

Rainer bricht die Stille und klatscht in die Hände. „Also gut! Wenn wir hier sitzen und die Zukunft besprechen, dann bitte wenigstens mit etwas Wein! Schließlich gibt es da diese winzige Kleinigkeit, dass wir noch am Leben sind."

Einige schmunzeln, und ein Diener bringt tatsächlich einen Krug mit dem letzten verbliebenen Wein, gießt in die Becher und verteilt ihn an alle. Der erste Schluck ist wie ein Hauch von Freiheit, und für einen Moment spüren sie, was sie erreicht haben.

Brigitte hebt ihren Becher und sieht die Männer und Frauen vor sich an, die mit ihr gekämpft und überlebt haben. „Auf die Zukunft," sagt sie, ihre Stimme von einem leisen Zittern durchzogen. „Auf das, was wir bewahren und neu aufbauen werden."

„Und auf das, was uns daran erinnert, dass wir nicht alles mit bloßer Stärke lösen können," fügt Manfred hinzu, sein Becher in ihrer Richtung erhoben. „Möge der Wiederaufbau so stabil sein wie unsere Träume – und möge Rainer die Mauer nicht selbst bauen müssen, sonst haben wir bald ein kunstvolles Hüttendorf statt eines Schlosses."

Rainer hebt dramatisch seinen Becher. „Sollten wir je diese Mauern bauen, dann lasst sie mindestens so beeindruckend sein wie mein Charme."

Das Lachen, das durch den Saal schallt, ist warm und erleichtert, eine Mischung aus Erschöpfung und neuem Mut. Der Schatten, der auf ihnen lag, mag nicht völlig verbannt sein, doch in diesem Moment fühlt sich das Leben an wie ein Versprechen, das sie alle gewillt sind, einzulösen.

Kapitel 19

D ie Reise zurück zum Schloss Verloyn ist eine Mischung aus Erleichterung und Anspannung. Manfred und Brigitte sitzen nebeneinander auf ihren Pferden, begleitet von Rainer und einer kleinen Gruppe loyaler Soldaten. Als die zinnengekrönte Silhouette des Schlosses am Horizont auftaucht, ist es wie ein Ankommen nach einem langen, schmerzhaften Traum. Die Mauern tragen Spuren vergangener Kämpfe, doch das Fundament steht fest – genau wie die Menschen, die in diesen Mauern leben.

„Endlich wieder zuhause," murmelt Manfred und wirft Brigitte einen kurzen Seitenblick zu, während sie das Schloss aus der Ferne betrachten. „Ich habe das Gefühl, ich habe hier Jahre meines Lebens verbracht – und gleichzeitig keine einzige Nacht."

Brigitte lächelt, das vertraute Schmunzeln auf ihren Lippen. „Das ist wohl das Leben eines Herrschers, Manfred. Immer daheim und doch immer unterwegs."

Rainer, der hinter ihnen reitet, räuspert sich und fügt mit einem schelmischen Grinsen hinzu: „Ich hoffe nur, dass ich hier endlich ein richtiges Bett finde. Diese improvisierten Feldlager und schmutzigen Straßenbetten haben ihren Reiz verloren."

Kaum erreichen sie das Haupttor, begrüßen sie die Bewohner des Schlosses. Bauern, Handwerker und Soldaten, die zurückgekehrt sind, um den Wiederaufbau zu beginnen, stehen Spalier. Ihre Gesichter tragen die Spuren von Verlust und Trauer, aber auch einen

Hauch von Hoffnung. Der Baron ist zurückgekehrt, und mit ihm die Aussicht auf eine neue, friedlichere Ära.

Eine ältere Frau tritt hervor und neigt respektvoll den Kopf. „Willkommen zurück, Baron Manfred. Wir dachten schon, wir würden euch nie wiedersehen."

Manfred lächelt und neigt ebenfalls leicht den Kopf. „Danke, Elise. Es ist gut, wieder hier zu sein – und ich verspreche, dass ich dieses Mal länger bleibe."

Brigitte beobachtet die Szene mit leuchtenden Augen. Sie kann fühlen, wie tief die Bindung zwischen Manfred und seinen Untertanen ist. Dies ist kein bloßes Gefolge, sondern eine Gemeinschaft, die bereit ist, für ihn alles zu geben.

„Wir haben viel zu tun, um das Schloss wieder aufzubauen," sagt Manfred, während er die versammelte Menge mustert. „Aber ich weiß, dass jeder Einzelne von euch bereit ist, diesen Weg mit mir zu gehen."

Die Menge murmelt zustimmend, und ein Gefühl von Kameradschaft durchzieht die Luft. Brigitte tritt vor und legt eine Hand auf Manfreds Arm. „Ich werde ebenfalls meinen Beitrag leisten. Gemeinsam werden wir Verloyn zu dem machen, was es verdient zu sein – ein Ort des Friedens und der Stärke."

Rainer verschränkt die Arme und grinst. „Ich hoffe, das bedeutet, dass wir endlich einen Raum bekommen, in dem auch getanzt und gefeiert werden kann. Man kann nur so viel durch die Gänge schleichen, bevor die Wände beginnen, sich zu beschweren."

Die Menge lacht, und Brigitte kann spüren, wie die Stimmung sich hebt. Das Lachen ist wie eine Brise frischer Luft inmitten der ruinenhaften Mauern.

Die Tage vergehen schnell, und das Schloss erwacht zu neuem Leben. Während die Arbeiter und Handwerker an den

Mauern und Türmen werkeln, gibt es auch in den Hallen und Gemächern des Schlosses keine Ruhe. Ein murmelndes Gewirr aus Stimmen, das Scharren von Eimern und das unaufhörliche Hämmern durchziehen die Luft, als die letzten Vorbereitungen für die Hochzeit beginnen.

Brigitte steht im großen Saal und beobachtet die emsigen Dienerinnen, die die Tische schmücken, das Besteck polieren und Blumenkränze aufhängen. Rainer tritt neben sie, die Hände lässig verschränkt und mit einem amüsierten Lächeln auf den Lippen.

„Sag mir nicht, dass du wirklich vorhast, diesen Mann zu heiraten," sagt er mit gespielter Bestürzung. „Ein Baron, der kaum ein Schwert richtig hält?"

Brigitte lacht leise und schüttelt den Kopf. „Manchmal frage ich mich das selbst. Aber dann sehe ich ihn an und... na ja, es ist schwer zu erklären."

Rainer wirft ihr einen verschwörerischen Blick zu. „Ich schätze, Liebe ist immer schwer zu erklären. Aber lass mich dir sagen: Wenn er jemals auf die Idee kommt, dir gegenüber weniger als perfekt zu sein, werde ich ihn eigenhändig durch den Hof schleifen."

Brigitte schmunzelt, und für einen Moment ist sie dankbar für Rainers unausgesprochenen Schutz und seine Freundschaft, die eine überraschende Tiefe hat. „Danke, Rainer. Ich bin froh, dich an meiner Seite zu haben."

In diesem Moment betritt Manfred den Saal und sieht sie beide mit einem schiefen Lächeln an. „Ah, hier wird also über mich gesprochen, nehme ich an?"

Rainer verbeugt sich dramatisch. „Natürlich, mein edler Herr. Es wurde nur darüber diskutiert, wie du für eine der glanzvollsten Hochzeiten der Region am wenigsten geeignet bist."

Manfred grinst breit und klopft Rainer freundschaftlich auf die Schulter. „Ich schätze, du wirst der Erste sein, den ich auf meiner Hochzeit ohne Essen lassen werde."

„Oh, drohst du mir mit einem leeren Magen? Barbarisch!" Rainer schnaubt geschauspielert empört und zwinkert Brigitte zu.

Während die letzten Vorbereitungen weitergehen, ziehen sich Brigitte und Manfred zurück in eines der privaten Gemächer, um ein paar ruhige Momente zu teilen, bevor das Chaos des Festes wirklich losbricht. Die Welt draußen mag laut und voller Menschen sein, doch hier im kleinen Raum scheint nur Stille zu herrschen.

Manfred greift nach Brigittes Händen und sieht ihr tief in die Augen. „Ich habe oft darüber nachgedacht, was der Sinn all dieser Kämpfe war. Und jetzt sehe ich ihn endlich – er war dafür da, dass ich diesen Moment erleben kann."

Brigitte lächelt sanft, ihre Augen voller Wärme und einem Hauch von Schüchternheit. „Vielleicht waren die Kämpfe notwendig, um zu zeigen, dass wir alles überstehen können. Zusammen."

Er lehnt seine Stirn gegen ihre und atmet leise, als ob er jede Sekunde in sich aufnehmen will. „Versprich mir, dass wir das nie vergessen werden – wie sehr wir das verdient haben. Dass wir uns selbst nach den dunkelsten Zeiten noch gefunden haben."

Brigitte schließt die Augen und atmet tief ein. „Ich verspreche es. Egal was kommt."

In diesem Moment scheint die Welt stillzustehen, ein seltener Augenblick des Friedens und der Intimität, bevor das nächste Kapitel ihrer gemeinsamen Reise beginnt.

Am Tag vor der Hochzeit versammeln sich Brigitte, Manfred und die Bewohner von Verloyn in der Stille der Dämmerung auf dem weitläufigen Burghof. Die Luft ist erfüllt von der flackernden Glut der Fackeln und dem murmelnden Rauschen der Menschen, die für eine gemeinsame Zeremonie des Abschieds zusammengekommen sind. Heute, an diesem letzten Abend vor dem

Neubeginn, wollen sie all jene ehren, die den langen Kampf gegen die Dunkelheit nicht überlebt haben.

Brigitte und Manfred stehen nebeneinander, beide in Schwarz gekleidet, die Köpfe leicht geneigt. Eine Reihe von Steinen, die in einem Halbkreis vor ihnen liegt, erinnert an jeden einzelnen Gefallenen – Soldaten, Verbündete, Freunde. Jeder Stein symbolisiert eine Geschichte, ein Opfer, eine verlorene Zukunft.

Rainer tritt vor und räuspert sich, bevor er zu sprechen beginnt. Seine sonst so humorvolle Stimme ist ungewohnt ernst. „Wir sind hier, um die zu ehren, die nicht mehr mit uns sind. Die, die ihr Leben gegeben haben für das, was wir hier und jetzt sind. Ihre Geschichten endeten vielleicht auf dem Schlachtfeld, aber ihre Namen bleiben bei uns – in den Mauern, die wir wiederaufbauen, in den Liedern, die wir singen, und in der Freiheit, die sie uns hinterlassen haben."

Die Menge lauscht, und die Gesichter der Anwesenden spiegeln Schmerz und Dankbarkeit wider. Einige weinen leise, andere stehen still und fest, als ob sie die Geister der Verstorbenen in sich tragen.

Brigitte tritt vor, ihre Stimme ruhig, doch voller Emotionen. „Jeder von euch, der hier steht, hat jemanden verloren. Freunde, Geschwister, Eltern – Menschen, die uns alles bedeuteten und für uns gekämpft haben. Wir tragen sie in uns weiter, und in allem, was wir tun. Sie haben uns die Zukunft geschenkt, die wir nun gemeinsam aufbauen."

Manfred legt eine Hand auf ihre Schulter und spricht, seine Stimme fest, aber durchzogen von einer Wehmut, die sie alle spüren können. „Ich schwöre bei jedem dieser Namen, dass wir diese Zukunft nicht verschleudern werden. Jeder Stein, der wieder auf diese Mauern gelegt wird, wird ein Zeichen ihrer Opfer sein. Und wir werden ein Reich schaffen, das sie stolz gemacht hätte."

Die Anwesenden heben ihre Fackeln, und der Schein des Feuers flackert über die Steine, über die Tränen und die entschlossenen Gesichter. In diesem Moment scheint es, als würde die Zeit selbst kurz innehalten, den Atem anhalten und ihnen diesen Augenblick des Gedenkens lassen.

Rainer erhebt seine Fackel und murmelt leise, halb zu sich selbst, halb zu den Schatten der Verstorbenen: „Möge der Himmel euch die Ruhe gewähren, die ihr in dieser Welt nicht finden konntet. Und mögen wir nicht vergessen, euch gebührend zu ehren – besonders, wenn der Wein wieder fließt."

Ein leises Lachen geht durch die Menge, bittersüß, doch auf seltsame Weise tröstend. Es ist Rainers Art, ihnen zu zeigen, dass das Leben weitergeht, dass sie lachen und feiern dürfen, selbst wenn die Erinnerungen an die Verlorenen schmerzen.

Langsam beginnen die Menschen, ihre Fackeln zu löschen, und ein feiner Rauch zieht in die kalte Nachtluft. Die letzten Flammen verglühen, doch das Licht, das sie an diesem Abend in ihren Herzen entzündet haben, wird weiter brennen.

———— ❧ ————

Nachdem die Zeremonie des Abschieds beendet ist und die letzten Gäste sich zurückgezogen haben, bleibt der Burghof still. Brigitte und Manfred haben sich in einen kleinen Garten zurückgezogen, eine versteckte Ecke mit hohen Mauern und wilden Rosen, die den Raum in eine stille Oase verwandeln. Der Mond scheint hell und hüllt alles in silbriges Licht, das den bevorstehenden Moment gleichzeitig beruhigend und unwirklich erscheinen lässt.

Manfred steht an der kleinen Steinmauer und blickt über den Garten, sein Gesicht in nachdenkliche Schatten getaucht. Brigitte tritt leise neben ihn, ein Lächeln auf den Lippen, das von einer leichten Nervosität durchzogen ist. Schließlich, nach all den Kämpfen, nach all dem Blutvergießen, steht ihnen morgen der Beginn einer neuen, friedlichen Reise bevor. Doch das Unbekannte liegt vor ihnen, voller Herausforderungen – und voller Hoffnungen.

„Manchmal frage ich mich, ob wir das wirklich tun," murmelt Brigitte und lächelt schief. „Ich meine, nach all den Jahren des Krieges – wer hätte gedacht, dass wir uns jetzt über Tischdekorationen und Blumenkränze Gedanken machen?"

Manfred lacht leise, das Lächeln auf seinem Gesicht ein wenig melancholisch. „Oh, ich bin mir sicher, Rainer hat insgeheim genau diesen Tag erwartet. Wenn er uns nur lange genug auf das Schlachtfeld schleppen konnte, würde ich schließlich um deine Hand anhalten."

Brigitte hebt eine Augenbraue. „Also doch alles nur ein ausgeklügelter Plan von Rainer? Beeindruckend. Ich sollte ihm wirklich mehr Respekt zollen."

Manfred schüttelt lachend den Kopf, doch dann wird sein Gesicht ernst. Er dreht sich zu ihr und nimmt ihre Hände in seine. „Brigitte... ich weiß, wir haben alle Gründe, Angst vor der Zukunft zu haben. Aber hier, jetzt, in diesem Moment, fühle ich zum ersten Mal so etwas wie Frieden."

Brigitte erwidert seinen Blick, ihre Augen leuchten im Mondlicht. „Ich auch, Manfred. Doch ich werde lügen, wenn ich sage, dass ich keine Zweifel habe. Nicht an dir, sondern an... all dem, was auf uns wartet."

„Natürlich, das gehört dazu." Manfred seufzt und zieht sie sanft näher zu sich. „Aber vielleicht geht es darum, die Unsicherheiten zu akzeptieren. Vielleicht sind diese Zweifel nur ein Beweis dafür, dass wir Menschen sind – und keine Figuren in einem Märchen."

Brigitte legt den Kopf an seine Schulter und atmet tief ein, als würde sie diesen Moment für immer festhalten wollen. „Wäre es doch ein Märchen, dann würden wir den Sonnenuntergang entgegen reiten und alles würde sich von selbst regeln."

Manfred lacht leise und streicht eine Haarsträhne aus ihrem Gesicht. „Nun, meine Liebe, vielleicht ist es kein Märchen – aber es ist unsere Geschichte. Und ich habe das Gefühl, dass wir verdammt gute Erzähler sind."

Ein schüchterner Wind zieht durch den Garten und lässt die Rosenblätter leicht rascheln. Brigitte hebt den Kopf, und ihre Augen funkeln mit einer Mischung aus Entschlossenheit und Wehmut. „Versprich mir, dass du an meiner Seite bleibst, egal was kommt."

Manfred zieht sie fest an sich, seine Stimme ein leises Flüstern. „Das verspreche ich dir. Von diesem Moment an, für immer und für jede Prüfung, die kommen mag."

Sie stehen in der Umarmung und lauschen der Stille der Nacht, den Herzschlägen des anderen, die den leisen Rhythmus eines Versprechens tragen, das größer ist als jedes Märchen. Morgen wird der Tag kommen, den sie beide als neue Ära begehen werden, doch für jetzt, in diesem Augenblick, ist alles genau richtig – ruhig, voller Erwartungen und ohne die Notwendigkeit, einen Schritt weiter zu denken.

Brigitte hebt den Kopf und lächelt, ihre Hand streicht sanft über Manfreds Wange. „Dann auf morgen, mein zukünftiger Ehemann. Möge es der Beginn unserer gemeinsamen Geschichte sein."

Manfred erwidert das Lächeln und nickt, die Augen voller Zuversicht und einer Spur von Abenteuerlust. „Auf morgen, Brigitte. Auf eine Geschichte, die noch lange nicht zu Ende ist."

Kapitel 20

Der erste Sonnenstrahl fällt durch das Fenster und beleuchtet Brigittes Gemach, das sich heute in ein geschäftiges Treiben verwandelt hat. Dienerinnen huschen herum, legen das Kleid zurecht, flechten Blumenkränze und flüstern leise miteinander, während sie Bänder und Seidenstoffe glattstreichen. Brigitte sitzt in einem mit Seide ausgelegten Stuhl, das Gesicht nachdenklich und das Herz ein wenig schneller schlagend als gewöhnlich.

Eine alte Dienerin, deren Hände zitterig, aber erfahren sind, wendet sich mit einem leichten Lächeln zu ihr. „Ach, wie schön Ihr heute strahlt, meine Lady. Man könnte meinen, die Sterne selbst hätten sich in diesem Raum versammelt."

Brigitte wirft ihr einen schüchternen Blick zu und schüttelt lachend den Kopf. „Sterne? Vielleicht. Aber der Sturm in meinem Bauch sagt mir, dass ich eher in einer Schlacht als bei einer Feier bin."

Die alte Dienerin kichert und tupft ein wenig Puder auf Brigittes Wangen. „Keine Sorge, meine Lady. Die Schlacht ist gewonnen. Heute beginnt nur noch der friedliche Teil."

Brigittes Herz klopft, während sie in Gedanken an den bevorstehenden Tag versinkt. Sie hatte Schlachten überlebt, Intrigen entwirrt und Magie gekämpft – aber diese Zeremonie, die sie offiziell mit Manfred verbinden würde, ließ sie nervöser sein als all das zusammen.

In einem anderen Teil des Schlosses steht Manfred vor einem großen Spiegel, die Hände nervös an seinen Schwertgurt gelegt –

eine Gewohnheit, die ihm Sicherheit gab, selbst an seinem Hochzeitstag. Rainer, der es sich nicht nehmen ließ, sich in einem auffällig schmucken, wenn auch kaum angemessenen Gewand für diesen Anlass zu kleiden, lehnt an der Tür und beobachtet Manfreds Selbstbetrachtung mit hochgezogenen Augenbrauen.

„Manfred, mein Freund, du siehst aus, als würdest du gleich in den Krieg ziehen und nicht vor den Altar. Glaubst du wirklich, sie bringt eine Armee mit?"

Manfred schnaubt und wirft ihm einen düsteren Blick zu. „Rainer, ein Wort von dir, und ich überlege mir das Ganze nochmal. Glaubst du, das hier ist einfach für mich?"

Rainer klopft ihm auf die Schulter und grinst breit. „Keine Sorge. Ich bin sicher, Brigitte wird es dir nicht zu schwer machen. Im Gegenteil – sie könnte diejenige sein, die dir Mut zuspricht, wenn du da oben um Worte ringst."

Manfred seufzt tief und sieht sich noch einmal im Spiegel an, sein Blick fest, aber mit einem Hauch von Unsicherheit. „Ich habe Schlachten gekämpft, Rainer. Aber das hier... das ist etwas anderes."

Rainer zwinkert ihm zu. „Willkommen im echten Leben, Baron."

Als die Morgensonne langsam höher steigt, füllt sich der Burghof mit Gästen. Adelige aus nah und fern sind eingetroffen, Freunde und Verbündete, die den langen Kampf gegen die Dunkelheit überlebt haben, sowie einfache Bauern und Handwerker, die die Rückkehr des Friedens feiern wollen. Die Farben der Gewänder und Banner mischen sich zu einem lebendigen Teppich aus Farben und Gesprächen, und das Summen der Stimmen lässt eine Atmosphäre der Freude und Erwartung entstehen.

Brigitte, nun endlich fertig geschmückt und gekleidet, atmet tief durch, als die alte Dienerin sie zu den Türen führt, die hinaus zur Zeremonie führen. Ein sanfter Windstoß spielt mit den Blumen in ihrem Haar, und sie sieht aus wie eine Gestalt aus einer alten

Sage, wunderschön und stark, bereit für einen Tag, der sie und ihr Schicksal für immer verändern wird.

In der Ferne, auf der anderen Seite des Hofes, sieht Manfred sie kommen. Einen Moment lang bleibt ihm der Atem stehen, und alle seine Zweifel, seine Unsicherheiten verfliegen im Licht ihres Lächelns.

───※───

Als die Türen zum Burghof sich öffnen und Brigitte in die Sonne tritt, fällt ein feierliches Schweigen über die Menge. Das leise Murmeln verstummt, und alle Augen richten sich auf sie. Die Blumenkränze in ihrem Haar und das schlichte, aber edle Kleid verleihen ihr eine Anmut, die gleichzeitig königlich und bodenständig wirkt. Manfred, der am Altar wartet, schluckt und kann den Blick nicht von ihr lösen. Rainer, der grinsend an seiner Seite steht, flüstert ihm zu: „Man sieht dir jede Emotion an, mein Freund. Denk dran: Tief atmen und nicht umkippen."

Manfred erwidert nichts, seine Augen fest auf Brigitte gerichtet, die wie eine stille Kraft durch den Hof schreitet. Sie wirkt, als würde sie jeden Schritt bewusst und entschlossen setzen, und dennoch – oder vielleicht gerade deshalb – scheint sie zu schweben. Neben ihr geht Albrecht, der alte Berater und Freund der Familie, der sie an Manfreds Seite führen wird.

Als sie vor ihm steht, wird es für einen Moment stiller als zuvor. Ihre Blicke treffen sich, und in diesem Augenblick scheint die Zeit selbst innezuhalten. In Brigittes Augen blitzt ein Funkeln auf, und Manfred kann nicht anders, als zurückzulächeln.

Der Priester tritt hervor, ein alter Mann mit einer Stimme, die kräftiger klingt, als es sein gebeugter Körper vermuten lässt. „Heute sind wir versammelt, um die Verbindung zweier Seelen zu feiern, die inmitten des Sturms zueinander gefunden haben."

Manfred kann sich ein leises Schmunzeln nicht verkneifen. „Ein Sturm? Das ist fast untertrieben."

Brigitte hebt eine Augenbraue und lächelt spöttisch. „Wenn es dir jetzt schon zu viel wird, kannst du noch weglaufen. Rainer ist sicher bereit, meinen Platz einzunehmen."

Rainer nickt enthusiastisch, doch Manfred schüttelt grinsend den Kopf. „Ich bleibe lieber, wo ich bin. Auch wenn das bedeutet, dass ich nun dein Barons-Schicksal teilen muss."

Der Priester räuspert sich und wirft dem Paar einen halb amüsierten, halb strengen Blick zu. „Darf ich fortfahren oder gibt es noch etwas, das ihr... zu klären habt?"

Beide nicken hastig, doch das Lächeln bleibt auf ihren Gesichtern. Der Priester fährt fort und spricht die alten Worte der Zeremonie, eine Mischung aus Gebet und Segen, die von Generation zu Generation weitergegeben wurde. Schließlich fordert er Brigitte und Manfred auf, ihre Gelübde auszutauschen.

Manfred nimmt Brigittes Hände in seine und spricht, seine Stimme leise und fest: „Brigitte, mit dir habe ich das Licht gefunden, selbst in den dunkelsten Stunden. Ich verspreche dir, stets an deiner Seite zu kämpfen, zu lachen und alles mit dir zu teilen – selbst die Zweifel und Ängste, die vor uns liegen."

Brigittes Lippen beben leicht, als sie ihm antwortet, ihre Stimme ebenso ruhig wie seine, aber voller Emotionen. „Manfred, du bist der Fels in all dem Chaos, das wir hinter uns gelassen haben. Ich verspreche, dass ich bei dir sein werde, egal welche Stürme noch kommen mögen. Du und ich – wir haben die Dunkelheit überwunden, und nichts kann uns jetzt trennen."

Ein leises Raunen geht durch die Menge, und für einen Moment scheint es, als würde jeder Atem anhalten. Dann legt der Priester eine Hand auf die Hände des Paares und murmelt eine alte Segensformel. Er hebt ein kleines Gefäß, gefüllt mit heiligem Wasser, und zeichnet damit ein Symbol auf die Stirnen von Brigitte und Manfred. Ein flüchtiger Lichtschimmer huscht über ihre Hände, als die Segnung vollzogen ist.

„Im Namen der Alten und der neuen Götter," ruft der Priester aus, „erkläre ich euch hiermit als verbunden, in Liebe und in Ehre. Mögen eure Tage erfüllt sein von dem Licht, das ihr in diese Welt tragt."

In diesem Moment scheinen die Wolken aufzureißen, und die Sonne wirft ihre Strahlen auf das frisch vermählte Paar, als wolle das Universum selbst den Bund besiegeln. Die Menge bricht in Applaus aus, und Rainer, der sich eine Träne aus dem Augenwinkel wischt, ruft laut: „Auf das das Chaos niemals endet!"

Manfred und Brigitte lachen, ihre Finger fest ineinander verschränkt, als sie die Menge und die Segnung hinter sich lassen.

——— ⚬⚬ ———

Nach der Zeremonie verwandelt sich der Burghof in eine lebendige, bunte Szenerie des Feierns. Fackeln flackern im sanften Abendwind, und die lange Tafel ist beladen mit Speisen, die von den Dorfbewohnern und dem Schlosskoch mit Hingabe vorbereitet wurden. Der Wein fließt in Strömen, und die Luft ist erfüllt vom Klang von Flöten und Trommeln, die rhythmisch die Festfreude verkünden.

Manfred und Brigitte sitzen an der Spitze der Tafel, ihre Blicke treffen sich immer wieder, als könnten sie nicht fassen, dass dieser Tag Wirklichkeit ist. Rainer, der sichtlich Freude daran hat, als „Gastgeber der Herzen" aufzutreten, hebt sein Weinglas und klopft energisch gegen den Rand, um die Aufmerksamkeit der Anwesenden auf sich zu ziehen.

„Freunde, Verbündete, verlorene Seelen und sonstige Gestalten," beginnt er mit einem Augenzwinkern und wirft Brigitte einen übertrieben tiefen Blick zu. „Lasst uns darauf trinken, dass unsere tapfere Baronin einen Weg gefunden hat, selbst Manfred zu zähmen – ein schier unmögliches Unterfangen, wenn ihr mich fragt."

Brigitte schmunzelt und hebt ihr Glas. „Rainer, du redest, als hätte er einen Drachenschatz verteidigen müssen. Wenn ich mich recht erinnere, bist du derjenige, der sich mehrmals weinend in den Wald zurückziehen musste, als ich ihn fragte, ob er das Schloss ohne Schlacht wieder aufbauen kann."

Ein Lachen geht durch die Menge, und selbst Manfred kann sich ein Grinsen nicht verkneifen, als er auf Rainer zuprostet. „Sie hat dich durchschaut, alter Freund. Vielleicht solltest du lernen, deine Schwächen besser zu verbergen."

„Ich verstehe schon, ich verstehe schon!" Rainer hebt die Hände theatralisch und nimmt einen großzügigen Schluck Wein. „Aber ernsthaft: Möge das Glück, das ihr heute gefunden habt, euch immer begleiten – auch wenn ihr feststellen werdet, dass Ehe ein größeres Abenteuer ist als jede Schlacht."

Ein warmes Lachen und zustimmendes Murmeln geht durch die Menge, und die Musik beginnt wieder, diesmal lebhafter und mit einem schnelleren Takt. Die Gäste stehen auf, greifen nach den Händen ihrer Partner und tanzen, während die Musiker ein Lied anstimmen, das von alten Legenden und neuen Anfängen erzählt.

Manfred beugt sich zu Brigitte und fragt mit einem Lächeln, das ebenso schelmisch wie liebevoll ist: „Würdest du mir die Ehre eines Tanzes gewähren, Baronin?"

Sie nickt und lässt sich von ihm auf die Tanzfläche führen. Umgeben von ihren Freunden und Verbündeten, die ausgelassen tanzen, wirbelt Manfred sie durch die Menge, und das Lachen, das aus Brigittes Lippen dringt, ist wie Musik für seine Ohren. Für einen Moment scheint die Zeit stillzustehen, und sie tanzen wie zwei Menschen, die nichts auf der Welt außer dem Augenblick selbst brauchen.

Rainer gesellt sich zu ihnen, um die beiden mit einem Augenzwinkern in seiner eigenen komödiantischen Weise zu unterbrechen. „Entschuldigung, aber ich muss sicherstellen, dass der Baron diesen Tanz nicht völlig ruiniert."

Manfred lacht und stößt ihn scherzhaft beiseite. „Nur über meine Leiche, Rainer."

Rainer hebt die Hände und grinst breit. „Ich bin nur hier, um sicherzustellen, dass die zukünftigen Tänze... in geordneteren Bahnen verlaufen. Schließlich wollen wir nicht, dass die Baronin bereut, an deiner Seite zu sein."

Brigitte schüttelt lachend den Kopf, als sie zwischen den beiden steht. „Manchmal frage ich mich, ob ich nicht wirklich mit euch beiden verheiratet bin."

Die Feierlichkeiten ziehen sich durch die Nacht, und Freunde, Verbündete, sogar ehemalige Feinde feiern und tanzen miteinander. Manfred und Brigitte können die Anwesenheit derer spüren, die sie verloren haben, als wären sie in den Schatten der Bäume und in der leisen Melodie des Windes zugegen.

Als die ersten Sterne am Himmel erscheinen, stoßen sie die Gläser in die Höhe und lassen ihre Blicke schweifen. Die Zukunft ist noch ungewiss, aber an diesem Abend scheint alles möglich.

Nach dem Ende des Festes, als die letzten Gäste den Hof verlassen und der Burghof in eine beruhigende Stille getaucht ist, führt Manfred Brigitte sanft an der Hand in die privaten Gemächer. Die Luft ist kühl, und ein leichter Wind bringt den Duft der verblühten Rosen mit sich, die während der Feierlichkeiten die Wände geschmückt haben. Die Wände des Gemachs sind von der schimmernden Flamme eines einzelnen Kerzenständers erleuchtet, der die Schatten tanzen lässt.

Brigitte lächelt leicht nervös, ihre Hände auf seinen Schultern, als sie ihn ansieht. „Ich hätte nie gedacht, dass der Moment der Ruhe mich nervöser machen würde als die Schlacht. Was hast du mit mir gemacht, Manfred?"

Er lacht leise und zieht sie näher. „Vielleicht bin ich doch ein größerer Krieger, als du dachtest."

Sie schnaubt und hebt eine Augenbraue. „Ein Krieger? Ich erinnere mich, dass du beim letzten Trainingskampf eher... spektakulär gefallen bist. Und das gegen Rainer!"

Manfred hebt die Hände in gespielter Verteidigung und zuckt mit den Schultern. „Das war Absicht! Ich wollte Rainer seine Siegesstunde lassen. Es gehört zu meinem edelmütigen Charakter."

Brigitte lacht, ihre Augen voller Zärtlichkeit und scharfer Beobachtung. „Natürlich. So edelmütig, dass du fast jedes Mal als Letzter beim Bogenschießen getroffen hast."

Er beugt sich zu ihr und lässt seine Stirn sanft gegen ihre sinken. „Aber es gibt eine Sache, in der ich unübertroffen bin," murmelt er, seine Stimme sanft und voller Wärme. „Dich lieben."

Das leichte Lächeln auf Brigittes Lippen verschwindet, und sie blickt ihm tief in die Augen, ihre Nervosität verfliegt und weicht einer Wärme, die tief in ihrem Inneren widerhallt. „Vielleicht bist du doch ein Krieger," flüstert sie, ihre Stimme kaum hörbar. „Aber in dieser Nacht, Manfred, sind wir Verbündete – und das ist unser eigenes kleines Reich."

Langsam, zärtlich, schließt er die Arme um sie und zieht sie in eine Umarmung, die all die Worte ersetzt, die sie nicht mehr brauchen. Die Stunden ziehen sich in stiller, aber intensiver Zweisamkeit dahin, die Welt um sie herum schwindet, und die Zeit scheint sich in diesem Moment aufzulösen.

Ein leichter Hauch von Magie erfüllt den Raum, eine leise, aber spürbare Kraft, die Brigitte und Manfred verbindet, als würden ihre Seelen miteinander verwoben. Es ist keine sichtbare Magie, kein blendendes Licht oder flackerndes Feuer – sondern eine warme, pulsierende Energie, die die Dunkelheit des Raumes mit einer sanften Helligkeit erfüllt.

Brigitte spürt die Magie durch ihren Körper fließen, als wäre es ein Teil von ihr, eine Kraft, die sie beide verbindet, tiefer, als sie es je für möglich gehalten hätte. Sie lächelt leicht und flüstert: „Manfred... ich glaube, wir haben eine Art von Bündnis geschlossen, das selbst die alten Götter beeindrucken würde."

Er grinst schief und streicht sanft über ihre Wange. „Und was wären wir für ein Paar, wenn wir nicht ab und zu den Göttern ein bisschen Arbeit machen würden?"

Ein leises Lachen entweicht ihr, während sie sich näher an ihn schmiegt. Sie schließen die Augen und lassen sich in die Gewissheit dieses Moments fallen, einem Versprechen, das nur ihnen gehört und das niemand je zerstören kann.

In den frühen Morgenstunden, als die ersten Lichtstrahlen des Tages den Raum erhellen, teilen sie einen letzten Blick, erfüllt von Hoffnung und Vorfreude auf das Leben, das sie nun gemeinsam beschreiten werden. Manfred nimmt ihre Hand in seine und murmelt: „Was auch immer die Zukunft bringen mag, wir werden uns ihr stellen. Zusammen."

Brigitte nickt und legt ihren Kopf auf seine Brust, ein leichtes Lächeln auf den Lippen. „Für immer und ewig, Manfred.

Epilog

E *in Jahr später*
 Ein Jahr ist vergangen seit der großen Hochzeit und dem Ende des Krieges. Das Schloss Verloyn hat sich erholt und erstrahlt nun in neuem Glanz, wie ein verwundeter Krieger, der stolz seine Narben trägt. Die Mauern sind wieder aufgebaut, die Gärten blühen, und in den Hallen herrscht reges Leben – eine Atmosphäre des Friedens und der Hoffnung, die fast unwirklich erscheint.

Brigitte sitzt an einem geöffneten Fenster und blickt über den Burghof. Der Wind trägt den Duft der Rosen und der Kräuter aus den Gärten herauf, und sie legt eine Hand auf ihren gewölbten Bauch, ein leichtes Lächeln auf den Lippen.

„Ich hätte nie gedacht, dass ich eines Tages von all dem sprechen würde, als wäre es ein Märchen," murmelt sie leise zu sich selbst.

Manfred, der den Raum betritt und das Lächeln in ihren Augen bemerkt, bleibt stehen und betrachtet sie einen Moment. „Sprichst du mit dem zukünftigen Erben von Verloyn oder einfach nur mit dir selbst?"

Brigitte lacht und wendet sich ihm zu. „Vielleicht ein wenig von beidem. Wer hätte gedacht, dass wir hier sitzen, nach allem, was geschehen ist – und dass ich in absehbarer Zeit damit beschäftigt sein werde, einen kleinen, zukünftigen Abenteurer großzuziehen."

Manfred tritt näher und legt seine Hand sanft auf ihre, seine Augen voller Zärtlichkeit. „Wenn er oder sie auch nur einen Funken deines Mutes hat, wird dieses Kind nicht nur ein Abenteurer, sondern ein Anführer sein."

Brigitte grinst und zwinkert ihm zu. „Oder sie wird ein bisschen von deiner sturen, unverbesserlichen Art übernehmen. Dann werden wir hier ein kleines Chaos anrichten."

Manfred schnaubt gespielt empört und verschränkt die Arme. „Meine Art? Ich dachte, du schätzt meine Standhaftigkeit. Außerdem bin ich der Meinung, dass ein wenig Entschlossenheit niemandem schaden kann."

„Ja, bis man versucht, diese Entschlossenheit zum Frühstück oder beim Schlafengehen zu überzeugen," erwidert Brigitte und lehnt sich schmunzelnd gegen ihn. „Aber du hast recht – diese Welt könnte eine solche Entschlossenheit gebrauchen."

In der Ferne hört man das Lachen der Diener und das Hämmern der Handwerker, die noch immer an den letzten Feinheiten des Schlosses arbeiten. Verloyn ist fast vollständig wieder aufgebaut, und das Land um das Schloss herum blüht auf – Felder, die einst vom Krieg verwüstet waren, tragen nun wieder Früchte, und die Menschen kehren zurück, um ihre Dörfer neu zu beleben. Das Königreich heilt, langsam, aber sicher, und mit jedem Tag kehrt ein Stück des verlorenen Friedens zurück.

Manfred zieht Brigitte sanft zu sich und flüstert: „Kannst du dir vorstellen, dass all das hier unser Leben sein wird? Ein Zuhause, ein Kind... und Frieden?"

Brigitte schließt die Augen und atmet tief ein, als wolle sie die Ruhe und den Duft dieses Moments für immer in sich bewahren. „Es ist fast zu schön, um wahr zu sein. Aber wenn ich etwas gelernt habe, dann, dass das Leben oft voller Überraschungen steckt. Wer weiß, was uns in Zukunft noch erwartet?"

Manfred lacht leise, seine Stimme sanft und voller Zuneigung. „Was auch immer es ist, wir werden es gemeinsam annehmen. Dieser

Frieden... vielleicht ist es nur der Anfang einer neuen Art von Abenteuer."

Sie schweigen einen Moment, die Köpfe dicht aneinander gelehnt, in Gedanken an die kommenden Jahre und das neue Leben, das sie zusammen gestalten werden.

———— ⚬ ————

Die Sonne steht tief und taucht das Schloss in ein warmes, goldenes Licht. Manfred und Brigitte stehen gemeinsam auf der höchsten Turmspitze des Schlosses, ihr Blick schweift über die weiten Ländereien von Verloyn. Der Himmel ist in ein glühendes Rot getaucht, ein Farbspiel, das an das Feuer vergangener Schlachten erinnert, aber auch an das Leben, das sie nun in den Ruinen des Krieges aufbauen.

Brigitte legt eine Hand auf die steinerne Brüstung, und die andere sanft auf ihren Bauch. „Manchmal frage ich mich, ob das wirklich alles war. Ob es tatsächlich vorbei ist."

Manfred lächelt leicht und legt einen Arm um ihre Schultern. „Vielleicht ist das der Trick an der Sache. Frieden fühlt sich oft an wie ein Trugbild, als könnte der Sturm jederzeit zurückkehren. Aber..." Er schaut in die Ferne, und seine Stimme wird leiser. „... vielleicht ist es genau das, was ihn wertvoll macht."

Brigitte schmunzelt und stößt ihn sanft an. „Wer hätte gedacht, dass du Philosoph wirst, Baron von Verloyn? Früher hättest du das alles mit einem Augenzwinkern und einem dummen Spruch abgetan."

Er lacht, und der Klang seiner Stimme vermischt sich mit dem sanften Wind, der über die Ländereien zieht. „Früher war ich eben ein Narr. Jetzt habe ich eine kluge Frau und ein baldiges Kind, das mir nicht nur Fragen stellt, sondern vielleicht auch Antworten erwartet."

Sie sehen sich an, und in diesem Blick liegt eine tiefe Verbundenheit, eine stumme Übereinkunft, die sie durch die schwersten Prüfungen getragen hat und die ihnen auch jetzt in diesen stillen Momenten das Gefühl gibt, dass sie alles überstehen können.

Nach einer Weile richtet Brigitte den Blick erneut in die Ferne, wo die Schatten der Hügel und Wälder sich dunkel gegen den Horizont abzeichnen. Ein leichtes Lächeln umspielt ihre Lippen, und sie murmelt: „Vielleicht ruht sich das Schicksal gerade nur aus, wer weiß. Oder es lauert irgendwo da draußen und plant schon das nächste Abenteuer."

Manfred schnaubt. „Ein Abenteuer? Vielleicht für dich. Ich bin mehr als zufrieden damit, das Schloss zu halten, die Felder zu bestellen und – ganz nebenbei – den besten Wein der Gegend zu keltern."

„Oh, das glaube ich dir gerne," entgegnet Brigitte mit ironischem Lächeln. „Aber wenn ich dich kenne, wirst du der Erste sein, der aufbricht, wenn es wieder ein Rätsel zu lösen gibt oder eine Gefahr droht. Der Wunsch, ein Held zu sein, verschwindet nicht einfach so, Manfred."

Er hebt gespielt abwehrend die Hände. „Vielleicht ein Held – aber ein Held mit einem weichen Kissen und einem warmen Bett. Ich habe mein Leben oft genug riskiert."

Doch Brigitte sieht ihn durchdringend an und lässt ein geheimnisvolles Lächeln über ihre Lippen huschen. „Sag das dem Kind, wenn es fragt, was seine Eltern einst erlebt haben. Ich schätze, die nächste Generation wird genauso hungrig nach Abenteuern sein, wie wir es waren."

Manfred betrachtet sie einen langen Moment, als versuche er die Zukunft in ihren Worten zu erkennen. Schließlich nickt er langsam, als hätte er eine unausgesprochene Herausforderung akzeptiert. „Dann warten wir es ab. Aber bis dahin genießen wir unseren

Frieden – und vielleicht auch ein wenig Ruhe, so lange sie uns gewährt wird."

Brigitte lacht leise und schmiegt sich an seine Seite, beide mit dem Blick auf die sinkende Sonne gerichtet. Der Abend fällt über das Land und hüllt das Schloss in Schatten, doch in den Herzen der beiden bleibt ein warmes Leuchten zurück, ein Versprechen an die Zukunft – und vielleicht an all das, was noch ungesagt und unentdeckt auf sie wartet.

Während die Dunkelheit herabsinkt und die ersten Sterne am Himmel aufblitzen, scheint es, als würde das Schicksal selbst lächeln.

Don't miss out!

Visit the website below and you can sign up to receive emails whenever Alexander von Ravensburg publishes a new book. There's no charge and no obligation.

https://books2read.com/r/B-A-ZCSTC-FETHF

BOOKS 2 READ

Connecting independent readers to independent writers.

Milton Keynes UK
Ingram Content Group UK Ltd.
UKHW021919201124
451474UK00013B/837

9 798227 274571